中国比较教育学科建设论丛

教育部人文社会科学重点研究基地重大项目"中国比较教育学科建设研究"成果

ZHISHI DE
JINGYU
ZHONGGUO BIJIAO
JIAOYUXUE DE
XUESHU SHENGTAI

知识的境遇

中国比较教育学的学术生态

丛书主编｜项贤明

作　者｜田小红

学术活动作为人类社会特有的行为，它既以自然、社会和人作为研究对象，同时自身也处在一个生存的网络之中。科学的生态学思维有助于我们全面地、整体地、辩证地把握研究对象，超越二元对立的思维方式。对比较教育学的学术生态研究，使学者能够超越自身学科体系的局限解决比较教育学的发展困境。

高等教育出版社·北京
HIGHER EDUCATION PRESS BEIJING

内容简介

　　本研究以社会生态系统理论为篇章结构的内在理论基础,以学科学术活动的关键功能——"知识的生产"为中心,以生态系统的生成、生存和生长为逻辑线索,从系统发展的角度研究我国比较教育学知识的现状、生存发展与进步。在比较教育学知识的"生成"部分中,提出了比较教育学知识的内容体系分析框架,分析了比较研究的论述逻辑;在"生存"部分的学科间生存状态中系统地探讨了比较教育学知识与比较性学科,哲学、社会学、政治学等相关学科和学科群,以及比较教育学知识与教育学知识之间的关系;在学科的社会生存状态中论述了比较教育学知识的学科制度认同、比较教育学者的社会心理认同和在全球化时代的教育实践认同;在"生长"部分研究了比较教育学知识理论体系的进步及在全球化时代和东西方学术对话中我国比较教育学的未来发展方向。

图书在版编目(CIP)数据

知识的境遇:中国比较教育学的学术生态/田小红著.—北京:高等教育出版社,2011.6

(中国比较教育学科建设论丛/项贤明主编)

ISBN 978-7-04-032834-9

Ⅰ.①知… Ⅱ.①田… Ⅲ.①比较教育学-研究-中国

Ⅳ.①G40-059.3

中国版本图书馆 CIP 数据核字(2011)第 084000 号

策划编辑　王玉衡　　　责任编辑　王玉衡　　　封面设计　赵　阳　　　版式设计　王艳红
插图绘制　尹　莉　　　责任校对　姜国萍　　　责任印制　刘思涵

出版发行	高等教育出版社	咨询电话	400-810-0598
社　　址	北京市西城区德外大街 4 号	网　　址	http://www.hep.edu.cn
邮政编码	100120		http://www.hep.com.cn
印　　刷	国防工业出版社印刷厂	网上订购	http://www.landraco.com
开　　本	787×960 1/16		http://www.landraco.com.cn
印　　张	12.25	版　　次	2011 年 6 月第 1 版
字　　数	220 000	印　　次	2011 年 6 月第 1 次印刷
购书热线	010-58581118	定　　价	38.00 元

作者简介

田小红，女，四川省绵阳市人，教育学博士。浙江师范大学田家炳教育科学研究院助理研究员，西南大学教育学博士后流动站研究人员。主要从事比较教育和教师教育研究工作。先后在四川师范大学教育科学学院、北京师范大学教育学院国际与比较教育研究院学习，获教育学硕士、博士学位。

"中国比较教育学科建设论丛"
总序

    比较教育作为教育科学学科群中唯一一门专门从事跨国界、跨文化之教育研究的学科，尽管产生较晚，但在进行教育科学探索和引导教育事业发展方面，均发挥着十分重要的作用。在我国现代教育的发轫和发展、教育领域的改革开放，以及教育现代化建设过程中，比较教育都曾经发挥了并继续发挥着重要作用。在这样一个全球化的时代，加强比较教育学科建设，不仅对我国教育科学的发展与进步，而且对我国的教育改革实践，都有着非常重要而深远的意义和影响。

    为了促进我国比较教育学科更好地发展，教育部普通高校人文社会科学重点研究基地北京师范大学比较教育研究中心设立了重大科研项目"中国比较教育学科建设研究"，专门研究比较教育学科建设问题。我们课题组承担这一项目的研究工作后，迅速组织学术力量分别从学科历史、学术生态和方法论三个维度，就我国比较教育学科建设问题展开了比较深入的研究。由于长期以来本学科在这一领域的研究工作不多，学术积累有限，我们只有从最原始的学术资料搜集工作入手，项目研究进行得非常艰苦。几年来，我们搜集整理了数以千万字的原始资料。在此基础上，立足于全球化的时代背景与我国教育改革和发展的实际情况，对我国比较教育学科产生和发展的整个历史过程进行了梳理，对西方比较教育的重要流派进行了新的归纳和分析，并对影响比较教育学科发展的社会因素，以及比较教育学科发展与相关学科的关系等进行了反思，进而在比较教育研究方法论方面进行了整理和研究，从多方面对我国比较教育学科建设作了一个比较全面和相对深入的探讨。在项目研究进行过程中，我们发表了若干篇学术论文，而这套丛书则是这个重大项目的最终成果之一。

    在这套丛书中，生兆欣副教授的《二十世纪中国比较教育学史》在国内首次系统研究了比较教育学科在我国产生和发展的百余年历史过程，在一定程度上填补了这一领域的空白。这是本项目研究的三大维度中最基础的部分，在各子课题中搜集整理的原始学术资料最多，研究中还遇到了某些特殊年代政治因素对比较教育学术的消极影响等较难处理的学术问题，能最终获得这样的成果，实属不易。与中国比较教育学科发展历史研究相对应，王黎云博士的《西方比较教育流派：中国的视角》从探索我国比较教育学科发展道路的角度出发，重新审视了西方比较教育的一些基本流派，研究分析了这些学术流派的学术思想及其理论基础，并且就中国特色的比较教育方法论问题进行了初步的理论探讨。田小红博士的《知识的境遇：中国比较教育学的学术生态》则是从知识社会学等学科角度，对比较教育学与相关学科的关系进行理性的清理和反省，试图弄清比较教育的知识类型、学科属性、学术生态关系等对比较教育学科建设有着重要影响的问题。我的《比较教育学方法论》则是在这一系列研究的基础上，尝试在分析研究西方比较教育方法论的同时，探索中国特色的比较教育方法论的理论基础及其体系建构。除了现在呈于读者面前的这几本书外，在全面搜集整理相关原始资料的基础上，我们还在国内首次编纂了《中国比较教育学术文献索引（1900—2010）》（暂名），拟将其作为一本有重要参考价值的学术研究工具书，奉献于广大读者。

在共同的研讨过程中，我们课题组一致认为质量是学术研究的生命线，一项质量低劣的学术成果，其学术价值上所打的折扣，用所谓的效率是无法弥补的。基于这样的共识，在研究过程中，我们一直坚持质量优先的原则，尽我们最大的努力奉献最优质的学术成果。然而，由于课题研究难度较大，相关学术积累不足，加上我们的水平有限，书中难免多有讹误，还望能得到读者的赐教。

一门学科的发展不仅有赖于本门学科的知识生产过程，还要依靠相关学科提供的知识滋养，更受到社会对该学科知识需求的影响。作为一门专门对教育现象进行跨文化、跨国界研究的教育学科，比较教育的学科建设是一个极其复杂的系统工程。在此我们要感谢高等教育出版社，感谢相关编辑为此套丛书付出的辛勤劳动，也要感谢所有为我国比较教育学科发展做出贡献的人们。在这样一个全球化的时代，面对学界同仁异口同声地惊呼比较教育学面临学科身份危机的状况，我们的确应该共同探讨比较教育学的学科建设问题。这可以视为我们这个时代比较教育学者们的共同使命之一。通过研究，我们看到了教育改革实践对比较教育学强烈的知识需求，看到了比较教育学在教育科学学科群中重要而独特的价值，看到了比较教育学自身内在的强大生命力。我们相信，我国比较教育学科的明天会更加美好。

项贤明

2010 年 12 月 8 日识于北师大英东楼

目　　录

绪　　论

　　"学科跟学校一样，是学术组织的一个主要形式，是生产的一个中心。"① 从制度方面看，自 20 世纪 20 年代后期起，我国大学的教育系开始设置比较教育必修课，并自编教材。从学术成果方面看，1929 年由庄泽宣教授主编的我国第一部比较教育教材——《各国比较教育论》由商务印书馆出版。② 以这两个事件为起点，比较教育学在我国的发展已有 80 余年的历史。从这一时期起至新中国成立前，比较教育学主要以一种开明的态度，学习和研究外国的教育制度。是时，西方教育虽然显示出相对于中国教育的强大优势，但中国的比较教育研究并没有一味地模仿和移植，而是注重分析各国教育制度形成的因素和力量，辩证地看待各国教育制度的历史形成，正如庄泽宣教授在《各国教育比较论》中所指出的："一国有一国之地理民性，其学制之演进，各有其背景与缘由，其形成皆非偶然，若不问情形而盲目效之，其愚亦可笑也。"③ 新中国成立初期，之前的辩证研究传统由于政治的强力干预被中断，教育理论和教育实践都转向全面学习和引进苏联模式，而对其他西方国家的教育，则是作为情报资料来收集、编辑和整理，供领导研究参考，谈不上学理的分析和论证。"文革"期间，比较教育基本处于停滞状态。改革开放后，比较教育重建，在教材建设、制度建设、人才培养和科学研究等各个方面获得了巨大的发展，开创了中国比较教育研究的新局面。

　　当前，在世界经济趋向全球化，教育交流日益国际化的历史条件下，比较教育学获得了前所未有的发展机遇，同时也出现了令比较教育学者和其他教育学者都极为困惑的现象。一方面，比较教育知识大量涌现，实践领域也渴望了解和掌握更多的比较教育知识；另一方面，比较教育的学科危机，即比较教育学科存在的合理性却始终是比较教育学者头脑中挥之不

---

　　① 迈克尔·夏托克. 高等教育的结构和管理［M］. 王义端译. 上海：华东师范大学出版社，1987. 40.

　　② 王承绪. 比较教育学史［M］. 北京：人民教育出版社，1999. 296.

　　③ 王承绪. 比较教育学史［M］. 北京：人民教育出版社，1999. 297.

去的阴霾。许多比较教育学者从学科理论基础①、学科发展途径②、学科体系③、学科研究方法④、学科研究领域⑤、学科性质⑥和学科身份危机的表现及其原因⑦等学理层面进行了探索。但是这些探索似乎并不充分，比较教育中的这种困惑现象仍未得到解释，比较教育仍然是一个"异质的领域"⑧。从理论和实践两个方面致力于将比较教育建设成一门学科的努力仍在进行，并且在制度上仍有其合法性；而仅仅将比较教育作为普遍适用于教育各个领域的一种研究方法的观点和实践也大行其道。一味地从学理上进行"学科"与"非学科"之争，似乎难以解决问题，比较教育的发展难以根据某个学者或某一派学者的观点予以界定，而只能根据比较教育学界的学者甚而整个教育学界的学者的学术实践来描绘其轨迹和趋势。因此，"知识的境遇——中国比较教育的学术生态"一书便是基于对"个人理性"的有限性的认识，从群体的较长时段的理性实践的角度来分析"学科"假设下的比较教育知识的生成，以及在人文社会学科、教育制度、教育实践、学者的社会认同中的学科的生存、发展状态与趋势。在限定题目研究范围的过程中，由于我国台湾、香港、澳门等地的政治、经济、文化状况与大陆的差异和资料收集的困难，为了使问题更具有针对性和资料方面更有说

① 王长纯. 中国比较教育学理论建设的几个问题（提纲）——与中外哲学的对话 [J]. 外国教育研究, 2001, （2）.
② 王长纯. 文化自觉、理论自觉和实践自觉（论纲）——比较教育和而不同发展的途径 [J]. 比较教育研究, 2005, （3）.
③ 陈时见. 论比较教育的学科体系及其建设 [J]. 比较教育研究, 2005, （3）: 35.
④ 顾明远. 关于比较教育学科建设的几个问题 [J]. 比较教育研究, 2005, （3）; 薛理银. 当代比较教育方法论研究 [M]. 北京: 首都师范大学出版社, 1993; 常永才, 孟雅君. 中国比较教育研究方法的革新 [J]. 比较教育研究, 2004, （12）; Andreas M. Kazamias and Karl Schwartz. Woozles and Wizzles in the Methodology of Comparative Education [J]. Comparative Education Review, 1970, 14 （3）; Dieter Berstecher and Bernhard Dieckmann. On the Role of Comparisons in Educational Research [J]. Comparative Education Review, 1969, 13 （1）.
⑤ 朱旭东. 比较教育的"发展与教育"研究领域 [J]. 比较教育研究, 2004, （12）; 朱旭东. 试论中国比较教育研究的无边界特征 [J]. 比较教育研究, 2005, （10）.
⑥ 傅松涛. 比较教育学学科形象的科学定位——教育形态类型学 [J]. 比较教育研究, 2005, （3）.
⑦ 顾明远. 比较教育的身份危机及出路 [J]. 比较教育研究, 2003, （7）; 项贤明. 站在十字路口的中国比较教育学 [J]. 比较教育研究, 2005, （3）; 李现平. 比较教育身份危机之研究 [D]. 北京: 北京师范大学博士论文, 2003; Laadan Fletcher. Comparative Education: A Question of Identity [J]. Comparative Education Review, 1974, 18 （3）.
⑧ Anthony Welch and Robin Burns. Introduction: Reflections upon the Field. In: Contemporary Perspectives in Comparative Education [G]. Robin J. Burns & Anthony R. Welch (eds.). New York & London: Garland Publishing, Inc., 1992. XI.

服力，兹将本研究限定为中国大陆的比较教育学的学术生态研究。对"比较教育"和"比较教育学"二词的使用，除非上下文特别说明，否则全书不作意义区分。

生态学是研究生命系统和环境之间关系的科学，最初主要运用于自然科学领域。但随着环境问题的日趋突出，人们逐渐认识到，生态问题其实是一个社会问题，是社会问题在自然生态系统中的反应。自然生态问题的解决需要综合考虑自然、社会和人之间的关系。同时社会问题和人的发展问题也必须以全面的、整体的视角并结合自然生态的可持续发展才能得以解决。人类的思维方式已经从人类中心转移，一种新的思维方式正在形成。可以说，当生态学发展到人和自然是普遍相互作用的这一研究层次时，它就已经具有了哲学的资格，形成了人们认识世界的理论视野与思维方式，具有了世界观、道德观和价值观的性质。[①] 同样，随着社会、政治、经济、文化的发展，现代化媒体的广泛运用，以及国际交流的日趋频繁，学术已经不再处于传统社会的那种"自在"和"自为"的状态，不再仅仅是少数人的兴趣爱好，而是与社会的各个方面呈现出越来越多维的关系。学术的制度化进一步肯定和强化了这种关系。这样，学术活动作为人类社会特有的一种活动，它既以自然、社会和人作为研究对象，同时也处在一个由对象和自身相互交织构成的生存网络之中。由于时代的发展，过去的那种单纯的由社会、政治、经济、文化对学术活动的决定论和相互作用论已经不能充分解释社会领域中出现的各种学术现象。学术与社会的关系已经呈现出立体的网状结构，这其中各种制约力量相互交错，形态多样。因此，全方位地审视学术这一活动形式，日益成为学术研究的重要课题。这一课题要求我们全面地、整体地、辩证地把握研究对象，超越二元对立的思维方式。而承担这一思维转型的思维形式就是科学的生态学思维，它是科学认识的生态学途径，即用"生态观点研究现实事物，观察现实世界"[②]，思考、认识、分析和解决实际问题。作为学术研究对象的生态学为研究学术的生存状况提供了一个在循环建构中不断生长的新视角。

对比较教育学的学术生态研究，或许是解决我们站在自身体系范围内无法解决比较教育学科发展的困惑处境的最佳视角之一。它使我们不仅要思考学科内部的自我建设，同时要从学术的自身逻辑结构和与外部环境共同发展的角度看到影响学科发展的各种因素，从比较教育学学科内部主要

① 余正荣. 生态智慧论 [M]. 北京：中国社会科学出版社，1996. 41.
② 余谋昌. 生态哲学 [M]. 西安：陕西人民教育出版社，2000. 61.

因素的彼此联系之间及其与外部的社会契机和动力机制之间的更广阔的网状关系中去寻求学科发展的源泉，并从生态学的思维方式出发，把比较教育学的自身发展和相关学科的发展、社会的发展，尤其是教育实践的发展联系在一起。

一、文献综述

学术生态如果从学者的角度看，就是"学者和影响学者生存与发展的一切外界条件的总和"①；从学术研究的外部条件看，多指知识创造的学术氛围、学术环境、学术规则、学术制度以及学术中的违规行为等；从学科的角度看，则是影响学科知识增长的相关因素的总和。而不管从哪一种角度开始研究，知识始终是活动的核心，对于一门学科的学术生态来说更是如此。因为大学学科设立之本是以对某一专业知识的承认为依据的，舍此无他。因此，本文的文献综述从学术生态的基本研究和学科内部知识状况研究两个方面予以综述。

（一）学术生态研究

学术生态是生态学应用于生物学界以外的众多学科中的一种。生态学的跨学科应用有一个发展的历程。1869 年，恩斯特·海克尔（Ernst Haeckel）第一个对生态学下了明确的定义，强调生态学研究动物、植物与环境之间的相互作用。② 到 20 世纪 60 年代，生态学从生物学的一个分支，向多学科交叉渗透，产生了如生态哲学、生态伦理学、社会生态学等交叉学科。在教育研究领域，"教育生态学"（ecology of education）这一术语是美国哥伦比亚大学师范学院院长劳伦斯·克雷明（Lawrence Cremin）于 1976 年首先提出的。从此，将生态学思想、方法运用于教育研究的文献在学术领域大量涌现。20 世纪末本世纪初，生态学被运用于对学术本身的研究，这一研究虽然起步较晚，但一出现便产生了广泛的社会影响。

在对英文文献进行检索过程中，笔者未发现直接将学术与生态两个词连接在一起的文献，但是却有大量的从学术的制度环境、学术规范、学术自由、组织机构等方面研究学术状况和影响学术发展因素的文献。李比特（Lance Lippert）、蒂斯沃斯（Scott Titsworth）和亨特（Stephen Hunt）在共

---

① 乔锦忠. 学术生态治理——研究型大学教师激励机制探索 [M]. 北京：教育科学出版社，2008. 11.

② Alfred Breitschmid, Gisela Shaw. The Ecological Challenge to Universities：General Ecology at the University of Berne（Switzerland）[J]. European Journal of Education，1992，27（3）：257.

同撰写的文章中运用生态学模式研究了学生的学术危机与交流理解、语言攻击行为和有益的交流之间的关系。学术危机的生态学研究模式认为，学生学习是学生与环境之间相互作用的表现，学术危机源于包括个体、个体的社会系统和个体文化之间多种力量的相互作用。该文运用观察的方法探索了交流复合的多层影响——个人层面、社会层面和文化层面是怎样使学生处于不利的学术境况之中的。生态学的方法不是指出单一因素，而是假定存在着多种原因导致了学术危机，而每一种源于社会或个人的原因都作用于学生的交流表现。① 瑞典学者麦克凯尔威（Maureen McKelvey）在讨论学术环境时，提出了"认知环境"和"体制环境"的定义。他认为，"创新不是一种意外的收获，而是求知的结果，本身建立在参与者对环境条件的理解以及他们的能力与经验之上"②。并定义了四种抽象的环境：基础—科学环境、技术—经济环境、科学—经济环境、技术—政府环境。比彻（Tony Becker）侧重用文化的观点分析大学学术生态环境，他提出，大学教师靠他们工作系统所固有的许多亚文化生存：个别学科的亚文化，特定的大学或学院的亚文化，一般学术专业的亚文化，甚至整个国家高等教育系统的亚文化。同时学生也发展他们的文化，学生和行政人员众多时通常就建立了他们自己的价值观和规范。③ 这些文献都是运用生态学的系统联系和相互影响的观点给我们揭示了影响学术活动的相关因素，如交流、环境、文化以及学术主体对环境的认知等，并且无一例外地表明，学术早已不仅是学科内部的事，也不只是学生或学者书斋里的事。在学术活动中，"两耳不闻窗外事，一心只读圣贤书"的学术与社会分割的状况再也不存在了。人们必须通过对影响学术发展的外部条件的认识和改善来理解学术和促进学术的发展。

从我国学术生态的研究方面来看，第一本专著是刘贵华的博士论文《大学学术生态研究》。论文从生态学的独特角度研究了大学学术问题，具体分析了适用于自然、社会乃至大学学术活动和现象的生态学原理及生态哲学思想；探讨了大学学术的生态学分析视角和方法，即主体与环境、遗

① Lance R. Lippert, B. Scott Titsworth, Stephen K. Hunt. The Ecology of Academic Risk: Relationships between Communication Apprehension, Verbal Aggression, Supportive Communication, and Students' Academic Risk Status [J]. Communication Studies, 2005, 56 (1).

② 亨利·埃兹科维茨. 大学与全球知识经济 [M]. 夏道源译. 南昌：江西人民出版社，1999. 102.

③ 伯顿·克拉克. 高等教育新论——多学科的研究 [M]. 王承绪等译. 杭州：浙江教育出版社，2001. 171.

传与变异、平衡与失衡、共生与竞争，同时把系统观、动态观、平衡观和整体观看做是指导大学学术研究的重要理论支撑。论文从生态环境对生态主体影响的角度，说明学科和学术人是大学学术活动的基本生态主体，它（他）们与校内、校外环境所构成的生态环境一起，组成大学的学术生态系统。大学学术繁荣与大学学术生态环境的优化是联系在一起的，学术生态环境的变化，要求大学的学术理念与时俱进，在高等教育哲学的指导下进行价值合理性的选择。大学学术基本生态主体与环境关系失衡导致的各种学术问题和现象，是大学学术生态危机的主要表现，大学学术生态危机的本质是学术主体的心理失衡。大学的学术生态模式，主要是在主体与环境的关系中来构建的，基于这一总的原则，论者主要选取学术与知识、职能、理念、环境适合度等四个主要生态因子的关系，围绕学术分化、综合所必然导致的同质或异质性结果，来构建大学的学术生态模式。论者考察了历史上的溶合型学术生态模式、散射型学术生态模式、棱柱型学术生态模式，最后提出"发展型学术生态模式"，并认为该模式是学术生态环境与学术生态主体处于动态平衡状态下的理想模式，是未来大学学术发展的基本范式。不可否认，这是迄今为止第一部全面运用生态学原理分析学术的专著。但是作者把学术危机的本质归结为学术主体（学者）的心理失衡，而忽略了学术的核心——知识的性质、知识在整个知识体系中以及在社会生活中被建构的地位问题，即知识体系中存在的"中心"与"边缘"的不平等因素对学术发展的本质的影响。

从学术期刊论文方面看，比较系统地研究了高校学术生态的是杨移贻的《知识经济时代的学术生态》一文。文章指出，高校学术生态是一个以知识分子为主体，处于高等学校这样一个特殊环境，为了达到学术创新的目的进行复杂的学问探究和科学实验等活动的生态系统。对学术生态的研究，就是运用生态学的基本原理和方法，研究学术—人—环境三者的相互关系。研究的重心是科研人员与环境的关系，目的是通过对生态环境的优化，使资源得到充分利用，从而获得更大的发展，实现最大的生态功能。从学术生态的构成要素看，高校学术生态环境主要包括自然环境、社会环境、文化环境和心理环境。① 另外，关于学术生态的结构有学者认为：权威的构成和地位、学术民主的状况、等级职位的流动性、信息资料的占有方式、知识传播的通路、研究组织的构造、学术权力与行政权力的关系、资源的配给方式、学术评价机制的完善、教学的内容和形式、教学的组

---

① 杨移贻. 知识经济时代的学术生态 ［J］. 教育发展研究（1999 素质教育专辑）.

织……它们形成了一个相对系统的学术生态。① 戚业国和宋永刚运用生态学中的生态因子的概念，指出在影响学术发展的生态因子中，校内的主要包括学术人员之间，学术人员与其他人员之间，学术活动与其他活动之间的相互关系与影响，也包括了学术活动赖以开展的物质条件，还包括了学术人员及其学术活动与校外的关系。在我国大学的学术生态环境建设中，需要从重视学术的群体效应，尊重学术人员的自我组织，强调学术多元发展，鼓励创造并宽容失败，行政力量发挥有限作用和发挥学术人员的主体作用六个方面发挥学术发展影响因子的系统作用。② 唐安奎从学术生态的视角论述了大学学术环境与基层学术人员成长之间的关系，指出学术制度文化、学术权威、学术群体、学术管理以及经济收入等学术环境对大学基层学术人员成长影响很大。为了优化学术生态环境，大学管理人员、学术带头人以及基层学术人员自身都需要做出相应的努力。③ 对于如何建设和谐的学术生态环境，陈素珊指出要从以下五个方面着手：尊重学术自由，遵守学术规范；建立科学的评估与考核制度；建设学术创新团队；培育高素养的学科带头人；优化人文环境，营造和谐的人际关系。④ 学术的成果形式主要是知识，而知识要获得认可和优先权主要是通过在学术期刊上的发表来实现。因此，学术生态环境与学术期刊的发展有着必然的因果逻辑关系。陈颖指出，当前我国学术生态环境的部分恶化制约了学术期刊的可持续发展，而学术期刊作为整个学术生态系统的一部分也起着调节学术生态环境的作用。优化学术生态环境是一个系统工程，学术期刊的责任是改革管理机制，自我更新，实现优胜劣汰。⑤ 宋书星从学术规范与学术生态环境之间关系的角度指出，学术规范应具备理性原则、个性化原则和中性化原则，而当前不少学术期刊的学术活动不规范甚至无规则，在"产业化"乃至"商业化"浪潮冲击下，旧的传统规则和行为规范被遗弃了，又推出一些如版面费等不合理的新规则甚至"霸王条款"，作为弱势群体的学人多有微词而又无可奈何，这样学术期刊不仅自身惨淡经营、处境尴尬，

① 熊庆年. 校园生态与新世纪的大学理念 [J]. 高教探索，2001，(1)：2.

② 戚业国，宋永刚. 论大学的学术生态环境建设 [J]. 江苏高教，2004，(2).

③ 唐安奎. 论大学学术环境与基层学术人员的成长——学术生态的视角 [J]. 现代教育科学，2006，(4).

④ 陈素珊. 论高校和谐的学术生态环境建设 [J]. 辽宁教育研究，2006，(8).

⑤ 陈颖. 论学术生态环境建设与学术期刊的责任 [J]. 福建师范大学学报（哲学社会科学版），2006，(3).

同时也无助于良好学术生态环境的建设。①

　　鉴于学界出现的各种不利于学术发展的不良现象，运用网络的形式开展对学术现状和学术生存环境的集中讨论，是本世纪初出现的新生事物。杨玉圣于 2001 年专门开办了学术批评网（http://www.acriticism.com）。该网开辟的学术规范、学术批评、学术评价、学界观察、学问人生等几个主要栏目，虽然没有提出学术生态的概念或名称，但实际包含了对学术生态的内部环境和外部环境的研究。另外，致力于法学研究同时也关注学术整体发展的邓正来教授也于 2004 年 3 月创办了"正来学堂"网站（http://dzl.legaltheory.com.cn）。该学堂的理念是"以学术为本，直面人类社会"，这也体现了邓正来教授的两个关怀：一个要关怀学术，一个要关怀人类。因此，该网站虽然是一个法律领域的网站，但是专门开辟了"学术规范与本土化"栏目，探讨学术中出现的各种问题，为探究学术生态中的弊端和不利因子提供了很好的研究范例。

　　从上述研究可以看出，学术环境问题、学术发展问题以及影响学术的种种因素已经成了学术研究的重点。但这些研究多从学术生长的外部条件进行粗线条的论述，形成了学术研究中的外部环境研究范式，而缺少对知识生长内部逻辑的研究。将知识内部研究与外部环境相结合的是知识社会学理论。知识社会学"主要关心知识与社会或文化中其他存在因素的关系"。② 舍勒（Max Scheler）在《知识社会学问题》一书中，正式提出了"知识社会学"概念，并研究了知识的生成、知识的类型和知识的社会作用问题。默顿（Robert Merton）构架了知识社会学的范式：包括受到社会学分析的精神产品是什么，精神生产的存在基础是什么，精神生产和存在基础的关联是什么，精神产品的功能、知识和存在基础的关系何时被承认等。科学社会学是知识社会学的一部分，科学是"具有独特精神特质的社会制度"③。默顿还探索了科学社会学的主题。这些主题包括了科学的精神特质，科学知识的发展——站在巨人的肩上，影响科学加速或减缓发展的因素——优势积累与劣势积累，科学的奖励系统，科学中的多重发现，个人知识与公共知识的差距，哪些因素影响了科学中的问题选择，社会行动对科学的影响等八个方面。这些方面涵盖了影响科学发展的各种重要的内外因素。从知识社会学的研究范围可以看出，它不同于学科的学术生态研

---

　　① 宋书星. 学术规范与"学术生态环境"［J］. 图书与情报，2005，（2）.

　　② R. K. 默顿. 科学社会学［M］. 鲁旭东译. 北京：商务印书馆，2003.7.

　　③ R. K. 默顿. 科学社会学［M］. 鲁旭东译. 北京：商务印书馆，2003.3.

究，它关心的是知识总体以及科学知识与社会或文化的关系问题，是一种宏观的抽象研究。知识在这里是抽象的而非具体的。可以看出，知识社会学更注重知识生长的内部逻辑，关注与知识生长有直接关系的因素。对一门学科的知识发展来说，外部的条件因素一时难以改变，因而内部的知识生长逻辑便凸显了其重要地位，对其进行知识社会学的研究应该构成其研究的一条主线。

（二）比较教育学科理论探讨

对一门学科的发展来说，不仅要注意外部的学术生态环境，更重要的是要认识到外部学术环境与内部知识状况之间的关系，在既定的制度环境中，内部的知识状况在学术的生存发展中起着关键的作用。就学科而言，每一门学科一开始就要研究的问题是学科对象问题，[①] 学科的研究方法要根据学科对象和研究目的来确定。英国学者波斯奈特（Hatcheson Posnett）指出，"有意识的比较思维是 19 世纪的重要贡献"[②]。19 世纪产生了大量的比较学科，在很长一段时间内，由于国际交流和能够进行国际交流的人局限于部分学者，因此当时以比较命名的学科不存在学科身份同一性问题，而是以"比较"作为与相关学科区分的标志。但随着国际交流的日益增多，运用比较方法从事研究而不以比较命名的学科也越来越多。人们越来越深刻地认识到，比较学科也越来越需要多种方法的综合使用。这种趋势的出现让比较学科的学者对自己学科的独立性和方法论产生了怀疑。比较教育学也不例外。因此，在学科理论探讨中，学科对象、学科方法论和比较教育学科危机是比较教育学者普遍关心的问题。

1. 比较教育研究的对象

对于比较教育学研究对象问题，比较教育学界似乎没有统一的定论。1991 年，美国著名比较教育学家菲利普·阿尔特巴赫（Philip Altbach）指出，比较教育是一个异质的领域，"比较教育同时关照多个方向，这使它失去了明确的中心"[③]。相似的结论在《比较教育导论——教育与国家发展》这本比较教育专著中也可发现。该书作者专辟一节研究比较教育研究的对象，指出在比较教育的研究文献中，根据研究对象的性质可以把研究对象分为"观念要素、制度要素和实践要素。这三个要素不仅是比较教育的研

---

① 黑格尔. 美学（第一卷）［M］. 北京：商务印书馆，1982.29.

② 乐黛云等. 比较文学原理新编［M］. 北京：北京师范大学出版社，1998.39.

③ Philip G. Altbach. Trends in Comparative Education ［J］. Comparative Education Review，1991，35 (3)：491.

究对象，而且是一般教育的研究对象"①。比较教育的研究对象似乎囊括了教育的所有领域，"比较教育给人留下的印象是：比较教育学家们都研究各自感兴趣的外国的教育，除此以外很难找到共同点"②。类似地，朱旭东在《试论中国比较教育研究的无边界特征》一文中也指出当前比较教育研究对象的现状："当我们考察中国改革开放以来比较教育研究学术成果的时候，发现研究对象上是无边界的，几乎可以把所有的教育事实、现象都纳入到比较教育研究范围内。"③ 朱旭东主张比较教育研究的对象应该有边界，这个边界就是教育制度或体系。④ 2005 年，顾明远在回顾我国比较教育发展的历程中指出，比较教育研究是从"研究六个发达国家的教育制度开始，然后再到专题比较研究，再到教育国际化研究"⑤。当前几个值得关注的问题是教育国际化研究、跨文化研究和世界教育思潮的比较研究。⑥比较教育的研究对象究竟应该是什么，目前仍无定论。因此，学科对象问题成了学科生态危机的关键问题。

2. 比较教育学方法论

比较教育方法论研究中，比较有代表性的是贝雷迪（George Bereday）的比较的四个阶段，安德森（C. A. Anderson）、诺亚（H. J. Noah）和埃克斯坦（M. A. Eckstein）的实证主义比较教育学，霍尔姆斯（Brian Holmes）的实用主义比较教育学，埃德蒙·金（Edmund King）的比较研究与教育决策，卡诺伊（Martin Carnoy）的依附论和阿诺夫（Robert Arnove）的世界体系分析，黎成魁的普遍教育理论，施瑞尔（Jürgen Schriewer）的系统功能主义比较教育学。这些比较教育学家的方法论，我国的比较教育著作对其多有阐述。⑦

在我国的比较教育基本理论研究中，比较教育方法论一直是受到广泛关注的问题。最初是单纯的比较方法。吴文侃和杨汉清在共同主编的《比

---

① 顾明远，薛理银. 比较教育导论——教育与国家发展 [M]. 北京：人民教育出版社，1998. 26.

② 顾明远，薛理银. 比较教育导论——教育与国家发展 [M]. 北京：人民教育出版社，1998. 28.

③ 朱旭东. 试论中国比较教育研究的无边界特征 [J]. 比较教育研究，2005，（10）：8.

④ 朱旭东. 试论中国比较教育研究的无边界特征 [J]. 比较教育研究，2005，（10）：9.

⑤ 顾明远. 关于比较教育学科建设的几个问题 [J]. 比较教育研究，2005，（3）：2.

⑥ 顾明远. 关于比较教育学科建设的几个问题 [J]. 比较教育研究，2005，（3）：2—3.

⑦ 薛理银. 当代比较教育方法论研究 [M]. 北京：首都师范大学出版社，1993；顾明远，薛理银. 比较教育导论——教育与国家发展 [M]. 北京：人民教育出版社，1998；王承绪. 比较教育学史 [M]. 北京：人民教育出版社，1999.

较教育学》中提出比较教育学是以比较法为主要方法,研究当代世界各国教育的一般规律与特殊规律的学科。高如峰、张保庆主编的《比较教育学》也认为,比较教育学是通过比较分析的方法对不同空间或时间的教育理论与实践的相似性、差异性以及对其产生影响的各种因素进行探讨并揭示教育发展的一般规律的学科。王承绪、朱勃和顾明远主编的《比较教育》和成有信的《比较教育原理》也都把比较分析看做是比较教育研究的主要方法。1993 年,我国的第一部比较教育方法论专著《当代比较教育方法论研究》出版。著者在著作中提出了自己的方法论模型——文化模式模型,摆脱了流派划分中的社会学模式的影响;最后提出了国际(跨文化)教育交流论坛的理论,使我国比较教育界耳目一新。① 在《比较教育导论——教育与国家发展》一书中,著者指出,由于"跨国、跨文化研究的特殊性,使比较的方法论成为比较教育研究的一个非常重要的课题"②。但是,各种教育研究方法以及社会科学研究方法都可以运用在比较教育中。该书的第三章专门论述了比较法与逻辑分析法在教育研究中的运用,在第六章中介绍了比较教育研究中常用的方法:移植法、教育系统分类法、比较教育统计法、因素分析法、比较历史法、比较内容分析法、语义分析法、相关研究法和系统分析法。这样比较教育学的研究方法由单一的比较法逐渐走向多种社会科学研究方法综合运用的复合体。此外,生兆欣提出我国学者倡导的比较教育学方法是"马列主义方法论"和"和而不同"。③

项贤明的专著《比较教育学的文化逻辑》主张从文化的视野去研究不同民族国家的教育,从文化逻辑角度分析比较教育学的方法论,从而提出自己的方法论模型。他认为,西方中心主义、东方主义两者都是受殖民文化影响的,对比较教育学研究起着不良的影响。比较教育学者应有清醒的自我意识,要解构西方国家的世界文化霸权体系,实现第三世界国家文化和教育的去殖民化,包括比较教育学自身的去殖民化,主张比较教育学者要关注"民族际性"的建立,把中国古代哲学中的"和而不同"作为比较教育学的理想范式。该书还论述了比较教育学的话语体系,认为它基本上是西方的体系,我们应该努力建立一种属于我们自己的具有民族性和开放

---

① 薛理银. 当代比较教育方法论研究 [M]. 北京:首都师范大学出版社,1993.

② 顾明远,薛理银. 比较教育导论——教育与国家发展 [M]. 北京:人民教育出版社,1998. 32.

③ 生兆欣. 作为话语实践的 20 世纪中国比较教育研究 [D]. 北京:北京师范大学博士学位论文,2007. 114—119.

性的学术话语体系。① 顾明远在《关于比较教育学科建设的几个问题》一文中指出，比较教育至今没有被大家公认的方法论体系，但是他竭力主张比较教育的文化研究方法。② 比较教育研究方法就由具体方法的增加变为方法论层面上的思维方式的变化。

3. 比较教育身份危机的研究

比较教育学的身份危机，始于 20 世纪 60 年代人们对比较教育领域的学科定位和方法论标准的怀疑。围绕"何谓比较教育"，一部分学者主张用方法对比较教育下定义，并积极推动比较教育研究的"方法论转向"，主要代表人物有贝雷迪、霍姆斯、诺亚、埃克斯坦、埃德蒙·金等。③ 与此相对立的另一派学者，如汉斯（Nicholas Hans）、安德森等，则主张应该首先从内容上给予比较教育学一个确切的定义。④ 1973 年 3 月，比较教育学者约翰·拉斯卡（John Laska）在美国《比较教育评论》上发表了一篇很有代表性的怀疑比较教育学科地位的文章——《比较教育的未来：三个基本问题》。他认为比较教育基本上是一个依附于教育学的学术领域，比较教育学是孤立的和脆弱的。⑤ 1985 年黎成魁在为联合国教科文组织出版的文集《教育科学导论》一书提供的论文中则鲜明地提出："比较教育不是一门学科，而是一个研究领域。"⑥

进入 20 世纪 90 年代，比较教育的生存环境更加复杂多变。随着各种批判、反思理论的兴起，比较教育的身份危机便日益由各种具体情境提升为一个总体的、具有高度概括力的概念，成为一个公认的问题域。1991年，美国著名比较教育学家菲利普·阿尔特巴赫在一篇文章中指出，"我确信，比较教育无论如何都不是一门'学科'，而是一个对教育（不一定

---

① 项贤明. 比较教育学的文化逻辑 [M]. 哈尔滨：黑龙江教育出版社，2000.

② 顾明远. 关于比较教育学科建设的几个问题 [J]. 比较教育研究，2005，(3).

③ George Z. F. Bereday. Comparative Education [M]. New Delhi：Oxford & IBH Publishing Co.，1964；Brian Holmes. Problems in Education：A Comparative Approach [M]. London：Routledge & Kegan Paul，1965；H. J. Noah & M. A. Eckstein. Toward a Science of Comparative Education [M]. New York：Macmillan，1969；Edmund King. Analysis Frameworks in Comparative Studies of Education [J]. Comparative Educaiton，11（1），1975.

④ Nicholas Hans. Comparative Education：A study of Educational Factors and Traditions [M]. London：Routledge & Kegan Paul，3rd edition，1958；C. A. Anderson. Comparative Education over a Quarter Century：Maturity and New Challenges [J]. Comparative Education Research，21（2/3），1977.

⑤ John A. Laska. The Future of Comparative Education：Three Basic Questions [J]. Comparative Education Review，1973，17（3）.

⑥ 米亚拉雷等. 教育科学导论 [M]. 思穗，马兰译. 北京：教育科学出版社，1991.68.

限于学校或其他正规教育机构）进行跨文化背景研究的多学科领域"①。至此，比较教育的身份危机问题日益成为比较教育研究领域的重要问题。

我国对比较教育身份危机的研究始于20世纪90年代。1993年，王英杰在《比较教育定义问题浅议》一文中第一次指出："由于当前比较教育学界尚未对比较教育的定义取得一致的意见，比较教育学科的发展受到了一定的阻碍，出现了所谓身份危机。"② 1995年，刘卫东在《比较教育研究》杂志上，发表了《中国比较教育危机之我见》一文，指出学科研究对象、范围、目标等不确定、不明了，是比较教育身份危机问题的症结，比较教育学科的生存危机在于中国比较教育的学科硬件（科研机构与科研队伍等）虽已基本具备，但是，学科软件（比较教育学的理论体系）仍不坚实充足。③ 系统地研究比较教育的身份危机的文献是李现平的博士论文《比较教育身份危机之研究》。他在该论文中分析了比较教育身份危机的生成和发展，将其表现分为"比较教育的学科统一性危机"、"社会价值和社会地位危机"、"学者认同感危机和区域性比较教育群体生存危机"四种。他指出比较教育身份危机是人类工业化以来，特别是20世纪70年代以来日益加重的全面生存危机的一部分，教育科学和比较科学诸学科身份危机具有普遍性，其本质是比较教育外部环境和生存条件的急剧变化与比较教育内部变革与应对严重滞后的矛盾。最后，论者指出比较教育只有在谋求教育、教育学、比较教育、比较教育学及人的可持续发展中，才能够不断建构其具有现实意义的新型身份。

项贤明在《比较教育学的文化逻辑》一书的绪论中进一步全面深入地分析了"比较教育的学科统一性危机"，提出了克服危机的主张——文化的立场。顾明远在《比较教育的身份危机及出路》中指出，身份危机出现的原因是学科的知识不能解决现有的问题，只有在切切实实研究当代世界教育中存在的问题和解决办法中，才能找到比较教育自身问题的答案。项贤明教授在《站在十字路口的中国比较教育学》一文中，分析了出现比较教育学科危机的内外原因，指出了学科危机现象的实质并非是"学科本身存在价值的危机，而是其现实存在方式的危机，是一种潜伏着新生的危机"④。这样，学科危机之争逐渐地由最初学科自身定义的不统一问题转为

① Philip G. Altbach. Trends in Comparative Education [J]. Comparative Education Review, 1991, 35 (3).

② 王英杰. 比较教育定义问题浅议 [J]. 外国教育研究, 1993, (3): 8—9.

③ 刘卫东. 中国比较教育危机之我见 [J]. 比较教育研究, 1995, (3).

④ 项贤明. 站在十字路口的中国比较教育学 [J]. 比较教育研究, 2005, (3): 29.

学科知识无法满足教育实践需要的理论与实践的关系问题，在认识上越来越深入。

二、主要概念界定与基本理论分析

概念的厘定是为了我们把研究的对象明确化，从而避免因误解而引起不必要的分歧和争论。康德曾说过："一切知识都需要一个概念，哪怕这个概念是很不完备或者很不清楚的。但是，这个概念，从形式上看，永远是个普遍的起规则作用的东西。"① 比较教育研究中，尽管有时候由于研究对象自身的复杂性及其在发展中的不断变化，要下一个明确的和恒定不变的定义是不可能的，可是没有它们，我们的讨论就将含混不清，就不可能取得理智上的共识。

（一）学术·学科·知识

学术是一个在当今社会使用频率极高的词汇。从日常语义的角度看，如"他是一个做学术的人"中，"学术"是指按照学理的规则，掌握高深知识和从事知识的创造。在科学研究中，学术在使用上是一个存在分歧的概念。在我国古代，学术"多用于人文、社会科学，它包括了哲学、历史、教育、经济、文学、艺术等领域的理论、思想、观念、原则乃至方法等理性的意识形态的对象。这是学术古已有之的、狭义的内涵概念……冠以学术的概念，今天，已包括了自然科学、工程技术、医药卫生及其他非传统新学科中与上述狭义内涵中已提及的那些对象相近或完全相等的概念对象"②。在这里，学术是指通过研究形成的知识体系。20世纪以来，倾向于将"学"与"术"分别开来。"学也者，观察事物而发明其真理者也；术也者，取所发明之真理而致诸用者也。""学者术之体，术者学之用。二者如辅车相依而不可离。"③ 随着时代的发展和学术制度化的出现，大学和研究院成了从事学术活动的主要场所，学术人分别以自己的专业知识在大学里担任某一职务，在国家、社会、组织机构的多方作用下，从事"发现知识，寻求不同学科知识的联系，将科学研究的成果应用到实践中，向学生传递知识"④ 四个方面的活动。从以上分析可以看出，学术的核心是知识，并且随着时代的发展，学术既包含已经形成的知识体系，也包含围绕知识

---

① 北京大学哲学系外国哲学史教研室. 西方哲学原著选读（下卷）[G]. 北京：商务印书馆，1982. 296.

② 杜作润，高烽煜. 大学论 [M]. 成都：四川教育出版社，2000. 302.

③ 梁启超. 学与术. 饮冰室文集之二十五 [G]. 北京：中华书局，1989. 12.

④ 欧内斯特·博耶语，参见杜作润，高烽煜. 大学论 [M]. 成都：四川教育出版社，2000. 302.

而进行的活动。

学科（discipline），根据上海外语教育出版社 2004 年出版的《剑桥国际英语词典》的释义，主要指（大学里）设置的学科、科目。现代大学里的教学人员、科研、资金、讲座、教学设备等主要是以学科为单位组织起来的。因而，学科的设立，从制度上保证了该门学问在学术领域的身份和对其的知识认同。朱旭东认为，学术制度化主要体现在以下几个方面：一是在大学建立学科专业；二是在大学设置了学科课程；三是在大学设置了教授席位；四是可以颁发学位证书，尤其是博士学位证书；五是建立了专业或学科组织或协会；六是建立了学术研究的专门机构或研究所、学科系；七是编辑了学术刊物。[①] 从我国改革开放新时期的情况来看，早在 1978 年6 月，教育部制定了高等师范院校教育系的教育方案，规定恢复开设比较教育课程，并从 1979 年起，组织人员编写比较教育教材；1979 年，中国教育学会比较教育研究会正式成立，迄今为止，已经成功召开了十五届年会，对把握世界教育脉搏和推动我国比较教育研究的发展起到了重要作用；20世纪 80 年代早期开始在大学设置比较教育硕士点，80 年代中期设立博士点，至 2008 年，我国已有比较教育硕士点 34 个，博士点 9 个；比较教育学术刊物有《比较教育研究》、《外国教育研究》、《全球教育展望》、《外国中小学教育》、《世界职业技术教育》和《日本问题研究》。从上述的基本情况可见，比较教育在大学中具备了学科研究的学术制度化基本条件，在学科外在建制和学术制度化方面不存在问题。

学科分类背后是一定的"学科观念"。我国在 1993 年开始实施的《中华人民共和国国家标准：学科分类与代码》（GB/T 13745—92）中，共设 5个门类，58 个一级学科。"教育学"是"人文与社会科学"门类下的 19 个一级学科之一，包括"比较教育学"等 18 个二级学科。在上述国家标准中，"学科是以一定共性的客体为研究对象而形成的相对独立的知识体系或分支"，其分类依据包括学科研究对象、研究特征、研究方法、学科的派生来源、研究目的、目标等五方面。[②] 在此依据中，没有强调学科的外在建制部分，而是强调系统的知识体系在学科中的基础地位，当我们在诘问，"比较教育学是一门学科吗？"，也是基于此"学科观念"而提出的。在这种"学科观念"下，我们常常寻求诸如"比较教育的研究对象"、"比较教育的研究方法"和"比较教育的研究目的"等问题的答案来为学科的存在

① 朱旭东. 比较教育研究的学术制度化和规范化 [J]. 比较教育研究, 1999, (6): 13—16.
② 丁雅娴. 学科分类研究与应用 [M]. 北京: 中国标准出版社, 1994. 38.

正名，通过探索"比较教育的基本理论体系"来寻求学科内部的统一，提升学科的学术性和学术地位。

由此可见，对比较教育学作为一门学科的学术状况的讨论，其中心将落在比较教育的知识体系上。然而，在教育学科知识群中，比较的方法被广为运用。综观近年来的文献，几乎每一篇教育学博士论文都要运用到"比较教育"的方法。这一方面说明了"比较教育"方法在教育领域的必要性，另一方面也表明比较教育似乎是一个不需要专门学科训练的，人人都可以进入的公共领域。那么，在教育知识丛林中，比较教育的生存状况如何？位置何在？在学科制度化的今天，知识的生存是和国家、公众的选择紧密联系在一起的。比较教育作为一门实用性的知识，社会的需求、国家的政策和权力偏向等外源因素对其学科的发展有很大的影响，而影响的偏向则主要来对比较教育知识的存在状况的看法。比较教育学知识面临着来自内部和外部的双重危机，比较教育如何在更高的理论层次上统一内部出现的分化，比较教育的知识如何将自身与其他教育知识区别开来，"比较"的知识如何才能具有学理上的价值和实践价值，从而得到学术界的认可。这些都是时代赋予比较教育学知识特有的焦灼，也是比较教育学科发展必须突破的瓶颈。

（二）学术研究的生态范式

生态是生物在一定的自然环境下生存和发展的状态。自古以来，智慧的人们就在有意或无意地运用生态学的知识来处理自身与周围环境的关系。但是，生态学在学术领域的首次出现，却是19世纪的事。1869年，德国生物学家海克尔首次提出该词并把它定义为：研究生物之间及生物与环境之间的相互关系的一门科学。当时，生态学是作为生物学的一个分支出现的，主要运用于自然科学领域。但随着环境问题的日趋突出，人们逐渐认识到，生态问题其实是一个社会问题，是社会问题在自然生态系统中的反映。生态失衡源于人类的心态失衡，是人类向自然界疯狂的、毁灭性的掠夺，是人类社会利益纷争的结果。基于此，在人文社会科学领域中，各种以生态学名义出现的交叉学科大量出现，它们包括政治生态学、社会生态学、教育生态学、经济生态学、系统生态学、文化生态学等等。这个名单还有继续拉长的趋势，形成了学术领域的生态范式，即以生态哲学的本体论和系统联系的方法论来建立学科理论结构、理论核心，研究学科的整体风貌与发展变化。

在现代社会，生态观念越来越深入人心，不管是"浅绿"、"深绿"还是"硬绿"①之争，都说明了生态哲学的观点正在成为处理自然问题、社会问题以及人自身发展问题的世界观和方法论。生态哲学已经把对自然生态的保护与对"物质主义"、"消费主义"等对生态具有破坏性的价值观的否定结合起来，并力求通过将自然问题和社会问题相统一的思维方式来寻找把人类从生态灾难中拯救出来，实现可持续发展之路。这种观念的普遍性和它的被接受程度从1992年《经济杂志》的抱怨中就可见一斑："环境保护主义者非常有效地绿化了公共舆论，以至于谁质疑追求更加环保和更加清洁的智慧，谁就成了不知羞耻的反动分子。"②那么，源于自然科学，解决自然科学问题的生态学原理如何合理地运用于社会人文问题的解决中呢？尤其是，当运用于只与人类高深知识有关的学术活动时，它们之间以什么方式进行推衍才不会受到摧毁性的质疑呢？毫无疑问，人类和其他生物的共同点是来自于自然并生活于自然生态系统中，与其他生物不同的是，人类创造了高度发达的社会生态系统，人类社会的生存和发展就是同时在这两个既相互区别又相互联系的生态系统中得以实现的。由于共性和差异性，源自自然科学的生态学在人类社会的生存和发展问题上的运用必定不会被全盘接受，而是在选择性地继承的基础上不断发展变化，并在此基础上形成社会生态系统的基本原理。

正如卡普拉（Fritjof Capra）和斯普雷纳克（Charlene Spretnak）在《绿色政治：全球的希望》一书中指出的那样，整体的和系统联系的生态学观点正在成为研究社会结构和人类的互动影响关系的更具有生命力和更接近事物本身的范式。"生态学思想的较为广泛的含义，导致出现了'社会生态学'，把社会结构和人类的相互影响，看做是各种动态系统的一个复杂的网络，这些动态系统本身既是完整的系统，同时也是这个网络中相互联系着的部分。几百年来，尽管西方文化一直为概念化机构、国家，以及自然界，即按等级排列的各个分裂的组成部分的综合体所支配，但是，这种世界观却正在为系统观点所取代，这种观点是以现代科学的最新发现为支柱的，它深深植根于生态学之中。"③

社会生态学的代表人物是霍利（Amos Hawley），他的社会生态学的基本假设是"适应"（adaptive）、"增长"（growth）和"进化"（evolution）。

① 王耘. 复杂性生态哲学 [M]. 北京：社会科学文献出版社，2008.1—34.

② 罗兰·斯特龙伯格. 西方现代思想史 [M]. 刘北成，赵国新译. 北京：中央编译出版社，2005.581.

③ 弗·卡普拉，查·斯普雷纳克. 绿色政治：全球的希望 [M]. 石音译. 北京：东方出版社，1988.59—60.

生态系统是"整体中一套相互依赖的设置，由此使整体运作成为一个单位，并在变化的环境关系中维持下来"。环境不仅包括生物物理的维度，也包括"'生态系统的或由远近人们所占有的文化'的'一般'维度"。① 霍利体系中的重要概念是"功能"和"关键功能"。"功能"是与"另一个或其他重复活动产生互惠的重复活动"，其中"关键功能"是"直接应对环境的重复活动"。② 为了说明功能的作用方式，霍利提出了生态系统中关于功能的一般命题是：③

（1）一个功能（重复发生的互惠活动）越能调节关键环境关系（关键功能），则它就越能决定其他功能运行的条件。

（2）一个功能越接近关键功能，则后者就越能抑制前者，反之亦然。

（3）一个功能越成为关键功能，则那些行动者和卷入单位的力量就越大，反之亦然。

（4）功能越分化，则所有功能与环境的间接关系就越多。

（5）使用一个功能产品的单位越多并且功能中的技术成本越少，则整体中参与功能的单位就越多。

（6）与一个功能相关的流动成本越大（如通讯和运输），则牵连其中的单位数量和联系也就越稳定。

（7）与此功能相关的单位的数量及其彼此之间的联系越稳定，则常规秩序就越能与功能秩序相适应。

霍利理论中的另一个一般命题是关于生态系统的变迁、增长和进化的：④

（1）一个生态系统越暴露在一般的环境（其他社会或其他社会文化）中，渗透在系统中的新信息和知识就越有可能发生。

（2）新信息越能提高人员、物质和信息及产品的流动，则变迁越有可能积累或演化到当新信息转化成生产、运输和通讯技术时所允许的复杂性限度。

（3）新信息越以不同的比率促进各种流动和生产过程，以较慢速率变迁的技术对较快变迁的技术限制越大。

（4）系统越接近技术所允许的规模和复杂性，变迁、增长和进化

---

① 乔纳森·特纳. 社会学理论的结构 [M]. 邱泽奇，张茂元译. 北京：华夏出版社, 2006. 81.
② 乔纳森·特纳. 社会学理论的结构 [M]. 邱泽奇，张茂元译. 北京：华夏出版社, 2006. 81.
③ 乔纳森·特纳. 社会学理论的结构 [M]. 邱泽奇，张茂元译. 北京：华夏出版社, 2006. 83.
④ 乔纳森·特纳. 社会学理论的结构 [M]. 邱泽奇，张茂元译. 北京：华夏出版社, 2006. 84.

速率就越慢，系统越可能在其一般环境中达到一种封闭（均衡）的状态。

霍利的理论保留了早期功能主义的观点，虽然他的理论是针对宏观社会领域的，但是他的生态学假设，关于生态系统功能的一般命题，以及关于变迁、增长与进化的一般命题，都是基于把每一个组织起来以适应环境的整体都看作一个生态系统的观点的。学科就是这样一个整体，学科的关键功能就是知识的生产、传递和运用，学科的存在、生长和发展也是一个与环境相互作用的过程。

（三）比较教育学的学术生态研究

学术生态这个词近几年频繁见诸报刊和网络，并因学术圈中的几件大的学术腐败案例而在圈内人士和社会上引起了极大震动——学术生态出了问题。讨论学术生态、呼吁改善学术生态的文章大量涌现。但是，从目前的情况看，学术生态还只是一个研究对象，谈不上概念的明晰和理论的精湛，要成为一门学术生态学还远远不够。

"学科是由专业人员以独有的领域为对象，按照专门的术语和方法建立起来的概念一致、体系严密、结论可靠的专门化知识体系。"[1]　在学术日益制度化的今天，学术是以学科的形式在大学和研究机构中存在的。正如伯顿·克拉克（Burton Clark）所言："主宰学者工作生活的力量是学科而不是所在院校。强调学科的首要性是要改变我们对院校和学术系统的认识：我们把大学或学院看做是国家和国际学科的地方分布的汇集，这些分布将更大领域里知识进展、规范准则和习俗惯例输入当地并使它们在当地生根发芽。工作的控制转向学科的内部控制，不管它们的性质是什么。"[2]　"学术系统中的核心成员单位是以学科为中心的。"[3]　各门学科由于历史的发展和当前的成就，在大学或学术机构中处于不同的地位，获得不同的声誉。大学里的学科从来就不是平等的，而总是呈金字塔的形式分布，处于金字塔顶端的学科将获得更多的资源和声誉，而这些都是由资源的分配、社会的影响、政府的政策以及学科的知识特征决定的。一个学科是日益强大还是逐渐萎缩并边缘化，是该门学科的从业者最关心的问题。如果他们的事业正在受名誉上的损失时，他们不得不设法弥补这种损失……严重的时候

---

① 朱旭东. 新比较教育 ［M］. 北京：高等教育出版社，2008.7.

② 伯顿·克拉克. 高等教育系统——学术组织的跨国研究 ［M］. 王承绪等译. 杭州：杭州大学出版社，1994.35—36.

③ 伯顿·克拉克. 高等教育系统——学术组织的跨国研究 ［M］. 王承绪等译. 杭州：杭州大学出版社，1994.38.

可能动摇该学科的信念基础，最无奈的是一部分从业者可能会脱离这个群体。

由此可见，一门学科和其他社会组织一样，面临着生存和发展的问题，它处于立体的、网状的社会生态结构中，是社会生态系统中的一个部分。每一个学科都是一个生态系统。学科的关键功能就是生产知识，通过生产知识来调节与其他学科，与管理机构及与社会之间的关系，获得平衡与发展。

综合以上分析，可以初步得出结论，比较教育学的学术生态就是比较教育学科在整体社会生态系统中，通过知识生产与其他系统相互作用，实现学科的生成、生存和发展。比较教育学的学术生态研究，就是运用生态哲学的观点和思维方式，运用社会生态学的基本原理来研究比较教育这门学科的生存和发展现状。在研究的过程中，我们既要重视比较教育学知识自身的演变轨迹，也要重视比较教育学者自身的反省、自觉与努力程度；既需关注学科内的组织和制度因素，还要考虑学科外的社会契机和动力机制；既需认知相关国内因素与国外因素的具体组合关系，也需要了解传统因素与现代因素的复杂互动及转化关系；不仅需要认知新生长的现代学术门类的突出意义，更需要注重揭示其与相关学科的共生与竞争关系。

三、研究方法和思路

通过以上对文献的梳理和对相关概念的界定与理论分析，本文的比较教育学的学术生态将以对学科知识的具体分析为中心展开。因此本书采用定性、定量相结合的方法，以生态学中生态体整体的生成、生存和生长的逻辑发展为线索，从比较教育学知识的现状、生存和发展的角度来考察比较教育学的学术生态。通过这种方式，将比较教育学的学术生态置于一种动态的发展过程之中，防止了学科学术生态静止性研究僵化的平面模式。具体而言，在研究对象上，本书从比较教育学学科知识的现状考察比较教育学知识的生成，通过比较教育学知识与相关人文社会科学知识的关系，以及比较教育学的社会认同两个方面研究比较教育学知识在学术领域和社会领域中的生存状况，最后通过比较教育学知识的进步来研究比较教育学知识的生长，探索其未来的发展趋势。全文框架结构如下（见图0-1）：

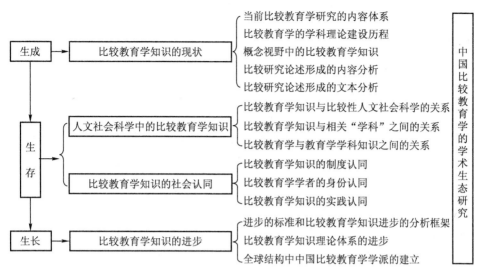

图 0-1　本书篇章结构图

第一章

比较教育学知识现状

知识是学科存在的基础和理由。比较教育学作为一门致力于应用的学科，其知识的状况直接影响到知识在社会学科尤其是教育学科和教育实践中的传播与应用，影响到政府决策部门对该门知识的采纳和对该门学科资源的投入。

对比较教育学知识现状的考察必须把比较教育学者的主观知识和已经以一定形式表现出来的客观知识区分开来，把比较教育学者的个人知识和作为比较教育学知识共同体的集体知识区分开来。为此，本书引入波普尔的"世界3"的概念来考察已经具有"独立性"、"自主性"的比较教育学知识的状况。虽然因为"世界3"的提出，波普尔的认识论被称为（如他自己所言）"没有认识主体的认识论"且为许多人所诟病。但是，"世界3"概念的提出和对"世界3"的研究恰恰体现了当前知识社会的特征——知识作为一个客观存在为单个主体所创造，但是作为知识总体，却已经具有"自主性"的特征。

为此，有学者深刻地指出波普尔"世界3"在当前社会的重要性："波普尔命题与笛卡儿命题，就范式转变的'级别'来说是相同的。波普尔命题针对的恰恰是工业社会形成的心物二元论，或人类对于自然的征服……显示了强烈的反笛卡儿的新启蒙理念，而这一理念正是当前的信息化启蒙运动缺乏的那种核心理念。波普尔要伸张的是后现代性（信息化）不同于工业化的范式基础。"从而为知识社会的到来"提供一个不同于农业社会的客体性与工业社会的主体性的独立基础——这就是世界3"。①

那么，何为"世界3"呢？具体而言，波普尔将成书、图书馆、计算机存储器以及诸如此类事物的逻辑内容称为"世界3"，意识经验世界为

---

① 姜奇平. 回到意义本身——波普尔、黑格尔与信息化元理论：（上）[J]. 互联网周刊，2005，(16)：56—57.

"世界 2"，物理世界为"世界 1"。① "世界 2"中的知识是主观知识，"世界 3"中的知识是客观知识。客观知识"由我们的理论、推测、猜想的逻辑内容（我们如果愿意的话，还可以加上我们遗传密码的逻辑内容）构成。"② 一般包括"发表在报刊和书籍中以及储藏于图书馆中的各种理论，关于这些理论的讨论，与这些理论有关的困难或问题，等等。"③ 也就是说，客观知识是已经以某种媒介为载体，表达出来可供交流的理论体系。这样，就把个人头脑中的知识和可用于科学共同体交流、分析、形成共享的知识区分开来。虽然，这样的区分从表面上看，并没有太大的新意，但是作为一种方法，却可以大大增加我们分析对象的清晰性。因为，讨论的对象不明确，必然得不出明确的结论。

这里，我们明确界定：本书分析的是比较教育学的"客观知识"，即"世界 3"的知识，也就是具体表现形态为书籍、期刊、图书馆、博物馆、光盘、网络等载体上面的比较教育学理论、问题等等，而抛弃了波普尔"世界 3"中其他模糊的内涵。

客观的能够通过文献检索的方式研究的比较教育学知识主要以三种方式存在：

一是比较教育书系。主要包括：《比较教育教材》、《比较教育译丛》、《比较教育论丛》、《比较教育丛书》、《世界教育大系》、《当代中小学课程研究丛书》、《当代教师进修丛书》、《世界课程与新理论文库》、《亚洲"四小龙"教育研究丛书》、《联合国教科文组织丛书》、《"国外中小学教育面面观"丛书》、《中国教育近代化丛书》等，还包括一些学者研究的专著等等。这些书目给我们的总体印象是：比较教育教材的理论水平不断提高，与世界比较教育界的联系也日益密切；比较教育研究逐渐向纵深发展，一些专题研究取得了重大成果；比较教育学科理论建设也在不断加强。

二是比较教育学术刊物。主要包括：《比较教育研究》（前身《外国教育动态》)、《全球教育展望》（前身《外国教育资料》)、《外国教育研究》、《外国高等教育资料》、《世界职业技术教育》、《外国中小学教育》和《日本问题研究》等。通过"中国知网"、"全国报刊索引"和"维普中文科技

---

① 卡尔·波普尔. 客观知识——一个进化论的研究 [M]. 舒炜光，卓如飞，周柏乔，曾聪明等译. 上海：上海译文出版社，2001.78.

② 卡尔·波普尔. 客观知识——一个进化论的研究 [M]. 舒炜光，卓如飞，周柏乔，曾聪明等译. 上海：上海译文出版社，2001.78.

③ 卡尔·波普尔. 客观知识——一个进化论的研究 [M]. 舒炜光，卓如飞，周柏乔，曾聪明等译. 上海：上海译文出版社，2001.78.

期刊"的综合检索，检索时间段是 1979 年到 2008 年，检索时间是 2008 年 12 月 30 日，以上七种刊物刊载的论文总数分别是：4 491 篇、2 807 篇、2 715篇、614 篇、571 篇、765 篇和 1 149 篇，研究内容涉及教育的各个领域。

三是比较教育硕士、博士论文。这两个论文库的部分资料可以从"中国知网"查到，另外，北京师范大学的比较教育专业的硕、博论文可以从"北京师范大学学位论文库"检索到。其中在"中国知网"的"中国博士学位论文全文数据库"和"中国优秀硕士学位论文全文数据库"两个数据库中，在"学科专业名称"条目下分别输入"比较教育"或"比较教育学"，共检索出 1999 年至 2008 年博士论文 200 篇，硕士论文 706 篇。在"北京师范大学学位论文库"中，检索出 1981 年至今的比较教育博士论文 109 篇，硕士论文 232 篇。检索时间是 2009 年 1 月 20 日。

以上类别的堆积和数量的列举只是浮光掠影地说明了比较教育知识的大量存在，是一种量的统计，它还不能揭示比较教育知识的真实研究状况。面对如此庞大的统计数字，我们不可能全盘采用总体研究的形式，而是采用总体研究和样本研究相结合，以及宏观数量、类型统计与微观文本分析相结合的方式。同时，对一门知识的分析要做到面面俱到是不可能的，如果过分追求全面的统计，就容易使其流于数据上的列举和堆积，无法得其精髓。因此，本文在对比较教育知识的研究上，将主要采用样本分析法。由于比较教育书目在数量上精确统计的困难以及在分类上的模糊，本文在样本的选择上主要选择能够精确统计并浏览全文的学术期刊。这不仅仅是出于统计学上便利的考虑，最主要的原因是，在各种比较教育研究成果知识载体中，期刊是极为重要的信息资源。社会科学研究者，在科学研究中取得的新成果，一般而言，总是以论文的形式，首先争取在期刊上发表，将来有可能再结集出版；一般的研究报告，也或多或少以论文的形式发表；另外，高校对教师的评估也倾向于以期刊论文作为评价指标，这也是学者们倾向于以期刊形式展现自己研究成果的首选手段。就此而言，期刊论文便成为各种科研动态和科研发展水平的一面镜子。因此，对期刊论文的研究，在相当程度上可以反映整个学科的研究现状。比较教育学作为一门人文社会学科，其状况也概莫能外。另外，一般说来，比较教育学博士论文也在很大程度上反映了当前该领域的重大研究问题和该学者未来的研究方向。因此，博士学位论文也是在进行文献分析的时候必须考虑的一个重要方面。

选择了分析样本之后，本章五节的逻辑分析思路就是：从宏观、中观、微观的层次，从理论研究和应用研究的角度全面地把握比较教育学知识。

宏观研究体现在建构比较教育学内容体系的分析框架和统计当前比较教育研究的专题类型与侧重点这两个方面。这一研究的结果能够显示比较教育知识的理论研究和学科应用研究的基本数量状况和类型。中观层次就是综合的学科理论研究和学科应用研究。学科理论研究属于比较教育学学科建设的部分，它对比较教育学的学科同一性和学术生存的质量非常重要，因此，采用时间顺序研究其变迁与发展。在学科应用研究中，由于其内容非常繁杂，如果要把每个专题的研究现状予以分析，势必为笔者力所不逮。因此，抓住核心是关键。从比较教育的学科概念来说，应用研究的一个核心就是"比较"或"比较视野"，亦即比较研究。这部分文献的样本要结合总体内容分析和微观文本分析的方法研究其论述的形成，以观其总体概貌，究其逻辑结构、研究范式和研究过程的合理性，从而了解什么是"比较研究"，它何以使比较教育学成其为自身。

第一节　当前比较教育研究的内容体系

要对学科知识进行分析，必然首先涉及内容分析框架的建构。清楚的分析框架会带来思维上的明晰，模棱两可的分析框架只会造成思维的混乱和交流的困难。对比较教育学知识进行分析，我们无法直接套用教育学知识的分析体系。一方面，虽然比较教育从一开始便将研究领域界定为整个教育的理论和实践，几乎所有的领域都可以从比较分析的角度来研究，但是它在思维方式上与教育学有显著的区别，由此造成理论上虽然可以涵盖整个教育领域，在实际研究上并未像教育学那样涉及教育的方方面面，比较教育研究还不能代替教育学的研究；另一方面，比较教育研究采用的是以比较为主的方法群来进行研究，而不管是以研究对象、研究方法来对比较教育研究进行分类，还是将比较研究从非比较研究中离析都是相当困难的事。因此，在分析框架上，也必然要经过合适的论证以确立比较教育自身的内容分析体系，才能进一步谈到了解比较教育研究内容的问题。

一、国外研究的启示

20 世纪 90 年代以来，比较教育学分类体系中比较有代表性的是霍尔斯在 1990 年根据全世界各地区的研究报告制作的分类体系。霍尔斯把比较教育分为比较研究（comparative studies）、外国教育（educational abroad）、国际教育（international education）和发展教育（development education）四个领域。见图 1-1。

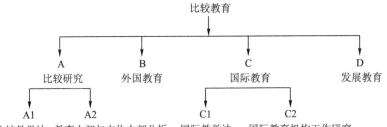

图 1-1　比较教育的学科体系①

其中比较研究分为比较教学法（comparative pedagogy）和教育内部与文化内部分析（intra-educational and intra-cultural analysis）。比较教学法是指国际教学和课堂教学过程的研究；教育内部与文化内部分析，主要是指从各国教育内部和文化背景进行分析和比较。外国教育研究本国以外一国或多国的教育制度和教育问题，包括区域研究。国际教育分为国际教学法（international pedagogy）和国际教育机构工作研究。国际教学法主要研究国际或跨国学校中多国、多文化和多种族学生群体的教学，或少数民族的教育以及对全世界共同面临的教育问题，如国际理解教育（international understanding education）和和平教育（education for peace）等的研究；国际教育机构工作研究主要研究政策问题，如国际资格认证、推进教育交流、签订文化协定等。发展教育是 20 世纪 60 年代发展起来的一个研究领域，关注的是教育如何推进后进国家发展的理论与实践的问题。

1990 年托马斯（R. Murray Thomas）主编的《国际比较教育学——实践、问题和展望》一书中提出了与霍尔斯类似的分类体系。② 该书在第十一章把比较教育学研究分为以下专题类型：（1）比较理论（comparative theories）；（2）全球教育（global education）；（3）发展教育（development education）；（4）比较教育（comparative education）；（5）发展中国家的教育（developing countries education）。其中比较理论和比较教育与霍尔斯体系中的比较研究相关，是比较研究中运用的理论基础，并且其中涵盖了外国教育；全球教育的内容与国际教育内涵一致；发展教育和发展中国家的教育等同于霍尔斯体系中的发展教育。

从霍尔斯的分类体系看，比较研究和外国教育的分类，是以是否运用

---

① W. D. Halls（ed.）. Comparative Education：Contemporary Issues and Trends［M］. Paris：UNESCO and New York：Jessica Kingsley，1990. 23.

② R. Murray Thomas. International Comparative Education——Practices，Issues and Prospects［M］. New York：Pergamon Press，1990.

了国别（区域、文化等）比较为依据的；而国际教育和发展教育的提出，是从比较教育学研究主题或研究对象的角度来提出的。在同一个体系中采用了不同的分类标准，这就造成了运用该体系来进行分析的困难，我们很难运用该体系来将比较教育学知识予以归类。事实上，我们在考察比较教育学知识的时候，发现这几个方面往往是联系在一起的。例如，外国教育是比较研究的基础，当我们对本国以外的两个国家的教育进行比较的时候，按照霍尔斯的分类就既可以纳入外国教育研究中，也可以纳入比较研究中；又如，当我们对某两个国家的发展教育的研究状况进行比较时，也存在这样的两者皆适宜的情况。这样，就造成了分类体系的失效。顾明远和薛理银也认为，在我国，比较教育、国际教育和发展教育三者是联系在一起的。[①] 霍尔斯的体系与其说是在分类，不如说体现了比较教育学在历史发展过程中研究主题的转换。在比较教育发展的初期，主要是对外国教育的了解，随着了解的深入才产生了比较，随着国际交流的增多，国际教育映入比较教育学者的视野，国家间国力的竞争和寻求国家对比较教育的支持催生了发展教育。它也验证了"比较教育的发展历史就是国际教育交流论坛的形成、制度化以及国际化的过程"[②] 的观点。各个时期的主题并没有被替代，而是在当前的研究中共存。

因此，霍尔斯和托马斯的分类体系有助于我们在总体上把握当前的比较教育学知识的类型，但是由于在同一个体系中的不同的分类标准，造成了归类上的两难问题，因此，笔者认为这个框架还不适宜，还需要重构比较教育学知识体系的分类标准。

二、我国教育学科分类体系的启示

在众多教育学科分类体系中，毛祖桓教授以教育活动为主线，兼顾研究方法，对教育的各个分支学科进行了分类。这个分类与其他分类比起来，分类的维度较少，但是由于强调了教育活动的全息性、多维性和多层次性，能够对现有教育分支学科包容无疑（见表1-1）。由于比较教育学在理论上可以以整个教育领域为研究对象，因此，这个分类体系对于建构比较教育研究内容分类体系具有重要的启示作用。

---

① 顾明远，薛理银. 比较教育导论——教育与国家发展 [M]. 北京：人民教育出版社，1998. 27.

② 顾明远，薛理银. 比较教育导论——教育与国家发展 [M]. 北京：人民教育出版社，1998. 15.

表 1-1　按教育活动的系统分类设计的教育学科体系①

教育活动	教育科学活动	以教育科学活动的总体为研究对象Ⅰ	元教育学	
			教育科学学	
			教育研究方法论	
		以教育科学活动中的形而上学问题为研究对象Ⅱ	教育哲学、教育逻辑学、教育伦理学、教育美学	
	教育实践活动	从时空序列研究总体教育实践活动Ⅲ	教育史学、比较教育学、教育未来学（含教育预测学、教育发展战略学）	
		运用技术理论研究总体教育实践活动Ⅳ	教育统计学、教育测量学、教育评价学、教育试验学、教育控制论、教育信息学、教育情报学、教育技术学	
		以宏观教育实践活动中的社会问题为研究对象Ⅴ	方面研究类	教育社会学（含家庭教育学）、教育经济学、教育政治学、教育法学、教育人类学、教育人口学、教育生态学、教育文化学
			综合设计类	教育规划学、教育结构学、教育管理学、教育行政学
		以中观教育实践活动为研究对象Ⅵ	各级学校教育	学前教育学、小学教育学、中学教育学、高等教育学
			各类学校教育	成人教育学、民族教育学、军事教育学、职业技术教育学、特殊教育学
			学校教育中的活动类型	学习论、教学法、教学论、课程论、德育论、学校管理学、教育（学校）卫生学
		以微观教育实践活动中人的生理、心理活动为研究对象Ⅶ	（以研究小团体的活动为对象的）教育社会心理学	
			教育心理学	
			教育生物学、教育生理学	

---

① 毛祖桓. 教育学科体系的结构研究 [M]. 北京：中央民族大学出版社，1999.77.

在这个分类中，我们可以把"教育科学活动"和"教育实践活动"称为一级类别，依次从左到右为二级类别、三级类别。这个以教育活动为分类标准的教育学分类体系给了笔者很大启发。针对比较教育学的学科特征，按比较教育学的研究对象并结合霍尔斯、托马斯的分类，"教育科学活动"的二级类别则是比较教育学学科建设，而"教育实践活动"的二级类别可以分为普通教育、职业教育、终身教育、宏观教育、国际教育和发展教育六个部分。为了能够适应更详细的内容分析，根据我国当前教育的设置情况，对普通教育的层级划分，按照联合国教科文组织 1997 年 8 月 8 日在巴黎的第 29 届会员国大会批准并发布的《国际教育标准分类法》（ISCED），将普通教育分为 7 级：学前教育（0 级）、初等教育或基础教育第一阶段（1 级）、初级中等教育或基础教育第二阶段（2 级）、高级中等教育（3 级）、非高等的高中后教育（4 级）、高等教育第一阶段（5 级）、高等教育第二阶段（6 级）。职业教育分为中等职业教育和高等职业教育两个级别。宏观教育研究国家（包括地区）各级教育事业的发展战略规划、体制改善、结构体系，以及教育行政和人才培养中重大的全局问题等。发展教育研究的是教育与国家发展、人的发展、世界经济文化发展等之间的关系。国际教育即霍尔斯定义的国际教学法和国际教育机构工作研究。

这样，比较教育学分类体系中纵向的一级、二级和三级类别已经基本确定，这一分类能够层次分明地涵盖当前教育体系中的各级教育和比较教育研究中的各类教育。

三、比较教育学研究内容分析体系的确定

通过以上一、二的分析，我们已经确定了比较教育纵轴的分类框架，从横轴上看，应该从另一个角度囊括问题研究的所有对象。由于每一种教育的研究，都可以把研究对象分为人员要素、观念要素、制度要素和实践要素，因此，分类框架的横轴可以定位为教育人员、教育思想与理论、教育制度和教育实践。这样，横轴和纵轴的综合，便使内容分析框架具有很强的包容性，能够把比较教育研究中的各级各类教育的分类和按教育问题的分类全部融合起来（见表 1—2）。纵向的一级类别由"教育实践活动"和"教育科学活动"组成，二级类别则包括"普通教育"、"职业教育"、"终身教育"、"宏观教育"、"国际教育"、"发展教育"和"比较教育学科建设"。"普通教育"还可以根据需要继续分为四级、五级类别等，并且纵轴还可以根据比较教育未来的发展增加其他的研究专题，显示了纵轴分类的弹性和包容性。横轴上四个类别的研究形式既有可能和纵轴上的某一类

别相交叉，也有可能是综合性的研究。因此，在表中呈现出交叉和融合两种不同的形式。横轴中的四大类别也可以根据研究的具体内容细化，这样使横轴的分类也具有弹性，而非僵化固定的。

表 1-2　当前比较教育内容分析体系

类　别			教育实践	教育人员	教育观念	教育行政	教育实践	教育人员	教育观念	教育行政
一级	二级	三级								
教育实践活动	普通教育	学前教育（0级）								
		基础教育第一阶段（1级）								
		基础教育第二阶段（2级）								
		高级中等教育（3级）								
		非高等的高中后教育（4级）								
		高等教育第一阶段（5级）								
		高等教育第二阶段（6级）								
	职业教育	中等职业教育								
		高等职业教育								
		企业培训								
	终身教育	专科								
		本科								
		研究生课程班								
		大学后教育								

类别			教育实践	教育人员	教育观念	教育行政	教育实践	教育人员	教育观念	教育行政
一级	二级	三级								
教育实践活动	宏观教育									
	国际教育									
	发展教育									
教育科学活动	比较教育学科建设									

四、当前比较教育研究的内容体系

（一）比较教育核心期刊的研究内容

在各种比较教育研究成果的知识载体中，期刊是极为重要的信息资源。由于时代的变化和教育的发展，教育的研究主题处于不断地变化中，过去占主流的研究主题随着历史的发展可能渐居次要地位或消逝，原来非主流的主题和没有出现过的主题也有可能涌现成为新的研究热点，这些特点都能通过期刊反映出来。尤其是学科核心刊物的研究主题，往往能反映整个学科的研究现状，更重要的是，它的栏目设置能反映当前该学科研究主题的一种分类方式。把核心期刊的主题予以统计和分析，能够看出当前我国比较教育学研究的内容体系和对各个主题的研究权重。在前述的六种我国比较教育学的核心期刊中，《比较教育研究》和《外国教育研究》是综合性的核心期刊；《外国中小学教育》、《日本问题研究》和《世界职业技术教育》是专门性的核心期刊。由于我们的目的是综合了解当前比较教育学的研究主题及重点，因此需选取综合性的核心期刊进行同质的权重比较，针对性太强的期刊与综合性的期刊一起比较会导致取样偏向，并由于数量上的不平等而导致权重不合理。《全球教育展望》虽也是综合性的核心期刊，但自 2000 年更名起，比较教育研究只是其中的一部分，因此在此也不以它为样本。因此，我们选取《比较教育研究》和《外国教育研究》作为样本，在时间段上以 2003 年、2004 年、2005 年、2006 年和 2007 年共五年的栏目（研究专题）作为研究对象。

通过对五年的研究内容的汇总，我们得出以下表格（见表 1-3）。

表 1-3　2003—2007 年两种核心期刊所设置的研究专题

类别＼刊名	《比较教育研究》	《外国教育研究》
2003—2007 年所设置的研究专题汇总	WTO 与我国教育改革对策；比较教育学科建设；道德教育；非洲教育研究；高等教育；国际教育交流与合作；和谐教育、和谐社会；华人教育；华文教育；基础教育；教师教育；教育公平研究——国外的理论、政策和经验；教育管理；教育国际化；教育私营化与教育产业；教育思想与理论；课程、教材、教法；全球化与多元文化教育；双语教育；私立教育与教育产业；外语浸入式教学研究及其实验；职业技术教育；中小学教育；终身教育与职业技术教育；终身学习	比较教育学科建设；成人教育；道德教育；东北亚教育；高等教育；环境与健康教育；基础教育；继续教育；教师教育；教育病理；教育改革与发展；教育管理；教育技术；教育理论；教育评价；教育与经济；教育与文化；课程与教学；农村教育研究专栏；私立教育；信息教育；学前教育；研究生教育；艺术教育；远程与技术教育；职业技术教育；终身教育
2003—2007 年两种期刊所设置的所有研究专题汇总	WTO 与我国教育改革对策；比较教育学科建设；道德教育；高等教育；国际教育交流与合作；和谐教育、和谐社会；华人教育；环境与健康教育；基础教育；继续教育；教师教育；教育公平研究——国外的理论、政策和经验；教育管理；教育国际化；教育思想与理论；教育病理；教育改革与发展；教育技术；教育评价；教育与经济；教育与文化；课程与教学；全球化与多元文化教育；双语教育；私立教育与教育产业；外语浸入式教学研究及其实验；信息教育；学前教育；研究生教育；艺术教育；远程与技术教育；职业技术教育；终身教育；中小学教育	

说明：这个列表中不包括"述评"、"专家访谈"、"会议综述"等栏目名称，因为这些栏目分类不能明确地说明比较教育学的研究专题，与其他栏目在分类上不是并列关系。在汇总的过程中，对同义项只使用一个较为通用的表达方式。

从表 1-3 可以看出当前比较教育核心期刊的研究专题总体上是以各级

各类教育和教育问题作为专题研究的类别。利用区域进行分类在《比较教育研究》中只有在 2007 年中出现过一次"非洲教育"，《外国教育研究》在 2003 年和 2007 年各出现一次"东北亚教育"。在其他专题中，既有各级各类教育的研究，也有教育问题研究；既有与政治症候相关的专题研究，也有时代赋予的新的热点研究。如果运用上面确定的表 1-2 的分类框架，我们可以把每个专题下的每篇文章放在这个分析框架的坐标区间内。但是，这里的研究目的不需要这样的细化和烦琐，而只需了解哪些主题得到研究以及该主题被重视的程度即可。表 1-3 给我们展示了前者的情况，而为了了解后者，本研究采取每一个专题在每一册期刊中出现一次便赋予 1 分来计算累计权重的方式予以解决。

这样，我们便可以把当前比较教育学的研究专题情况和不同专题的权重用表 1-2 的内容分析框架反映出来。为了使结果简单明了，省略了表 1-2 中的未涉及的某些三级分类（见表 1-4）。

表 1-4　2003—2007 年两种比较教育学术期刊中的研究内容统计及分值

类　　别			教育实践/分值	教育人员/分值	教育观念/分值	教育行政/分值
一级	二级/分值	三级/分值				
教育实践活动	普通教育/137	学前教育（0 级）/1	课程与教学/52；道德教育/23；环境与健康教育/6；信息教育/4；艺术教育/2；远程与技术教育/2；华人教育和华文教育/4	教师教育/54	教育思想与理论/68	教育管理/43；教育评价/1；教育病理/1
		基础教育/45				
		高等教育/89				
		研究生教育/2				
	职业教育/20					
	终身教育/13					
	宏观教育/30	和谐教育、和谐社会/2；教育与文化/2；全球化与多元文化教育/2；私立教育与教育产业/12；WTO 与我国教育改革对策/12				
	国际教育/11	教育国际化/11				
	发展教育/18	教育改革与发展/18				
教育科学活动	比较教育学科建设/23					

从表1-4可以看出，比较教育两种核心期刊的研究专题落在纵轴二级分类的有职业教育、终身教育、宏观教育、发展教育和比较教育学科建设，三级分类中则主要是基础教育和高等教育。横轴的每一个分类中都有大量的研究文献，其中尤为突出的是"教育实践"中的"课程与教学"、"道德教育"；"教育人员"研究中的"教师教育"；"教育观念"中的"教育思想与理论"研究；"教育行政"研究中的"教育管理"。

为了更直观地看到各个研究专题被重视的程度，我们进一步得出以下表格（表1-5）。

表1-5　2003—2007年比较教育学术期刊中各个专题所占百分比

主题	百分比	主题	百分比
高等教育	17.38%	终身教育	2.53%
教育思想与理论	13.28%	国际教育	2.15%
教师教育	10.55%	环境与健康教育	1.17%
课程与教学	10.15%	信息教育	0.78%
基础教育	8.79%	华人教育和华文教育	0.78%
教育管理	8.50%	研究生教育	0.39%
宏观教育	5.86%	艺术教育	0.39%
道德教育	4.49%	教育评价	0.19%
比较教育学科建设	4.49%	远程与技术教育	0.39%
职业教育	3.90%	教育病理	0.19%
发展教育	3.51%	学前教育	0.19%

如表1-5显示，排在前十位的是高等教育、教育思想与理论、教师教育、课程与教学、基础教育、教育管理、宏观教育、道德教育、比较教育学科建设和职业教育，共占了总数的87.39%。这说明了这十个专题频繁地出现在核心期刊的栏目上，研究者众多，成了当前比较教育研究的热点。

（二）比较教育学博士（后）论文的研究内容

在比较教育学学位论文方面，本研究选取了"中国博士学位论文全文数据库"和"北京师范大学学位论文库"中博士论文和博士后论文部分，学科专业名称为"比较教育"或"比较教育学"的博士学位论文，选取的年限也为2003年到2007年。

2003年至2007年，全国共有比较教育学博士（后）论文121篇，其内容分布和分值权重见表 1-6。

表 1-6　2003—2007 年中国比较教育学专业博士（后）论文研究内容分析表

类别			教育实践 /分值	教育人员 /分值	教育观念 /分值	教育行政 /分值
一级	二级/分值	三级/分值				
教育实践活动	普通教育/38	幼儿教育(0 级) /1	课程与教学/23；品格教育/1；科学教育/1；双语教育/3；佛教教育/1；道德教育/1；远程教育/1	教师教育/6；教师评价/1；学生评价/1；校长培训/1；教师组织/1	教育思想与理论/3；教育机会均等/1；教师研究方法/1	教育评价/1；学校评估/1；领导策略/1；学业评估/1；绩效管理/1；教育法治/2；教育政策/1
		基础教育/11				
		高等教育/24				
		研究生教育/2				
	职业教育/2					
	终身教育/1					
	宏观教育/10	人口素质的提高/1；教育改革/2；私立教育/1；大学与国家/1；女性教育/1；学校文化建设/1；教育审美与教育批判/1；择校问题/2				
	国际教育/2	留学生教育/1；移民子女教育/1				
	发展教育/2	教育现代化/1；弱势群体教育发展与政策/1				
教育科学活动	比较教育学科建设/3					

　　博士的论文选题能够体现比较教育学的当前热点和研究者的未来研究旨趣，它在一定程度上能够反映整个比较教育学科未来的发展方向。从表1-6 可以看出，纵轴分类中的基础教育、高等教育和宏观教育研究受到重视；横轴中的每一分类都有研究，尤为突出的是教育实践中的课程与教学研究、教师教育研究和教育思想与理论研究。

进一步直观化，全国比较教育学博士论文的各个研究专题所占其总数的百分比见表1-7。

表1-7 2003—2007年中国比较教育学专业博士（后）论文研究主题所占百分比

研究主题	百分比	研究主题	百分比
高等教育	19.83%	远程教育	0.83%
课程与教学	19.01%	学业评估	0.83%
基础教育	9.09%	学校评估	0.83%
宏观教育	8.26%	学生评价	0.83%
教师教育	4.96%	校长培训	0.83%
双语教育	2.48%	品格教育	0.83%
教育思想与理论	2.48%	领导策略	0.83%
比较教育学科建设	2.48%	科学教育	0.83%
职业教育	1.65%	教育政策	0.83%
研究生教育	1.65%	教育评价	0.83%
教育法治	1.65%	教师组织	0.83%
国际教育	1.65%	教师评价	0.83%
发展教育	1.65%	绩效管理	0.83%
终身教育	0.83%	佛教教育	0.83%
教师研究方法	0.83%	道德教育	0.83%
教育机会均等	0.83%		

从表1-7中可以看出，高等教育、课程与教学、基础教育、宏观教育、教师教育、双语教育、教育思想与理论和比较教育学科建设等专题所占比例较高。这一统计结果与比较教育的核心期刊的统计结果总体上能够相互印证，从而显示了本研究所选择的样本对于整个比较教育学研究内容的代表性。

（三）当前我国比较教育学研究的重心

综合表1-4、表1-5、表1-6和表1-7的统计内容，我们能够清楚地看出当前比较教育研究的重心。

1. 从各级教育来看，高等教育和基础教育是当前比较教育研究的重心

实践的催生往往是理论进步的源泉。恩格斯曾经说过，社会一旦有技

术的需要，则这种需要比十所大学更能把科学推向前进。[①] 我国当前的基础教育和高等教育改革实践需要教育研究的指导，同时也是检验教育理论的熔炉。从比较教育学者的角度看，大多数比较教育学者都是工作学习在高等教育机构中。因此，在选题上更倾向于高等教育，这从主题所占的比例可以清晰地看出来。

2. 从各类教育来看，道德教育和职业教育受到重视

道德教育受到重视，与我国社会主义建设在强调经济建设的同时，也强调精神文明建设是分不开的。道德教育对和谐社会建设具有重要作用，对规范各种社会行为，触及人的心灵而起到法律所不能替代的作用。职业教育研究与当前劳动力结构联系紧密，对于解决我国当前高等教育结构不合理和大学生就业难的问题提出了不同的解决视角，更重要的是，这一研究也和国家的职业教育政策的变化和对职业教育的重视分不开。

3. 从教育问题的角度看，课程与教学是中心，教育管理是提高教育质量的关键

教育改革的最终实践结果是通过课程与教材来实现的。相对于教师观念的转变、教学技能的提高、学生学习方法的改进、教学技术的现代化，课程与教学的改革更为根本，只有课程本身的转变，才能带来相应的变革。同时，从基础教育到大学的课程改革实践也是导致这方面理论研究成为热点的原因。在既有的教育条件下，如何提高教育的质量，相应的管理问题就凸显出来，同时这也是当前的企业管理、行政管理等各种管理学受到重视而被教育借鉴和运用的一种反映。

4. 对教育主体的研究加强，教师教育受到重视

在教育客体，如课程与教学等的研究进一步加强的同时，对教育主体的研究也成了学者们学术研究关注的对象。从哲学背景看，主体哲学、人文主义思潮等是人们转变观念的主导思想；从国家的教育政策看，关注教师并为教师立法，提高教师的社会地位，加强教师培训和继续教育等措施，要求在理论和实践层面加强教师教育研究；从教育内部的发展来看，教育的管理需要教师的参与，课程的实施教师是关键，学生的发展也必须基于教师的发展。这些综合的因素是促成教师教育成为研究热点的原因。

5. 从教育与社会其他方面的关系看，宏观教育受到重视

教育研究逐渐超越自身的范围，关注教育与社会、经济、文化、政治

---

① 鲁品越. 西方科学历程及其理论透视［M］. 北京：中国人民大学出版社，1992. 301.

及其他不同类型的教育之间的相互作用关系。从我国比较教育的发展来看，最初是忙于翻译、借鉴，随着理论水平的提高和教育与社会其他方面的相互作用程度的加深，以及教育国际交流的需要，宏观教育成为了比较教育研究的热点。

6. 在理论与实践方面，理论问题也受到学者的重视

教育思想与理论问题一直是比较教育研究关注的重点，比较教育的特点之一是能够通过教育的比较检验理论或发现理论。比较教育学科建设也是比较教育研究的重点，一方面是学科的危机意识使比较教育学者不得不思考理论问题，另一方面学科自身的建设也需要理论的指导。

第二节　比较教育学学科建设理论发展历程

比较教育学学科建设包括学科理论建设和学科组织制度建设两个方面。从知识的层面看，学科是人类关于世界的认识成果的一种分类，是对某一研究对象的认识在长期的发展过程中的整合、分化、重组建构而成的一套逻辑范畴和知识体系，是渗透于其中的学科精神、学科规范和分析框架等。它是关于学科的内部观念建制，是学科取得合法性的学理基础。另外，由于学科知识与社会的广泛联系，学科在谋求知识合法性的同时还有政治合法性与经济合法性的诉求。这属于学科的外在社会建制部分，它体现于学科的社会组织，如研究所、学会、咨询机构，以及学院、学系、专业刊物、课程等。在当代社会，大学里学科的制度化建设变得最为重要，"大学是确定合法成员和等级的条件与标准的争斗之地"①。比较教育学科建设的知识内容中必然反映学科的这内、外两方面的特征和发展变化的历史脉络。同时这一理论基础将构成下文对比较教育学科文献分析的主框架。

本文选取的分析视角是基于知识的分析，并非是从知识的逻辑层面进行分析，而是指以期刊、数据库等载体中所刊载的客观知识为资料来源。具体而言，是以能检索到的比较教育知识中的关于学科建设的文献为对象所作的分析。

一、资料的收集

为了较完整地统计我国期刊和学位论文方面的比较教育学科建设方面

---

① 朱丽·汤普森·克莱恩. 跨越边界——知识、学科、学科互涉 [M]. 姜智芹译. 南京：南京大学出版社，2005.6.

的文献，笔者以题名"比较教育"和"比较教育学"从以下四个数据库分别进行检索，然后将检索到的文献筛选汇总，最后以汇总后的表格为指南去查找相应的全文文献。这四个数据库是：《全国报刊索引》、中国优秀硕士学位全文数据库、中国博士学位论文全文数据库、北京师范大学学位论文库。

从检索结果来看，1979—2007 年，共有比较教育学科建设方面的论文436 篇，其中，1999—2007 年比较教育学科建设方面的博士论文有 4 篇，硕士论文 7 篇（1999 年之前的博士、硕士论文因统计困难，未计算在内）。其文献篇数分布情况见图 1-2。

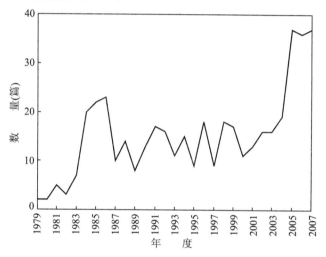

图 1-2　1979—2007 年比较教育学科建设文献数量分布图

从上图曲线的走势来看，比较教育学科建设文献经历了 1979—1983 年的缓慢起步期，在 1984—1986 年间形成了一个研究高峰；1987—2004 年之间是平稳的波动起伏期；2005—2007 年比较教育学科建设文献形成了历史上的最高峰，年平均数量是前一阶段的两倍以上。下文对比较教育学科建设文献的分期既基于数量上变化的考虑，同时也综合考虑到研究内容和研究方式上的变化，既有源于内部学理研究的分期，也有由于外在社会建制而进行的分期，基本上反映了比较教育学科建设重点的转变。

二、比较教育学科建设的历史演变

近三十年来我国比较教育学科建设的历史演变大致经历了缓慢起步期、迅速发展期和危机出现期三个阶段。三个阶段在学科建设重点上各不相同，体现了一个先打制度基础，然后积极翻译引进，继而进入反思批判和寻求在学理上把比较教育建设成一门自成体系的学科的发展历程。

1. 缓慢起步期（1979—1983）

第一个阶段是 1979—1983 年的缓慢起步期，每年的文献均不超过 7 篇。以 1983 年为分界点的主要原因是，1983 年 4 月新中国成立后第一本比较教育教材——《比较教育》的问世，填补了当时我国比较教育教材的空白，也为后来的比较教育教材建设和比较教育研究奠定了基础。这一期间，比较教育的学科建设文献内容主要是学习和了解西方比较教育学的发展现状、研究方法和代表人物以及国外比较教育课程的开设情况。在我国的比较教育方面，重点集中在比较教育的课程开设、教材建设和教学等制度层面的研究，同时对我国比较教育的发展历史的研究也构成此时期比较教育研究的一个重点。这一阶段的特点在于外向的学习和内部的从无到有的建设，比较教育的学科地位限于在大学里把选修课改为必修课等制度合法性的要求，对比较教育学自身的理论建设方面，主要集中于讨论比较教育的学科定义、比较教育的特征和方法等。人们对比较教育的期望是希望通过比较教育了解世界教育，并"帮助每位热心教育事业的科学工作者了解各国教育的现状和趋势"[①]。在学科性质方面，1983 年提出了"比较教育算不算一门学科"的疑问，比较教育学界对此出现明显的分歧：赞成比较教育是一门学科的学者认为它是教育学科的一个分支，持相反观点的学者认为它只是教育学科研究的一个领域，一种方法。[②] 这一分歧也为后来比较教育学界内部的分裂埋下了种子。但是，从深层的学理层面来讨论和研究比较教育是否是一门学科的文献尚未出现。

2. 迅速发展期（1984—1992）

在迅速发展这一分期中，1984—1986 年形成了一个高峰，文献数量分别是 20 篇、22 篇、23 篇。这一高峰的出现，从外部社会政治思想的角度看，与邓小平对教育发展提出的"教育要面向现代化、面向世界、面向未来"思想有关。当时主要作用在于"面向世界"介绍外国教育的比较教育在教育学科中的地位显得尤为重要。正如金世柏在《中国的比较教育》一文中写的那样："比较教育学通过对各国教育的比较和分析可以使我们了解国际上发展教育的正、反两个方面的经验，从中找出共同性的、规律性的东西……随着我国教育事业的发展，对比较教育学寄予的期待和要求也

---

① 朱勃. 比较教育学的发展 [J]. 比较教育研究，1981，(4)：44.
② 第四次全国比较教育学术年会纪要：比较教育组讨论纪要 [J]. 外国教育，1983，(6).

就越来越大。"①

从学科观念建设文献看，一个显著的特点也是出现学科建设文献高峰的一个原因是：大量介绍并翻译了国外比较教育学家关于比较教育学科建设的文献。涉及的比较教育学家有法国的黎成魁、英国的汉斯、霍尔姆斯、埃德蒙·金、德国的于尔根·施瑞尔、苏联的尼·尼坎德罗夫尼、西班牙的何塞·路塞斯（Jose Luis）和加西亚·加里多（Garcia Garrido）、澳大利亚的特雷韦舍（A. R. Trethewey）等。比较教育的理论与方法得到更详细和全面的介绍，为后一阶段我国比较教育理论的自我建构打下了基础。与前一阶段比，比较教育的课程与教学等问题继续得到讨论，但比较教育自身的理论问题更得到了普遍重视，其中比较教育的研究方法是这一时期的核心话语，既有对方法论的总体介绍，也有对个别方法的具体介绍。首先是实证主义的研究方法受到关注，随后因素分析法、问题研究法等比较教育的研究方法都被介绍进来。

这一时期的另一个显著特点是首次在理论上提出了学科建设问题。1984 年，朱勃教授针对当时比较教育主要研究外国教育的情况，对学科建设提出了以下观点：第一，要将本国也作为对象国纳入比较研究；第二，要研究比较教育家；第三，比较教育学科建设应随着我国现代化建设事业的发展，研究新的课题。② 1986 年出现了关于比较教育定义分歧之争的文章，具体体现在是以内容还是以方法界定比较教育。但是，这种分歧似乎只是国外学者之间的分歧，在我国学者中并没有出现针锋相对的情形。我国学者几乎一致地认为应该从方法和内容两个方面来定义比较教育，认为比较教育学"把比较的方法为核心的方法体系作为它的方法，去研究当时世界不同国家或地区的各种教育理论和教育实践问题"③。尽管比较教育存在学科定义和学科性质的分歧，但是在和其他教育学科的比较中，比较教育的研究对象和方法特点鲜明，对政府的教育决策和教育学者了解外国教育起到了重要的桥梁作用，因此还没有出现学科的地位和身份方面的危机。

在学科的社会建制方面，重点体现在比较教育学科的教材建设方面。

---

① 金世柏. 中国的比较教育 [J]. 外国中小学教育. 1984，(3)：1.

② 朱勃. 比较教育学科建设的探讨 [J]. 顾明远主编. 国际教育纵横——中国比较教育文选 [G]. 北京：人民教育出版社，1994.10—17.

③ 成有信. 比较教育学的对象及其发展的历史分期 [J]. 北京师范大学学报（社会科学版），1985，(4).

在教材编写的指导思想上，要"以'三个面向'作为指导思想"①；在教材编写的对象国上，要把中国考虑进去；在学科体系上，以兼顾问题研究和区域研究的综合体系为宜；在教材的理论性方面，要提高教材编写的理论水平，做到观点与材料的统一和定性研究与定量研究相结合。②

1987—1992年之间的发展比较均衡，每年的文献数量分布在8至17篇。这一时期，比较教育方法论的翻译介绍虽然仍是重点，但是在对学科自身建设方面却注重了学科的内在观念建制和学科的外在社会建制两个方面的同步进行，学科建设逐步走向深入。

学科是学者安身立命之所，在学科的内在观念建制方面，什么是比较教育学、比较的特点和理论基础，以及比较教育学的学科性质等问题一直是比较教育学者关注的核心问题。在学科定义上，在这一时期我国比较教育思想领域中，实证主义和本质主义仍是主流。如吴文侃教授通过比较国外比较教育家关于比较教育的定义和比较教育的研究对象后指出："比较教育学是以比较为主要方法，研究与揭示当代世界各国教育的一般的与特殊的教育规律，判明教育发展的主要因素，探索教育的发展趋势的一门科学。"③ 这一观点和前一时期的比较教育定义是一脉相承的。在如何运用比较法的问题上，学者们根据比较教育研究中存在的问题提出：比较是系统而深入的研究，要有比较的标准，否则不能称之为比较，要根据不同的研究课题选择不同的对象国。④ 比较教育的方法论基础也得到了讨论，有学者提出：辩证唯物主义和历史唯物主义，系统论、控制论和信息论是比较教育学的方法论基础。⑤ 比较教育学的学科性质得到了深入研究，有学者明确区分了学术意义上的学科和制度意义上的学科，指出：在我国当前的比较教育研究中，认为比较教育是学科的学者实际上是指"高师教育系开设的比较教育课的体系而言"，而从学理来看，该阶段的研究"并未涉及比较教育本身有什么特殊方法和一套特定概念的问题，使它仍是一个'研

---

① 吴文侃. 建设有中国特色的比较教育教材刍议 [A]. 顾明远主编. 国际教育纵横——中国比较教育文选 [G]. 北京：人民教育出版社，1994. 61.

② 吴文侃. 建设有中国特色的比较教育教材刍议 [A]. 顾明远主编. 国际教育纵横——中国比较教育文选 [G]. 北京：人民教育出版社，1994. 61.

③ 吴文侃. 比较教育学的对象和方法论基础 [J]. 外国教育动态，1987，(4)：4.

④ 马骥雄. 比较教育学科的重建 [A]. 顾明远主编. 国际教育纵横——中国比较教育文选 [G]. 北京：人民教育出版社，1994. 41—46.

⑤ 吴文侃. 比较教育学的对象和方法论基础 [J]. 外国教育动态，1987，(4)：4.

究领域'，而未成为严格意义上的'学科'。"① 可以说，这一观点从学科的双重定义上说明了比较教育是不是一门学科的分歧的原因。对于比较教育学科的存在基础，有学者认为有古代教育与现代教育的区分，"现代教育的存在是比较教育学存在的依据"②。除此以外，这一时期的学者还从宏观角度提出比较教育学科建设的指导思想，如综合性原则、整体性原则、动态性原则、可比性原则、客观性原则等研究原则;③ 比较教育学科建设应具有方向性、计划性、针对性、系统性和科学性等。④

在外在社会建制方面，学者们从比较教育的课程设置、教材建设等方面进行了学理层面的探讨。此外，认为还应从社会影响、社会、出版机构等的支持、学会的作用、比较教育资料中心的建设以及参加一定的实验研究等方面来建设比较教育学科。⑤

可以说，这一时期的比较教育学科建设文献，提纲挈领地为比较教育学从学理上被认可和在制度上予以完善提出了建设的方向，营造了加强比较教育学科建设的氛围。

3. 危机出现期（1993— ）

1993年，比较教育学科身份危机被首次提出。自此以后，比较教育界已经不再有以前的那种在学术和社会价值等方面备受重视的成就感。比较教育学者开始忧心忡忡地不断寻求自身的价值实现和本学科在学术领域的位置。面对似乎四分五裂的研究现状，比较教育学者开始越来越注重寻求本学科内在统一的理论基础。反思、批判、建设是这一时期文献的一个主要特点，对国外比较教育家的思想和方法论的研究也已经不再是单纯的介绍，更多的是理性的系统批判研究。

1993年，王英杰在沿袭比较教育定义之争的论辩基础上，指出："由于当前比较教育学界尚未对比较教育的定义取得一致的意见，比较教育学科的发展受到了一定的阻碍，出现了所谓的身份危机"⑥。身份危机引起了比较教育学界的广泛关注，有学者把比较教育的身份危机概括为：比较教

① 马骥雄. 比较教育学科的重建 ［A］. 顾明远主编. 国际教育纵横——中国比较教育文选 ［G］. 北京：人民教育出版社，1994.45.

② 马骥雄. 比较教育学科的重建 ［A］. 顾明远主编. 国际教育纵横——中国比较教育文选 ［G］. 北京：人民教育出版社，1994.46.

③ 吴文侃. 比较教育学的对象和方法论基础 ［J］. 外国教育动态，1987，（4）：4—6.

④ 吴文侃. 比较教育学的对象和方法论基础 ［J］. 外国教育动态，1987，（4）：9—10.

⑤ 吴文侃. 比较教育学的对象和方法论基础 ［J］. 外国教育动态，1987，（4）：11—12.

⑥ 王英杰. 比较教育学定义问题浅议 ［J］. 外国教育研究，1993，（3）：8—9.

育的学科同一性危机、社会地位和社会价值危机、归属感与认同感危机和区域比较教育群体的生存危机。① 在危机意识的笼罩下，比较教育学者主要从以下三个方面进行了比较教育学科建设方面的研究。

第一，比较教育身份危机的克服——方法、目的、研究对象的转变。

比较教育学身份的讨论一直存在比较教育学科建设文献中。对于比较教育是一门学科还是一个研究领域，或者既非一门学科也非一个研究领域而只是一种研究方法的争论目前仍然没有公认的观点。② 但是肯定比较教育的存在价值却是普遍的共识，在此基础上，通过不同的途径致力于把比较教育建设成一门成熟学科的力量在不断加强。问题只是名称和以何种理论来统整的问题，而并非学科和该门学科的知识该不该存在的问题。

比较教育方法论的发展一直是学科建设中的重要议题，加强方法论的建设无疑是克服学科身份危机的必要举措。有学者把比较法和借鉴法从单一的工具技术层面向思维方式提升来为比较教育作为一门学科提供强有力的证据；③ 与此类似，从哲学的本体层面探讨学科存在基础的学者认为，比较教育的学科本体是比较视野。④ 近年来比较教育学的方法论总体上朝着社会科学的方向发展，定性研究重新得到重视，⑤ 后现代派绘图理论，质性研究范式和多元文化主义研究范式，文化人类学等都得到重视。学科研究方法已经走向多元。

比较教育研究目的的转换无疑是应对功能主义、依附论和世界体系分析等宏大理论在比较教育研究中的失败而出现的。事实上，在我国，实证主义的借鉴目的在 20 世纪 90 年代仍是比较教育研究的主流："比较教育的终极目标和基本使命就是为本国的教育改革和发展服务"⑥。毋庸置疑，这种服务是建立在对国外经验的借鉴基础上的。21 世纪以来，与激进的实证主义传统相对应的温和的解释主义的观点逐渐占了上风。谷贤林通过梳理中外的比较教育定义后认为："比较教育……以不同时间、地缘或社会文化圈的教育现象、教育制度或教育理论等为研究对象，并对其进行比较分析，以加深对不同教育的理解，获得教育发展的参照。"⑦ 显然，追求教育

---

① 李现平. 比较教育身份危机之研究 [D]. 北京：北京师范大学博士学位论文, 2003.
② 卢晓中. 比较教育的"身份"论 [J]. 现代教育论丛, 2003, (3).
③ 陈时见. 论比较教育的学科体系及其建设 [J]. 比较教育研究, 2005, (3)：35.
④ 付轶男, 饶从满. 比较教育学科本体论的前提性建构 [J]. 比较教育研究, 2005, (10)：1.
⑤ 方展画. 国外比较教育学科建设及其研究方法论的演变 [J]. 比较教育研究, 1998, (4).
⑥ 李守福. 比较教育的价值及其实现 [J]. 比较教育研究, 1996, (2)：8.
⑦ 谷贤林. 关于比较教育若干问题的探讨 [J]. 比较教育研究, 2003, (7)：7.

普遍规律的旨趣在此已荡然无存。有学者在论述比较教育的功能问题时，也表达了这样的观点，认为进入 20 世纪以后，因素分析法被广泛使用，借鉴的功能开始式微，尤其是 20 世纪 80 年代以来，解释的功能凸显出来。[①] 从哲学的价值判断层面看，它其实体现了比较教育研究从普遍主义的研究视角向相对主义的转换。[②] 但是，相反的观点也从来没有停止过，有学者基于我国目前经济和社会的发展状况指出，比较教育的主要目的仍然是借鉴，[③] 比较教育学者应在借鉴建议的合理性及其实施的现实性上多下工夫。[④]

另一种克服比较教育身份危机的观点是认为比较教育的研究对象应该重构。有学者针对前一阶段的比较教育在研究对象、研究方法和地缘上的无边界特征，认为应该通过边界的确立来使比较教育成为一门独立的学科，从而克服学科危机，比较教育研究应该有边界，教育体系、民族国家、教育问题的"当代性"等是比较教育研究的边界。[⑤] 同时，还必须加强比较教育研究的学术制度化和规范化建设。[⑥] 这样，通过学科内外两方面的建设来明确比较教育学的身份，确立比较教育学作为一门学科在学术领域的地位。另有种观点认为，把比较教育学研究对象界定为"比较性教育"，就可以根据现实教育形态的多样性和差异性合乎逻辑地建构比较教育学的严密体系。[⑦] 比较教育学把学科目光投向并锁定在"比较性教育"形态和类型上，成为最开放、最具包容性和有机整合性的全能性学科，它的学科形象就是"教育形态类型学"，"是研究多样性教育形态和类型的学科"。[⑧]

第二，从本国传统文化中寻找我国比较教育与国际比较教育对话的基础。

我国比较教育在建立初期，其目的就是为了学习外国的先进教育理论，借鉴外国的教育实践以改进本国的教育。从一开始，它就是以一个虚心学

---

① 彭虹斌. 比较教育功能的时代转换：从借鉴到理解 [J]. 比较教育研究, 2007, (3).

② 向蓓莉. 比较教育学的价值判断与研究范式：普遍主义与相对主义的研究视角 [J]. 比较教育研究, 2000, (4).

③ 容中逵. 当前我国比较教育研究中的借鉴问题 [J]. 安徽教育学院学报, 2003, (1).

④ 彭正梅. 教育借鉴的困惑——关于比较教育使命的反思 [J]. 外国教育资料, 1999, (4).

⑤ 朱旭东. 试论中国比较教育研究的无边界特征 [J]. 比较教育研究, 2005, (10)：7—13.

⑥ 朱旭东. 试论"教育的比较研究"和"比较教育研究" [J]. 比较教育研究, 2008, (2)：32.

⑦ 朱旭东. 比较教育研究的学术制度化和规范化 [J]. 比较教育研究, 1999, (6)：13—16.

⑧ 傅松涛. 比较教育学学科形象的科学定位——教育形态类型学 [J]. 比较教育研究, 2005, (3)：47.

习者的身份出现的，它的话语充斥着西方中心主义的色彩，异国情调是比较教育的特色，它的运思逻辑中隐含着后殖民时代的文化殖民的特点①。随着时代的发展，这种状况令我国的比较教育学者深感不安，打破这种单一输入的情况势在必行，"所有国家、地区和民族都是教育的输出者，也都是输入者"②。我们在向西方国家学习的同时，也要向世界贡献我们的教育实践经验和比较教育理论系统，以实现真正的对话和交流。为此目的，中国比较教育的理论建构必须注重自己民族文化传统，植根于中国哲学，从而"打破西方在方法论上的垄断，国际比较教育理论研究的真正发展也要靠打破这种垄断"③，"要对'和而不同'的哲学思想做现代转换，使之成为比较教育学科建设深入发展的条件和方向，也是我们同国际比较教育对话的基本立场"④。"从理论上讲，用马克思主义指导，在比较教育学科建设中运用'和'的哲学就意味着西方中心在比较教育理论研究中的终结"⑤，这是中国比较教育学与世界比较教育学尤其是西方比较教育学进行跨文化哲学对话的基础，要实现这一跨文化哲学的对话，中国的比较教育学者必须实现文化自觉、理论自觉和实践自觉，⑥通过这种途径，才能使中国的比较教育话语体系与西方比较教育的话语体系相"和"，实现双向交流和达到本土生长的目的。总的来说，中国比较教育的世界化和世界比较教育的中国化才是中国比较教育学的必由之路。⑦

第三，积极探讨比较教育的理论基础，试图为比较教育奠定一块统一的理论基石。

为了使比较教育具有自成体系的逻辑系统，使比较教育真正建立在科学的基础上，有学者提出国际教育是比较教育科学的一般的逻辑起点，比较教育学中的教育借鉴起点论、因素分析起点论和方法起点论是比较教育特殊的逻辑起点，一般逻辑起点规定了比较教育的起始范畴，特殊逻辑起

---

① 项贤明. 后殖民状况与比较教育学 [J]. 北京师范大学学报（社会科学版），1999，（3）.

② 陈时见. 论比较教育的学科体系及其建设 [J]. 比较教育研究，2005，（3）：37.

③ 王长纯. 中国传统哲学与中国比较教育的理论建设 [J]. 教育研究，2000，（2）：17.

④ 王长纯. 和而不同：全球化条件下中国比较教育发展的方向（论纲）[J]. 比较教育研究，2002年"全球化与教育改革"专刊：14—21.

⑤ 王长纯. "和"的哲学与比较教育：兼论西方中心在比较教育理论研究中的终结 [J]. 外国教育研究，1998，（6）：9.

⑥ 王长纯. 文化自觉、理论自觉和实践自觉（论纲）——比较教育和而不同发展的途径 [J]. 比较教育研究，2005，（3）：18—26.

⑦ 王长纯. "和"的哲学与比较教育：兼论西方中心在比较教育理论研究中的终结 [J]. 外国教育研究，1998，（6）：6.

点指出了学派根在何处。① 而李现平认为教育的存在和发展是比较教育学的逻辑起点。②

以文化为理论基础来统整比较教育，使比较教育寻求学科可能性是近年来比较教育研究中的一个特点。比较教育研究已经出现了文化研究的转向，产生了所谓的"文化研究"范式。③ 项贤明认为，比较教育学一直存在学科统一性危机，造成这种危机的原因是它缺乏独特的概念体系和理论基础，且存在着严重的比较教育学者的"文化自我迷失"，走出困境的根本出路就是建立比较教育学的文化视野。④ 比较教育关注的是不同文化中的教育现象。⑤ "也就是说，无论我们从什么角度出发，无论我们在教育的哪一个领域内进行这种关于不同民族国家的教育的比较研究，我们的研究在总体上所参照的框架都是文化比较研究的框架。"⑥ 即是说，要通过把教育作为一种文化现象在社会生活中的作用出发把比较教育学研究的不同具体研究领域整合在同一个总体研究框架内，从而建构一种能够把比较教育学各个领域整合在一起的、有一定统一理论基础的"学科"。

三、结语

1979—2007年，这近三十年来，我国比较教育学的学科建设研究，在外在社会建制方面，经历了从解读政策指令到从理论层面思索其合理性的发展；在内在观念建设方面，走过了由单纯引进到反思批判再到自主建构的历程。学科的内在观念建设是学科存在的合法性保证，学科自身的理论基础建设在不断加强。随着哲学层面的实证主义在人文社会科学中的式微，解释主义、后现代主义、多元文化主义渐渐成为时代的热点，在此种哲学背景和经济社会发展状况的背景下，比较教育学的概念在不断得到修正，由实证转向理解和交流；方法论层面多元并举，质的研究方法正在得到重视；比较教育交流的话语体系也在由单向引入转入自主建构与积极借鉴相结合；比较教育的目的由单向学习向双向交流和国际理解迈进。

从社会心理角度看，改革开放以来，我国比较教育的学科建设一直在

① 徐辉. 作为比较教育学一般逻辑起点的国际教育 [J]. 比较教育研究，1998，(5)：1—6.

② 李现平. 比较教育学与教育学 [J]. 比较教育研究，2001，(9)：16—20.

③ 王喜娟. 从文化因素研究到"文化研究"：比较教育研究范式的转变 [D]. 长春：东北师范大学博士学位论文，2007.

④ 项贤明. 比较教育学的学科同一性危机及其超越 [J]. 比较教育研究，2001，(3)：34.

⑤ 项贤明. 比较教育学的立足点和方法论 [J]. 比较教育研究，2001，(9)：1—8.

⑥ 项贤明. 比较教育学的学科同一性危机及其超越 [J]. 比较教育研究，2001，(3)：34.

向"学科化"进行艰难的探索，由一门在教育领域中起到重要作用的学科到一门产生身份危机的学科，这对比较教育学者来说是一种巨大的心理压力。然而，从知识发展的现实看，危机的出现大大促进了比较教育的学科建设，比较教育学正朝向在学理上成为一门真正的学科的方向迈进。"学"的意识日趋增强，总的发展方向是要把比较教育学建设成"重学理、强专业、有学体的'比较教育学'"①。尽管在如何成为一门真正的学科的观点上存在分歧，但是分歧现象一方面促进了比较教育理论的繁荣，另一方面也使我们在建设比较教育学科的道路上思路更开阔，不至于囿于一家之言而闭塞、偏执。

第三节　概念视野中的比较教育学知识

从第一节的比较教育内容分析表看，我们已经考察了该表中的"比较教育学科学活动"部分的知识，而对于属于"比较教育学实践活动"部分的知识，统计结果已经显示了其涉及的内容非常的庞杂。这样，如何统一这部分知识，从什么角度来分析这些知识则是该部分知识分析中的一大难题。从学理上说，"实践活动"部分的知识应该与"科学活动"（即学科理论）部分的知识内在相符，尤其是与学科概念关系密切。因此从学科概念视野来考察，也许是最佳途径。两部分知识的符合程度能反映出学科的变革和学科的自我调整，符合与否则是学科能否得到认同的知识缘由。因此，本节将从概念的角度研究我国学者对比较教育学知识的界定，进而研究与概念相符合部分的知识状况。

一、20 世纪 80 年代：以比较方法为主，以借鉴为目的的比较教育学

第一本比较教育专著是 1982 年由王承绪、朱勃和顾明远主编的《比较教育》一书，其中对比较教育的定义强调了采用"比较分析"的方法，研究的对象是"当代外国教育的理论和实践"。"比较教育是用比较分析的方法，研究当代外国教育的理论和实践，找出教育发展的共同规律和发展趋势，以作为改革本国教育的借鉴。"② 在这个定义中，比较教育学的研究领

---

① 傅松涛. 学科化：从比较教育到比较教育学——比较教育学科体系再思考 [J]. 教育研究，2007，(4)：42.

② 王承绪，朱勃，顾明远. 比较教育 [M]. 北京：人民教育出版社，1982.17.

域涵盖了教育学的所有内容，为我国以后比较教育学研究领域的多样性和异质性埋下了伏笔，同时这个概念中强调"外国的"教育理论与实践，这就把大量介绍和翻译外国教育文献看成是比较教育的主要任务，也在客观上造成了当时比较教育学者只是研究外国当代教育的现象。这个在改革开放初期做出的定义一方面反映了当时我国迫切需要了解外国教育的现状，向外国借鉴成功的教育经验，改变我国教育落后现状的实际需要；另一方面，从学科自身来看，也表明我国比较教育学在当时属于初创时期，缺乏理论体系和概念的支持。

20世纪80年代末，成有信在《比较教育教程》一书中给比较教育学下的定义是："比较教育学是把比较的方法作为它的主要方法，去研究当代不同国家或地区的各种教育理论与教育实践问题，揭示影响它们发展的最主要的条件和因素，找出它们的共同性和差异性并作出比较性评价，探索问题的发展趋势和一般规律，以作为改进本国教育的借鉴的一门教育科学。"① 在这个定义中，强调"比较"的方法的观念仍在延续，研究的对象仍然是"各种教育理论与教育实践"，但是，这已经不同于初期的全盘介绍，而更强调了有针对性地研究教育中的"问题"。同时，影响教育发展的条件和因素也得到了强调。这一时期，《教育辞典》对比较教育的界定也体现了"问题"中心：比较教育学是"教育科学领域中的一门新兴的独立学科。它是用比较分析的方法，以当代教育问题为中心，研究各国教育的理论和实践（包括教育制度、教育行政、教育内容和教育方法等），揭示它的特点、共同性及其发展规律的科学"②。20世纪80年代末的另一个定义是杨汉青和吴文侃教授在《比较教育学》一书中提出的："比较教育学是以比较法为主要方法，研究当代世界各国教育的一般规律和特殊规律，揭示教育发展的主要原因及相关关系，探索未来的教育发展趋势的一门教育学科。"③ 这个定义延续了强调"比较"方法的传统，但是把研究的对象转为了"教育规律"和揭示教育发展的"原因"与"关系"，目的是通过现在探索未来的"教育发展趋势"。比较教育学在这里相当于是"教育未来学"，其功能是"预测"。

20世纪80年代的有代表性的辞书上对比较教育的界定也是大同小异，都是强调比较的方法和将比较的对象界定为整个教育领域，比较的目的是

① 成有信. 比较教育教程［M］. 北京：北京师范大学出版社，1987.13.
② 杭州大学教育系. 教育辞典［M］. 南昌：江西教育出版社，1987.50.
③ 杨汉青，吴文侃. 比较教育学［M］. 北京：人民教育出版社，1989.20.

借鉴。"比较教育学是运用比较法，对若干国家或地区的现行教育和实践进行分析研究，找出共性与特点，揭示规律，把握发展趋势，吸收经验教训，作为各国教育的借鉴的一门学科。"① "比较教育学是以教育的整个领域为对象，对各国的教育实践和力量进行比较分析，揭示其共性和个性特征，研究教育发展共同规律和趋势的一门学科。"比较教育学的主要任务是："比较研究各国教育行政制度、学校制度及各级各类教育的优点、特点和存在的问题，吸收有益的经验，以供本国今后教育发展与指定教育发展规划作为借鉴。"②

二、20 世纪 90 年代后多元化的研究

20 世纪 90 年代初，高如峰和张保庆为比较教育学作了如下定义："比较教育学是教育学的一个分支学科。它通过对不同空间或时间之间教育理论与实践的相似性、差异性以及对其产生影响的各种因素的比较分析，探讨并揭示不同空间及时间之间教育发展的一般原理、规律和趋势。"③ 这个概念除了强调比较分析的方法外，把比较的时间从当代延展到了不同时间的教育理论与实践，比较教育学研究的范围进一步扩大，比较的目的除了"预测"外，已经不再是借鉴了，而是寻求教育的"原理"和"规律"了。与此相似，在张念宏主编的《中国教育百科全书》中，对比较教育是这样定义的："比较教育学是以教育的整个领域为对象，对两个以上国家的现行教育进行比较，并把外国教育学包括在内的学科。从教育学专门领域中分化出来的一门学科。它是以比较法为主要方法，研究当代世界各国教育的一般规律与特殊规律，揭示教育发展的主要因素及其相互关系，探索未来教育的发展趋势的一门教育科学。"④ 这一时期，顾明远教授在对比较教育进行界定时也突出了"因素"和"关系"特征，并做了与上述《中国教育百科全书》相同的论述。⑤

20 世纪 90 年代中期，由于跨文化研究的兴起和比较教育学研究对象自身的特征，文化的因素已进入比较教育学者的视野。在此背景下，冯增俊在 1996 年出版的《比较教育学》一书中，给比较教育学下的定义是：

---

① 金哲等. 世界新学科总览 [M]. 重庆：重庆出版社，1987.1367.
② 张念宏. 教育百科辞典 [M]. 北京：中国农业科技出版社，1988.368.
③ 高如峰，张保庆. 比较教育学 [M]. 上海：上海外语教育出版社，1992.32.
④ 张念宏. 中国教育百科全书 [M]. 北京：海洋出版社，1991.1022.
⑤ 顾明远. 中国教育大系——现代教育理论丛编（下）[G]. 武汉：湖北教育出版社，1994.1851.

"比较教育学是一门对不同国家或地区的教育进行跨文化比较研究，探讨教育发展规律及特定表现形式，借鉴有益经验，推动本国本地区以及世界的教育改革和教育研究的科学。"① 在这个定义中，很明显的变化是在"比较"方法前加入了"跨文化"的限定词，研究的对象仍是整个教育，研究的目的却是之前所有定义的综合。

随着比较教育论争的进一步深入，比较教育究竟是一个学科还是一个研究领域的问题始终困扰着比较教育学者。顾明远和薛理银在1996年出版的《比较教育导论——教育与国家发展》一书中提出，"比较教育大于一门学科。它是一切愿意贡献教育见解的社会群体的公共领域"；比较教育研究的对象是"教育的整个领域"；对于比较教育方法问题，"任何方法只要有用，都可以成为它的研究方法"；"比较教育是国际（跨文化、民族间）教育交流的论坛"。② 在这里，论者不愿意纠缠于比较教育是否为一个学科的争论，更强调了在新形势下，比较教育作为教育交流论坛的作用。陈时见教授则坚持比较教育学是一门学科，他在2001年出版的《比较教育管理》一书中说："比较教育是以比较法为基本方法，研究当代世界各国、各地域、各民族的教育理论与教育实践，揭示影响教育的政治、经济、文化、历史、社会等各种因素，探索教育发展的一般规律及趋势，以促进教育的交流与合作、改进现实教育的一门教育科学。"③ 而在2007年出版的《比较教育导论》一书中，他通过对比较教育概念的历史考察，进一步确定了比较教育学是一门学科的观点，他认为"从发展历程来看，比较教育经过不断地丰富和发展，到今天已经发展成为具有专门的学术群体、研究机构、研究对象、研究方法、研究成果和课程的一个比较成熟的科学体系，是教育科学体系中受到高度重视的一门基础学科。"④ 对于比较教育的研究对象，他认为"比较教育以整个教育理论和实践为其研究对象，重点研究当代世界不同国家、不同地区和不同民族的教育制度和整体性教育问题及其改进的方向和策略"⑤。卢晓中从"学术的分类"和"教学的科目"两个角度出发，认为比较教育是一门正在建设和发展中的学科。与众不同的是，他将比较教育学界定为"经验学科"："比较教育学是研究当代世界和

① 冯增俊. 比较教育学 [M]. 南京：江苏教育出版社, 1996. 125.

② 顾明远, 薛理银. 比较教育导论——教育与国家发展 [M]. 北京：人民教育出版社, 1996. 14—15.

③ 陈时见等. 比较教育管理 [M]. 南宁：广西教育出版社, 2001. 5.

④ 陈时见. 比较教育导论 [M]. 北京：商务印书馆, 2007. 21.

⑤ 陈时见. 比较教育导论 [M]. 北京：商务印书馆, 2007. 22—23.

不同国家或不同地区的教育现实问题，寻求世界教育发展的共同规律及不同国家或地区的教育差异，以促进和推动教育的改革与发展的经验学科，它也是教育科学的一个分支学科。"①

以上观点都是将比较教育学的研究对象界定为整个教育领域，这一现象被朱旭东称之为"比较教育研究的无边界特征"。他说："当我们考察中国改革开放以来比较教育研究学术成果的时候，发现研究对象上是无边界的，几乎可以把所有的教育事实、现象都纳入到比较教育研究范围内。"②他提出，比较教育学研究的对象边界是教育制度或体系，比较教育研究的空间边界是民族国家，时间边界是"当代"。③ 这一观点在他 2008 年出版的《新比较教育》一书中进一步得到强调。

钟启泉在《开拓比较教育学研究的新视野——兼论比较课程与教学论研究的方法论特征》一文中认为，随着学科的发展趋于成熟，比较教育学必然向国际教育和发展教育方向发展，并且，"如何界说研究问题视域和选择研究视角对比较教育学的发展具有重要的启示意义"④。对此，结合当前的世界教育趋势和我国教育的发展，他们选择了"比较课程与教学论"作为比较教育的切入点。在 2007 年翻译出版的马克·贝磊（Mark Bray）主编的论文集中，钟启泉在对中国比较教育学发展的大致阶段进行分析后指出，比较教育研究已经进入了深入和发展的阶段，"就是指比较教育研究进入了课程研究这个时代"⑤。他并不反对比较教育的宏观研究，但是认为，比较教育的"宏观研究"的目的也是"围绕课程论和教学论的研究而展开，是为了更加清楚地理解和分析课程和教学扎根的广阔背景"⑥。

三、概念视野中的比较教育学知识

为了使对象简单化，我们用以下的图表来更清楚地理解比较教育概念的变化脉络（见表 1-8）。

---

① 卢晓中. 比较教育学 [M]. 北京：人民教育出版社，2005.10.

② 朱旭东. 试论中国比较教育研究的无边界特征 [J]. 比较教育研究，2005，(10)：8.

③ 朱旭东. 试论中国比较教育研究的无边界特征 [J]. 比较教育研究，2005，(10)：9—10.

④ 钟启泉，黄志成，赵中建. 开拓比较教育学研究的新视野——兼论比较课程与教学论研究的方法论特征 [J]. 比较教育研究，2005，(3)：10.

⑤ 钟启泉. 从课程做起的比较教育研究 [A]. 马克·贝磊. 比较教育学——传统、挑战和新范式 [M]. 彭正梅等译. 上海：华东师范大学出版社，2007.2.

⑥ 钟启泉. 从课程做起的比较教育研究 [A]. 马克·贝磊. 比较教育学——传统、挑战和新范式 [M]. 彭正梅等译. 上海：华东师范大学出版社，2007.8.

表1-8 改革开放后比较教育学定义的主要观点

代表人物	著作	出版时间（年）	研究对象	研究方法	研究目的
王承绪、朱勃、顾明远	《比较教育》	1982	当代外国教育的理论和实践	比较分析	借鉴
成有信	《比较教育教程》	1987	当代不同国家或地区的各种教育理论与教育实践问题	比较为主	借鉴
杭州大学教育系编	《教育辞典》	1987	各国教育的理论和实践	比较分析	揭示规律
杨汉青、吴文侃	《比较教育学》	1989	当代世界各国教育的一般规律和特殊规律	以比较法为主要方法	探索未来教育发展趋势
金哲等	《世界新学科总览》	1987	若干国家或地区的现行教育和实践	比较法	借鉴
张念宏	《教育百科辞典》	1988	各国教育行政制度、学校制度及各级各类教育	比较法	借鉴
高如峰、张保庆	《比较教育学》	1992	1. 不同空间或时间之间教育理论与实践 2. 对教育产生影响的各种因素	比较法	探索教育发展规律和趋势
张念宏	《中国教育百科全书》	1991	教育的整个领域外国教育学	比较法为主	探索教育发展规律和趋势
顾明远主编	《中国教育大系——现代教育理论丛编》（下）	1994	当代世界各国教育的一般规律与特殊规律	比较法为主	探索教育发展规律和趋势

代表人物	著作	出版时间（年）	研究对象	研究方法	研究目的
顾明远、薛理银	《比较教育导论——教育与国家发展》	1996	整个教育领域	任何方法都可以	国际教育交流的论坛
陈时见等	《比较教育原理》	2001	当代世界各国、各地域、各民族的教育理论与教育实践	以比较法为基本方法	探索原因、揭示规律、促进交流与合作、改进现实教育
陈时见	《比较教育导论》	2007	整个教育理论和实践	以比较法为主的所有教育中可以运用的方法	相互借鉴、学习和促进
卢晓中	《比较教育学》	2005	当代世界和不同国家或不同地区的教育现实问题	方法群	促进和推动教育的改革与发展
钟启泉	《从课程做起的比较教育研究》	2007	比较课程论与教学论	以比较为主的方法群	对世界课程界形成一定的影响；中国课程界崛起
朱旭东	《新比较教育》	2008	当代民族国家的教育制度或体系	比较视野	比较教育研究的知识体系

从研究领域来看，初期是教育全盘介绍和引进，既而转为问题研究，当前的趋势是转入专题研究。这也体现了当代科学的发展趋势，学科的发展已经不可能是范围越来越广，而只能是在专题的基础上研究愈来愈深入和复杂，理论愈来愈精致了。比较教育学已经逐渐卸下大而全的沉重翅膀。

从研究方法来看，由初期的简单比较和介绍，逐渐转为以比较为主，注重因素分析、关系分析和跨文化分析。当前的趋势一是强调比较法的同时，注重对整个方法群的运用；另一种观点是建议从主体的角度定义比较教育学，比较教育学因其研究主体的比较视野而与其他教育研究区别开来，在研究的过程中不拘泥于具体的研究方法，方法的选择要由具体的研究问题来决定。从比较的目的看，初期是借鉴，既而发展为探索教育规律和预测教育未来趋势。随着跨文化研究的深入，发现教育借鉴和教育预测变为越来越不确定，借鉴和预测也越来越缺少根基，比较教育逐渐成为国际教育交流的论坛，是世界教育的一部分。

综合以上观点，根据大多数比较教育学者对比较教育的界定，比较教育知识应该是以比较方法为主对当代国际教育问题或教育事实进行的研究。为此，我们选择国内比较教育界的三种核心期刊《比较教育研究》、《全球教育展望》和《外国教育研究》来看确切使用了比较方法或比较视野的文献数量。为了使所选文献具有典型的代表性，选择了论文篇目中实际含有"比较"或"国际视野"的文献，将"心中比"悬置一边。必须说明的是，这里我们不能否定其他文献就是非比较教育研究，而只是说这部分文献是基于概念的界定而选取的比较教育研究的典型样本。图1-3显示了这些典型样本在数量上的状况，并在后面的论述中，将这部分文献简称为"比较研究"。

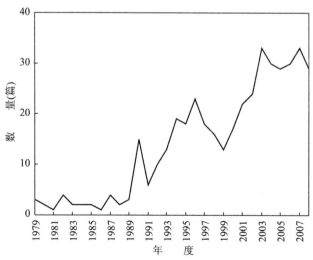

图1-3　1979—2008年比较文献分布数据图

1979—2008年，近三十年间三种期刊共刊载文献的总篇数10 013篇，标题含"比较"的属于跨国、跨区域或跨文化进行比较的文献共424篇，占总数的 4.23%。从图 1-3 的曲线分布看，20 世纪 90 年代以前真正进行比较的文献相当少，这与改革开放初期主要从事教育资料的翻译借鉴有关；20 世纪 90 年代以后，比较研究文献较前期有较大的增长；进入 21 世纪则稳定在一个比较高的水平。从比较教育学的概念视野角度看，这部分文献是比较教育研究的核心，其研究状况直接关系比较教育学学术水平的高低，故将在本章第四节和第五节研究其论述的形成。

第四节　比较研究论述的形成——内容分析

从教育实践方面看，在比较教育建立的初期以至整个 20 世纪 80 年代，人们对比较教育的期望是大量地介绍国外的教育现状和教育知识到中国，其旨趣在于了解和借鉴。这一时期，比较教育学者几乎等同于外国教育译介者。从 20 世纪 90 年代开始，翻译和介绍已经是所有教育学者的基本能力，比较教育研究面临着如何摆脱仅仅是翻译和描述的初级阶段而真正通过“比较”得到“有用的教育规律”或加强对教育的理解的难题。这个难题的解决是比较教育走出困境，得到知识界承认的关键，它要求比较教育能通过有效的比较为教育理论和实践贡献知识。到了 21 世纪，多元文化主义、相对主义等新理论进入比较教育的研究领域，比较教育知识的定位处于不断争鸣和调整之中，借鉴、理解、国际交流等各种主张同时并存，比较教育理论也逐渐系统化，一些比较教育理论流派初现端倪。但是，比较教育研究的实践是否与比较教育学科领域的进展和比较教育者自身对比较教育知识的界定紧密联系？比较研究的理论是如何形成的？目前的主要研究范式是什么？为了能够回答这些问题，承接上一节对何为比较教育概念的梳理，本节选择与概念相符的典型样本的部分文献进行内容分析。

内容分析法是“一种对具有明确特性的传播内容进行的客观、系统和定量描述的研究技术”①。它是把所有文献看作一个整体，整体中包含了单个文献所无法反映的趋势，运用内容分析方法，可以发现常规阅读中不易发现的问题或文献中的隐性内容，通过相关数据的统计，对研究问题做出推论。在这一节中首先用内容分析的方法寻求对问题的部分解答。

承接上一节的分析，为了了解“比较研究”当前研究论述的形成，我

①　李本乾. 描述传播内容特征检验传播研究假设：内容分析法简介（上）[J]. 当代传播，1999，（6）：39.

们从中选取 2006 年、2007 年和 2008 年三年共 92 篇文献进行内容分析，年限的长度和文献的篇数（大于 30 篇）保证了将误差限定在量化研究可接受的程度。分析的视角首先集中在研究主体和研究课题的社会化维度，然后将重心放在论题、论据、论证和结论本身的属性上。

一、研究的社会化维度

1. 研究主体的"合作度"分析

比较研究涉及跨国、跨文化和跨学科的比较形式。地域上的跨越性使每一个生活在单一文化圈内的学者在研究上存在着如何准确理解和把握外邦的教育现象、教育理论和教育实践的问题。教育是在历史文化和文明中形成的，跨文化的历史把握是比较研究质量的保障。教育的本质属性又决定了对教育的研究需要多学科的知识，这对学科背景单一的研究者是一个巨大的挑战。显然，克服上述"跨越"困难的一个有效的方式或许是通过学科内和学科外的合作，国内的和跨国的合作。

因此，研究主体的社会化程度直接关系到研究的质量，其社会化程度从统计角度上看，体现在研究形式的"合作度"上。在这里，从地域上把合作形式分为"国内"、"国际"两个维度，其中"国内"根据情况分为"学科内"和"学科外"，"国际"维度分为"中外合作"、"国外学者"；合作队伍的构成分为"独著"、"两人合作"、"三人以上合作（包括三人合作）"、"课题组"四个维度来统计"合作度"情况。其中篇数为 0 的未列出。"合作度"情况见表 1-9。

表 1-9　研究形式的"合作度"情况

类别			排名	篇数	所占百分比（%）	累计百分比（%）
国内	独著		1	47	51.09	51.09
	二人合作	学科内	2	32	34.78	85.87
		学科外	3	4	4.35	90.22
	三人以上合作	学科内	4	4	4.35	94.57
	课题组	学科内	7	1	1.09	95.66
国际	独著	国外学者	6	1	1.09	96.75
	二人合作	中外合作	5	3	3.25	100.00
总计				92	100.00	

表 1-9 说明，一半以上（52.18%）的文献是以独著形式出现的，另外的 47.82% 是以合作的形式出现的。在合作研究中，又以学科内部的合作为主，尤其是研究生与导师的合作，学科外的合作很少，只占 4.35%，中外合作更少，只占 3.25%，外国学者的独著只有一篇，占 1.09%。三人以上和课题组进行研究的方式只占总数的 5.44%。

从以上的统计可以看出，合作的形式在比较研究中已经大量涌现，其合作程度远远高于社会科学文献平均数——13.60%。① 但是多学科的合作、跨国、跨文化的合作却并没有如预期那样成为一种主要的研究方式。这一方面说明了我国学者与外国学者在交流方式上还主要停留在文献阅读的间接交流，而没有形成学者共同体之间的普遍的学术合作；另一方面，从比较研究的特性来看，这种跨学科和跨国、跨文化交流的缺乏，也是目前制约比较教育理论提升学术地位、走向国际交流的瓶颈。

2. 社会需求分析

虽然从理论上来讲，学者认为，不管是理论研究还是实践研究，最终都是服务社会中的某一个群体的。但是最直接的体现社会对学术的要求和学术对社会要求的响应，是国家各级政府部门、企事业单位、各类基金组织、各大院校等提供科研经费而产生的研究成果。这些机构划拨一定量的资金，对学术领域的研究进行定向的资助，具有特定的经济目的、实用目的、激励目的或社会效益目的等。本文样本的社会需求统计情况如表 1-10。

表 1-10　社会需求统计

类别	排名	篇数	所占总篇数百分比（%）	累计百分比（%）
国家级基金	2	7	7.61	7.61
省部级基金	1	18	19.57	27.18
市、厅级基金	4	3	3.26	30.44
院校基金	3	6	6.52	36.96
国外基金	5	2	2.17	39.13
总计		36	39.13	

① 参见金武刚对经济学、哲学、历史学、文学、教育学、政治学、法学、马克思主义、语言学、社会学、艺术学、新闻传播、民族学、图书情报学、管理学、体育学等 16 个学科"研究形式"的统计。金武刚. 定量研究中国社会科学：一篇来自 3199 篇文献的内容分析 [J]. 情报资料工作，2002，(4)：54.

从以上统计可以看出，比较研究中所受资助不仅比例高，达到了39.13%，而且级别也较高，国家级和省部级就占到了27.18%，而且其他基金如市、厅级和院校基金在学术界的声誉也比较高。这也说明了比较教育的这三种核心期刊是国内高水平比较研究的代表，它是当前比较研究学术前沿的真实反映。

另一方面我们也发现，国家级基金，省部级基金，厅、局级基金和院校基金都是政府机构所设，依赖于国家的政策扶持，占这类基金的百分比总和是36.96%，而得到国外基金很少，只占2.17%，二者之间的比例是17：1。这说明作为国际教育交流的比较教育的国际开拓性和国际交流并不够，或者是当前的交流方式存在问题，我们还主要停留在向对方虚心学习的阶段，没有达到平等合作的阶段，东西方话语体系的平等地位和真正的交流还没有建立起来。除此以外，在比较研究中没有企事业基金，这说明比较教育的社会效益还不够，还需要进一步提高学术水平和学术影响力。

二、理论的形成

1. 研究的主题

根据第一节的分析，比较教育中对研究主题的分类常常是从纵向各级各类教育和横向的实践、人、观念和制度的两个维度来划分的。但是从更能准确地表明研究对象的性质的角度看，横向维度的描述性更具有本质性，纵向的维度只是一种社会约定俗成的划分，如关于"基础教育"，它的内涵在有的国家是指中小学，而有的国家则包括中小学以及高中。对纵向维度教育的研究最终要落到横向的维度，而横向的维度却不一定必须落到纵向的某一个具体的点上，如教育的元研究属于观念范畴，但是却不具体属于某一级某一类教育。因此，对比较研究论述形成的研究主题，我们采用横向维度的分类方式（见表1–11）。

表1–11　研究主题的分布

类别	排名	篇数	所占百分比（%）	累计百分比（%）
制度	1	38	41.30	41.30
实践	2	38	41.30	82.60
人	3	8	8.70	91.30
观念	4	8	8.70	100.00
总计		92	100.00	

从表1-11可以看出，当前采用比较方法或比较视野进行研究的课题主要集中在教育制度和教育实践方面，其中教育制度和教育实践层面的比较都占到41.30%。教育制度是一个国家各类教育机构有机构成的总体及其正常运行所需的种种规范和规定的总和，是比较教育研究的传统领域，制度的层面较为客观，资料的收集比较容易，存在的争议性较少，被认为具有很强的可比性。教育实践是教育中的各种各样的活动，包括课程的制定和实施、教学的管理、教科书的内容、课程表的制定、学生的学习、毕业生就业、学生生活等等与教育教学相关的各种活动。从上面的表格可以看出，比较研究重视对教育实践的比较，希望通过比较发现规律或可以借鉴的有益经验。但是，对人的研究，比如教师心理、学生心理、教师发展、教师教育等目前采用比较方法进行研究的文献较少，占总数的8.70%。由于心理学本身的特点，心理学研究的大多数课题需要采用自然科学中的实验法来保证其客观性，留给适用于跨国和跨文化的比较方法研究课题较少，这是这方面文献数量少的原因之一。在教师发展和教师教育方面，我国在教学实践中虽然长期以来是教师中心，但是对这方面的学术研究却起步较晚，2008年才成立第一个"教育部普通高校人文社会科学重点研究基地——北京师范大学教师教育研究中心"。通过对教育理论的比较发现新的理论和促进理论的发展的文献也很少，同样只占总数的8.70%，这与理论的建构方式有关。在这一领域，目前普遍运用的还是哲学方法、逻辑方法等，对比较方法的运用还不普遍或者说还没有上升到跨文化比较的高度。

2. 论据的比较维度

论据的比较维度由三个方面构成。首先，从比较对象自身属性来看，有质的、量的和结构的比较，这种研究我们可以把它称为对事物自身属性的比较或者一般比较；其次，通过比较对象与其他对象的关系进行比较，我们将其称为关系比较；最后，从时间维度看，可以分为历时纵向比较和共时横向的维度，其中，历时维度是指从历史发展、演变的方面进行比较，它本身就是一种方法，我们可以将其称为历史比较。综合以上维度，根据样本所涉及的类型，本文把比较维度分为四个类别。A. 一般比较，它包括三个类别，一是"内容比较"，指只从研究对象所包含的内容和结构进行的比较；二是"数量比较"，指比较对象的每一个属性都用量化的方式来表示和推理；三是"内容、数量比较"，指研究对象的某些属性只比较其内涵、结构，某些属性通过量化的方式来比较。B. "关系比较"是指从研究对象与相关影响因素分析的角度来进行比较。C. "历史比较"是指从研究对象的历史演变的角度进行比较。D. 综合比较，它是对上面某两种或三种比较策略的综合运用（见表 1-12）。

表 1-12　比较维度的分布

类别		排名	篇数	所占百分比（%）	累计百分比（%）
A. 一般比较	内容比较	1	44	47.83	47.83
	数量比较	4	10	10.87	58.70
	内容、数量比较	2	17	18.48	77.18
B. 关系比较		3	14	15.22	92.40
C. 历史比较		5	4	4.34	96.74
D. 综合比较	历史、关系比较	7	1	1.09	97.83
	关系、数量、内容比较	6	2	2.17	100.00
总计			92	100.00	

表 1-12 显示，在比较研究中，从事物自身属性角度进行的比较共占
77.18%，单纯的只从内容比较得到结论的文献占到了 47.83%，数量比较
占 10.87%，而内容、数量比较占 18.48%。从这些数据可以看出，比较还
主要存在对事物属性的描述列举层面，属于简单的比较方法的运用，通过
这种方式得出的结论的可信程度和被实践接受的程度还需要进一步检验。
另外，量化方法的大量使用显示了比较研究向量化的科学方法看齐的趋势。
关系研究是对一事物与它事物之间作用关系的分析，这种研究可以看出变
量与变量之间的作用过程，当我们改变一个变量时，可以预料到相关变量
之间的变化，它与简单属性的同和异的并列描述方法相比，得出的结论不
是孤立的，而是处于一个相互制约的循环里，更符合社会科学的本质特性。
但是从表 1-12 可以看出，比较研究中采用这种方法进行研究的文献还较
少，占 15.22%。从事物发展演变的历史维度，再结合其他维度的比较方
法，能够通过比较看出事物的未来发展方向，揭示事物的产生、生长、繁
荣乃至灭亡的过程，这是普遍规律与比较的结合。这种方法的运用无疑使
得出的理论更接近客观现实，把社会科学理论的可信度向前推进了一步，
但这种方法在比较研究中还刚刚起步，占总数的 4.34%。多种方法的综合
运用能从多个层面揭示事物的属性，这种研究的数量也很少，只占总数的
3.26%。但是，结果也显示了，当前的比较研究是"一般比较"、"关系比
较"和"历史比较"共存的时代，多种研究的综合使用业已初现端倪。

3. 研究目的

在研究目的方面，比较研究可以分为两个目的。一是重在学习、吸收有益经验的借鉴目的；二是建立在平等对话基础上的交流、理解的目的。

从对 92 篇比较文献的分析可以得出以下数据（见表 1-13）。

表 1-13　研究目的分布

类别	排名	篇数	所占百分比（%）	累计百分比（%）
借鉴目的	1	58	63.04	63.04
交流、理解目的	2	34	36.96	100.00
总计		92	100.00	

从表 1-13 可以看出，目前的比较研究仍是以借鉴为目的的研究为主，但是与 20 世纪 80 年代的"借鉴"目的就等于比较教育本身的目的有了很大变化。借鉴是建立在他族优异的基础上的，他者优于自身，其对话模式是非平等的。目前，比较教育的交流、理解的目的已经渐渐凸显，这一方面说明了我国教育的迅速发展，教育的发展已经进入了一个新的阶段，已经在一定程度上拥有了对话的话语权，可以在某些问题上共同探讨，相互学习，取长补短；另一方面也因为学术界对"借鉴"的怀疑和对教育本质、教育与本国发展的关系的重新认识，使这股潮流引导下的比较研究放弃了借鉴，而走向了理解和解释。

4. 理论陈述方式

乔纳森·特纳（Jonathan Turner）在分析理论陈述的命题格式时，将其分为三种方式①：一种是公理型的命题，这种命题是高度抽象的，其概念所称的是某一类型的所有情况，而不是特定情况，公理是直觉上就有道理，从公理推导出的定理也不会被经验推翻。如数学中的"两点确定一条直线"就是一个公理，但是社会学中很难找到这样的公理类型。第二种是形式命题型：它受制于一定的经验事实，其"实质是创造抽象原理。这些原理往往构成一组法则，根据这些法则，就可以通过比较松散的演绎范式来解释经验事物"②。第三种是经验命题型：它是"由特定经验条件下对具体事物的概括组成。"这类命题"过于局限于经验背景、时间和地点；因此，

---

　①　乔纳森·特纳. 社会学理论的结构［M］. 邱泽奇，张茂元译. 北京：华夏出版社，2006.11—15.

　②　乔纳森·特纳. 社会学理论的结构［M］. 邱泽奇，张茂元译. 北京：华夏出版社，2006.14.

只是需要理论解释的经验概括"。① 后两种命题在比较研究中都能找到。在此，将比较研究中的"形式命题型"界定为在理论表述中没有明确指出运用范围，抽象程度较高的理论表述，它主要是通过理论的推演得出的。"经验命题型"是指直接从某一国家、两个国家或两个以上国家经验的比较得出的结论，在命题中明确指明了适用的范围。

在比较研究中，还有不提出任何理论结论的情况。它有两种类型，一是对既有理论进行评论，对结论不作任何理论概括，在此，把它称为评论型；二是在对经验事实比较过后，不提出理论上的构建，只是比较优缺点或在此基础上提出一些建议或发出一些呼吁，在此，把它称为经验评介型，详细情况见表1-14。

表1-14　理论的陈述方式

类别	排名	篇数	所占百分比（%）	累计百分比（%）
评论型	3	8	8.70	8.70
经验评介型	1	68	73.91	82.61
形式命题型	4	5	5.43	88.04
经验命题型	2	11	11.96	100.00
总计		92	100.00	

表1-14显示，比较研究中以经验的介绍、总结、评价为主的经验评介型占到了总数的73.91%，通过比较进行评论、述评、综述他人观点理论的，占8.70%。提出理论结论的共占17.39%，其中基于理论推论，得出较具普遍性的结论的占5.43%，直接根据两个或两个以上经验现象总结出理论结论的占11.96%。

上述结论显示了比较教育中比较研究的现状：比较研究主要不是生产理论，而是多数集中于由经验到经验，是经验的总结和鉴别。而通过比较得出的理论结论尤其是经验命题型的结论，其理论的适切性还需要接受进一步的检验。理论研究的目的是产生理论，但是如何保障由经验到经验的合法性，如何从经验上升到理论，对于这两个问题，比较研究正在通过自己的实践探索答案。

从提出理论命题的文献研究方法可以看出：一是直接通过理论的比较

① 乔纳森·特纳. 社会学理论的结构 [M]. 邱泽奇，张茂元译. 北京：华夏出版社，2006.14.

和梳理得出新的命题；二是通过历史比较与一般比较的结合得出命题；三是通过关系比较与其他比较方法的结合得出命题。这一现象正在昭示着比较研究要能得出理论命题，必须将多种比较方式相结合才能建构教育理论。

第五节 比较研究论述的形成——文本分析

内容分析是从量化研究的角度研究比较研究论述的形成，它使我们对比较研究的对象、论据的构成、研究方式、研究目的以及最后的结论有一个概要的认识，从中既看到目前的现状，也看到未来的发展趋势。就像对一幅画我们先是通过长镜头来观其全貌一样，我们同样还需要近距离地了解画的具体构成，它是如何由简单的线条、色彩，通过什么样的结构方式和组合方式构成了画的整体。文本分析就是这样一种细描的过程。根据上一节的分析，比较研究主要是通过一般比较、关系比较和历史比较来构成理论的。这一节，我们将对每一种研究选择一个典型文本来分析其理论的形成过程。虽然单个的样本不能体现总体的所有特点，但是它却能体现总体的基本结构和骨架，至少不会让我们觉得整个理论形成过程就是暗箱。

一、理论的构成要素

"理论是一种围绕观点形成过程而展开的思维活动，这些观点解释了事物何以存在和如何存在。"① 比较研究的理论是围绕观点的形成过程而展开的以比较为主的思维活动，它同样包括一般理论的基本要素构成：概念、变量和理论陈述格式。② 除此之外，比较研究还应包括自身特有的理论建构过程——可比性的确定。可比性是研究对象中存在的一种可以用比较进行研究的内在价值，是比较研究的可能性和保证比较研究得以有效进行的前提条件。

概念是理论构成的基础，概念的建构是为了让所有使用者在特定的情景中都共享一个意义。在比较研究中，概念指教育现象、教育活动、教育问题或教育制度等。概念一般要用定义界定其内涵和外延，但是在比较教育研究中，对于研究对象，有时认为是约定俗成的而并不进行特殊的界定。

① 乔纳森·特纳. 社会学理论的结构 [M]. 邱泽奇，张茂元译. 北京：华夏出版社，2006.5.
② 乔纳森·特纳. 社会学理论的结构 [M]. 邱泽奇，张茂元译. 北京：华夏出版社，2006.5.

概念意义的确定性也是比较研究中可比性的基础，可比性与概念的界定是联系在一起的。可比性基于概念，但不制约于概念，它是在概念基础上的逻辑推论、事实构成或公理和定理的运用等。可比性是保证概念能够被运用，变量建构的适切性和比较得出的理论观点的解释、预测或实践指导性的关键，如"平衡比较"就是一种对"同类可比"的可比性的运用，但是被比较的对象很难是完全对称的，这种情况下"力求平衡比较可能会产生一种不平衡的判断"①。另一种比较方式"阐释比较"成为了一种可选方法。阐释比较是"将不同国家的教育实践随意取来，对资料所提示的比较观点加以说明"②。这个时候，可比性就发生了转换。

在比较研究中，为了能够比较，都会从大小、强度、结构、数量、变化等各个方面来描述沿着概念进行的思维活动，这就是变量在理论形成中的运用。在比较研究中的变量并不等同于科学研究中的变量，每一个变量并不都是可以测量的。

理论的陈述有多种方式，社会学理论一般有四种基本的方法：元理论模式、分析模式、命题模式和模型模式。在上一节的分析中，我们已经知道比较研究中的结论一般是命题型的，在本节的分析中，本研究着重研究理论形成的过程模式。

二、三种比较研究论述的形成

1. 一般比较

选取《大学教师聘任的国际比较》作为研究对象，该论文是"国家自然科学基金"研究项目成果，载于《比较教育研究》2007年第2期，作者是华东师范大学终身教授陈永明博士。

（1）文本的基本情况

该文论述了发达国家大学教师聘任制度的成功经验和痛苦教训，指出大学既要讲究办学效益而实施聘任制，又要尊重大学教师的独立性和学术性而继续遵循"学术自由"、"大学自治"二者之间的矛盾，为中国大学教师聘任制的经验借鉴提出了建议。

（2）概念和可比性

---

① 贝雷迪. 教育的比较方法论反思（1964—1966）[A]. 赵中建，顾建民. 比较教育的理论与方法——国外比较教育文选 [G]. 北京：人民教育出版社，1994. 183.
② 贝雷迪. 教育的比较方法论反思（1964—1966）[A]. 赵中建，顾建民. 比较教育的理论与方法——国外比较教育文选 [G]. 北京：人民教育出版社，1994. 185.

从文章研究对象来看，在概念方面，研究者并没有用下定义的方式进行概念界定，而是基于人们约定俗成的认识或者说是基于人们一般的解释和看法。这样，在可比性上，可以从两个方面来看。首先，对于对象国的选择，研究者界定在"发达国家"（美国、英国、法国、德国和日本)，这一界定是依据经济学和社会学以及政治学的分类。其次，对"大学教师"的界定和分类。由于涉及五个并非同一语种的国家，各个国家对大学教师有不同的构成和分级，在符号表述上也不同。但是把这些不同国家的教师进行比较的基础是：他们都是"从事大学教育研究工作"的人员。其可比性是建立在功能等同性基础上的。这样可比性就是建立在社会政治经济背景相似和功能等同之上的。

（3）比较模式

对教师的比较分为"身份"、"种类"、"任用"、"薪金"和"工作条件"五个方面进行并列。将所有的变量在所列出的类型中寻找定位。其抽象模式如图1-4所示。

由图1-4可以看出，这是一种自然主义的分析模式。自然主义模式"试图建立起紧密的分类体系，并设想这一体系能够抓住整个世界的固有特性秩序化的方法"，"其目标是要创建一种和这些永恒的过程同构的抽象类型体系"。① 研究者的比较是建立在将总体"大学教师的聘任"分为"身份"、"种类"、"任用"、"薪金"和"工作条件"五个抽象类型的基础上的（图1-4中的抽象类型1、2、3、4、5）。五个抽象类型之间相互联系，共同构成对总体的描述。在每一个抽象类型中分别列举被比较国家的情况，整个比较采用的是"平衡"比较的方法。通过比较，找出相同点，进一步抽象，得出三种更具概括性和包容性的抽象类型（抽象类型Ⅰ、Ⅱ、Ⅲ），新的三种抽象类型能够包含和解释进行比较的所有国家的聘任模式。但是在"经验借鉴"和"经验教训"结论的得出上，其推论过程与上面的比较过程之间的联系并不紧密，似乎是与比较过程无关，而是直接来源于这里并未列出的其他事实资料。因此，这里的"经验"和"教训"有直接描述之嫌，而与比较关系不密切。但是通过"经验"和"教训"之间的比较，发现二者在实施过程中有相冲突之处，有的"教训"也直接源于欲借鉴的"经验"，因此比较也难以形成理论。因此，该文在立论方式上，是以提出问题开始："与发达国家（美国、英国、法国、德国、日本）相比，保障我国大学教师教育权（学术自由、专业自主、大学自治）的体制是否健全

① 乔纳森·特纳. 社会学理论的结构 [M]. 邱泽奇，张茂元译. 北京：华夏出版社，2006.10.

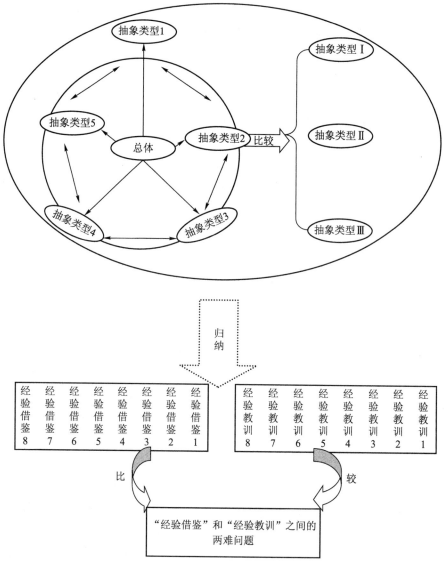

图 1-4 一般比较论述形成过程图

完善？"以提出问题结束："处在激烈变革的当今世界，大学既要讲究办学效益而实施聘任制，又要尊重大学教师的独立性和学术性而继续遵循'学术自由'、'大学自治'的金科玉律，这是发达国家进入新世纪优化高校师资队伍面临的两难课题。"但是结束时的问题不是对开篇问题的重复，而是在解决问题策略上的更高层次上的问题。

（4）小结

从对前面文本的分析中可以看出，样本的一般比较是建立在一定社会背景情况下的，可比性是建立在功能等同性之上的，采用自然主义的分析模式，以平衡比较为基础，通过寻找异同点，进行归类抽象得出更高的抽象类型，或者通过经验的比较，并不得出命题，而是提出更高层次的问题。一般比较的基本功能是借鉴，但是其借鉴并非是建立在严密的比较过程基础之上的，也并非来自命题的推理，而是直接来自似乎是不证自明的直觉经验。因此，通过一般比较似乎还难以形成理论，其结论的可信程度也还需要推敲。

2. 关系比较

选取《中外高等教育需求因素的影响分析》作为分析文本，该文是教育部"十一五"哲学社会科学研究重大课题的部分成果，载于《比较教育研究》2008年第9期，作者是北京师范大学经济与工商管理学院博士生郑磊。

（1）文本的基本情况

该文通过对国内外个人高等教育需求的影响因素的比较，"发现影响因素主要包括个人和家庭的经济状况、社会背景和学校的财政资助政策等。其中，个人和家庭的经济状况体现为借贷约束对入学决策的影响，它具有长期和短期两种效应；社会背景对入学决策的影响可以理解为是借贷约束的一种反映；财政资助政策对入学的影响取决于学生类型和资助类型的不同，总体上说资助对于入学具有积极作用"。基于此，该文"分析了它们对中国高等教育的成本补偿、学生资助制度所具有的借鉴意义"。

（2）概念和可比性

在概念方面，研究者并没有用定义来建构，只是明确了对高等教育需求影响因素的类别："个人和家庭的经济状况"、"个人和家庭的社会背景"和"学校的财政资助政策"。由于该文是关系比较，关系比较的特点是研究一种现象的变化是如何与另一种变化相关联的。该文用来比较的研究结论是影响因素定量统计结果的变化与高等教育需求之间的数量变化，或者是建立"收入效应"与"成本效应"之间的数学模型，通过模型的数量变化得出的结论。因此，该文的可比性是建立在规范的数学逻辑体系之上的，保证了被比较材料的客观性。

（3）比较模式

比较的过程主要集中于"借贷约束"对个人高等教育需求的影响和"学生资助政策"对个人高等教育需求的影响两种类型的比较和效果讨论上，如图1-5。

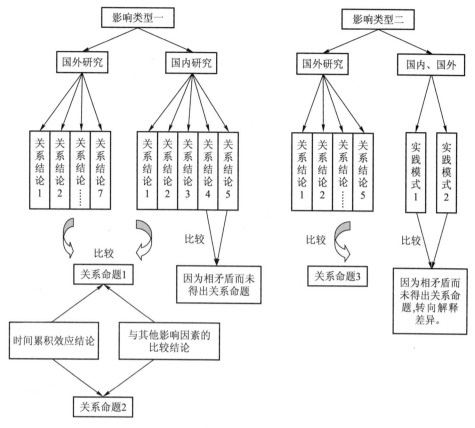

图 1-5　关系比较的论述形成过程图

从图 1-5 可以看出，对于"影响类型一"——"借贷约束"现象，研究者并置了国外研究和国内研究的结果，通过具有一致性结论的国外的七个研究和国内的三个研究的比较，得出了具有普遍性的"关系命题1"。比较结论的得出是源于关系结论之间的互证性和一致性，从而将原本从有限的研究结果推论到较为普遍的命题陈述形式："个人以及家庭的收入状况是影响高等教育需求的主要因素，也即表现为借贷约束效应。"而国内对于"成本补偿制度实行以来就学人口比重是否存在着向富裕阶层倾斜的趋势"的研究结论之间相互矛盾，无法通过比较综合得出关系命题。而对于"关系命题1"，通过对该关系命题的时间累积效应——长期效应的研究得出新的结论，"借贷约束不仅具有短期效应，还存在长期效应"，"个人、家庭生活背景"对个人高等教育需求的影响其实来源于借贷约束的长期效应。从而得出"关系命题2"："由于借贷约束导致父母社会、经济地位低下，从而影响到对子女的教育选择偏好、大学前的人力资本积累，这些都是造成低收入家庭子女入学率偏低的重要因素。"对于"影响类型二"——"学生资助政策"对个人大学入学需求的影响,通过比较国外关系结论,由于关系之间的相互印证,得出"关系命题3":"财政资助总体上对于促进入学率具有积极作用,但是学生类型和资助类型的差异会导致实际效果存在不同。"而对国内和国际共同存在的两种学费模式和资助模式之间关系的比较,因为相互矛盾未得出关系命题,而转向解释差异。

(4)小结

从选取的文本可以看出,关系比较是建立在一个变量的变化与相应变量的变化之间的关系上的,关系的结论是通过实证的或逻辑的数学推演得来的,最后的比较是建立在所提供的比较对象之上,通过类比、分析、综合等思维活动得来的。其比较的方式除了平衡的异同比较外,还有相互补充的符合比较,证明相同结论的反证比较等。关系的比较得出的关系命题结论是基于比较严格的逻辑推理和系统的思维过程得来的,其结论从学理上看具有信度。

3. 历史比较

选取《韩、中两国职业技术教育演变比较与改革建议》作为分析样本,该文载于《外国教育研究》2006年第9期,由韩国的行政学博士姜一圭、中国的比较教育学博士金铁洙和东北师范大学教授孙启林合作完成。

(1)文本的基本情况

文章从社会变革的角度,分析了韩国与中国职业技术教育的演变历程与特征及发展趋向,并从三个方面进行了分析与比较。第一,从宏观层面对韩、中两国职业技术教育演变的基本特征加以比较;第二,从微观层面探讨了两国职业技术教育政策制定的演变过程、特点、影响因素;第三,在前两部分的基础上,讨论了两国职业技术教育发展的环境与背景、前景与挑战、发展的方向与新的特征。最后,在把握两国职业技术教育的"来龙"与"去脉"的演变轨迹基础上,提出改革建议。

(2)概念和可比性

该文并没有对比较对象进行明确的界定,可以看出,比较是基于人们对比较对象的共识之上的。在可比性方面,由于比较对象的任何方面都可以纳入时间的维度,但是却并非都有可比性。因此,论者将可比性建立于一般理论:"政策在政策的形成、执行、产出过程都要受到政策环境的影响"。

(3)比较模式

比较的基本层面上分为从宏观层面对韩、中两国职业技术教育演变的基本特征加以比较和微观层面的两国职业技术教育政策制定的演变过程、特点、影响因素的比较两方面。其基本结构如图 1-6。

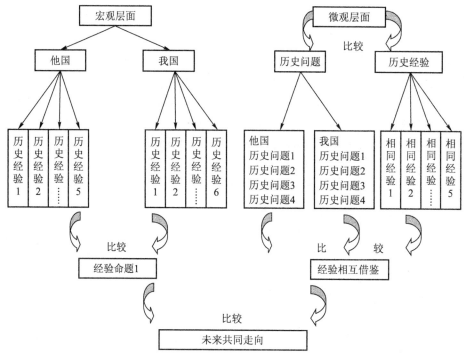

图 1-6 历史比较的论述形成过程图

从宏观层面看，一是基于对韩国的历史经验（主要体现在政策制定方面）的总结，二是基于我国宏观的政治、经济、社会、文化和技术方面的总结。在比较的结论上，由于可比的具体层面很少，可比性是建立在上述的一般命题基础上的，因此通过比较得出的经验命题只是一般命题的演绎和一些零散的经验知识。微观层面的比较是建立在对共同经验的描述和各自在历史发展中存在的问题的角度进行比较的，通过比较总结出了相互借鉴的经验。通过对"经验命题1"和"相互借鉴的经验"的二次比较，描述了两国职业教育的未来共同走向。

（4）小结

从文本的基本分析可以看出，历史比较的可比性是建立在一般教育命题或社会命题的推论上的，因此宏观层面的历史研究很难得出抽象的理论概括的命题，而仅是一些零散的经验总结。历史比较是从时间的维度进行研究的，它能看出事物发展的过去和现在，其结论在时间维度上也指向未来。

三、结语

从以上的文本类型化分析过程中可以一窥比较研究理论生产的三种方式："经验—经验"、"关系命题—关系命题、经验"和"历史经验—当前经验—未来可能走向"。比较研究的借鉴功能目前还占主要地位，但是，通过复杂的多层面的比较，比较研究也可以形成理论。而这一理论形成功能，需要比较研究在研究方法和思维方式上摆脱简单的类比，致力于融合多学科的研究方法进行探索，尤其注重事物之间的关系的探索。当比较研究成了教育研究的各个学科形成理论的通用方式的时候，对这一问题的研究更具有迫切性。这既是比较教育学科基本理论的方法论研究课题，也是教育研究在采用比较研究的过程中要慎重考虑和精心设计的方法论环节。

本文在文本分析上采用的是样本研究，每一个样本虽然代表一种典型的比较方式，但是并不是说这一样本就只运用了这种比较方式，我们只是采取抓住主要矛盾的方式予以研究。在类型化的过程中，当然无法避免研究过程中的海森堡原理（Heisenberg principle），即"调查研究的过程（即进行观察的过程）会改变调查研究的对象；在某种情况下，调查研究的过程会使调查研究的对象发生很大变化，使所获得的资料十分不可靠"①。但是，本文力求通过客观的描述尽量地去避免主观的偏见，同时也采用追究可比性本身和可比性的来源的方式尽量避免现成比较观的影响。

由于每一种类型的文本只选取了一篇。这就使研究只能看出每一种比较类型的大致轮廓，很难推论出该类型的所有文献在概念、可比性、论述形成过程和命题形式上都是如此。相反的是，我们能从样本基本比较模式的缺点上看出该种比较在方式、方法上和理论建构上需要改进的方向。因此，文本分析的研究并非是要给每一种比较类型一个框架，而是为了从既有的框架类型中发现问题，为比较研究走向真正的理论建构和为实践服务，并指导和引领实践做出理论上的进一步探索。

---

① 伊曼纽尔·沃勒斯坦. 知识的不确定性［M］. 王昺等译. 济南：山东大学出版社，2006.5.

第二章

人文社会科学中的比较教育学知识

从学科制度层面看，与比较教育学有着亲密关系的首先莫过于教育学知识，其次才是其他人文社会科学知识。在这个关系结构中，比较教育学知识既要显示自身的生存竞争力，同时又与这些学科之间在知识建构的过程中存在着远远不同于学科制度规定的复杂性。对这种关系的考察，如果放在时代学术特点之中来看的话，比较教育学与比较性学科之间有着特殊的关系；其次，作为其理论基础、方法支撑和话语形成的相关"学科"则为比较教育学的成长提供了丰厚的滋养；最后是比较教育学知识在教育学知识体系中的位置和与其他教育学科总体之间的关系。通过这种综合的考察，才能呈现比较教育学知识在整个人文社会科学知识谱系中的位置。

第一节　比较教育学知识与比较性
人文社会科学的关系

一、人文社会科学中比较的普遍性

现代交通运输的迅速发展使跨地域、跨文化和跨政治文明之间的实地旅行成为了现实，计算机网络技术、通讯技术的发展使文化交流的方式发生了质的变化，"瞬间"和"即时"成了网络世界和现代传媒系统的特点。过去的那种隔绝或半隔绝的状态已经一去不返，人类的不同的生活形态、文化传统、政治组织形式、社会系统等陆续通过直接的或间接的方式生动地展现在人们面前。"自我"与"他人"、"东方"与"西方"、"全球化"与"本土化"等现代问题已经使人们深深地感到尼采在一百多年前宣称的"比较的时代"的到来并且有了新的内涵。

"人们受传统的约束越小，他们的种种内心动机也就越发蠢蠢欲动，因此他们外在的骚动不安、他们相互间的交往和融合，以及他们种种努力的多重交响也就日益加强。……这个时代是通过这样的方式获得其意义的：各种世界观、各种风俗文化在这个时代可以被人一个一个地加以比较，被人一个一个地经验到；这在以前是不可能的，因为以前一切文化都只有地域性的支配地位，所有艺术风格都束缚于特定的时间和地点。现在，各种形式都把自己摆在人们面前以供比较，而一种强化了的审美感受力将在这种形式中做决定性的取舍：这其中的大部分，即所有被这种审美感受力所排斥的东西，人们将会任其湮灭。同样，在今天，一种较高的道德形式和伦理习俗也在选择，这种选择的目的不是别的，正是要剪除那些较低的道德。这是比较的时代！"①

尼采的描述给我们展现了生活世界的多样性，但是在尼采的眼里，这种多样性并非只是为了一种审美的需要而同时兼容各种形式、各种风格，它显示的是受"权力意志"支配的有价值倾向性的选择，被选择的将会不断生长而席卷那些未被选择的，使其成为历史。这是比较的时代赋予我们文化形式新的内涵，过去那种自在的和自为的文化现状将不会继续存在，所有的一切文化形式和知识形式都会处于交往和竞争的状态中，都会被置于价值领域中予以重新评价，或被推而成为更大的"普遍性"，或被弃而成为某种"个别性"、"特殊性"，因为比较才有了"存在"还是"死亡"，"中心"还是"边缘"的忧患。

与尼采的描述相比，当代的比较早已超出了审美领域和道德领域，不同的政治、文化和文明的相互作用已经使比较成为了整个人文社会科学领域的一大特点。比较无处不在，比较成为了人文社会科学中的通用方法。从科学主义的角度看，比较相当于自然科学中的间接试验法，具有确证的作用；从人文主义的角度看，只有通过比较才能了解不同文化和不同知识形式的差异；同样，批判社会学、语言学等众多学派都推崇比较在学术理论建构中的重要性。一时间"忽如一夜春风来"，"比较"成了显学，"比较"甚至被迪尔凯姆（Emile Durkheim）推崇为"社会学研究唯一正当的方法"，"社会学的解释主要是建立社会现象的因果关系。对于一种现象，要研究它的原因何在；对于一种原因，则要考察它的有效结果。由于社会现象的因果关系往往是不明显的、复杂的，研究者不能从直接观察中得出，因此考察这些现象只能用比较方法，这是社会学研究唯一适当的方法"。②

---

① 弗里德里希·尼采. 人性的，太人性的：一本献给自由精灵的书 [M]. 杨恒达译. 北京：中国人民大学出版社，2005.25.

② 埃米尔·迪尔凯姆. 社会学的规则 [M]. 胡伟译. 北京：华夏出版社，1999.102.

二、比较学科的诞生及当前的困境

比较的普遍性首先在自然科学领域诞生了比较解剖学、比较自然地理学、比较地质学，继而在人文社会科学领域内诞生了比较语言学、比较文学、比较美学、比较宗教学、比较政治学、比较法学、比较经济学、比较哲学、比较史学、比较教育学等比较性学科。目前，这些比较性学科已经在大学里占有一席之地，成了人文社会科学中的特有现象。比较本身说明了社会现象的差异和相关的学术理论之间的不同，这种不同是源于比较对象在历史形成过程中的异质性，这种异质性由于种族、宗教、文化、价值观等影响因素的复杂性及影响强度的难以确定性而显得异常复杂。复杂性是人文社会科学研究的特点。首先是因果关系的复杂性，因为影响因素之间的因果关系是多维度的和多层面的，而各种因素之间的交互作用使我们很难确定研究结果是否呈现了事物本身。其次，复杂性与这些学科的发展和学科研究的哲学前提，学科知识结构的政治背景以及社会发展的历史进程是融合在一起的。哲学前提决定了研究的前提假设，研究的方式方法，从而影响到研究的结果；学科知识结构的政治背景和历史进程也发挥着重要的影响，它使比较研究的过程部分成了政治选择的结果；最后是时间维度的复杂性，人文社会科学的研究对象、现象、问题等等是处于时间的变化过程中的，过去、现在、未来是联系在一起的，因此历史进程又进一步加深了复杂性程度。

使用比较方法的初衷是为了降低复杂性，以便能够发现研究对象的本质特征、影响因素的次序结构，从而能比较准确地确定因果关系，增加研究结果的确定性。比较的方法曾一度被视为是社会科学中的准试验法，与自然科学中的试验法有等同的作用，从而也是社会科学走向科学化的标志。这种观点是科学主义哲学观在社会科学中的反映。但是，事实上比较并没有如预期那样降低研究的复杂性，这一点尤其体现在社会科学中。首先是比较的标准问题。随着西方中心主义的瓦解，以西方为普遍话语体系，非西方为特殊话语体系的格局正在分崩离析。没有哪一种话语体系能够被视为是更大的普遍，而其他话语体系只能是其普遍的补充，或者是应该向普遍靠近的特殊。似乎只有承认每种话语的普遍性和特殊性，才存在比较，比较也才有可能进行。那么，在这种情况下，比较的标准是什么？其次是如何确定"相似性"和"差异性"的问题？"相似性"和"差异性"是比较的特质，由于人文社会现象的复杂性，我们很难不受置疑地确定"相似性"，而"差异性"又似乎难以穷尽。那么，存在着确定"相似性"和

"差异性"的法则吗？第三是对比较的结论的怀疑。由于在比较性学科中，比较通常引入了跨国、跨学科和跨文化的问题，这实际上进一步增加了研究的不确定性，因为比较总是意味着选择，哪些因素拿来比较，哪些被排除在比较的视野外，在比较的过程中如何排除前见的影响。而任何研究都是建立在一个研究假设之上的，所以前见是无法排除的，这是否就意味着比较的实质就是主观选择的结果。这一点导致对人文社会科学中通过比较寻求借鉴和找出规律的目的的根本性怀疑，甚至导致对比较本身的否定，进而使比较性学科面临被否定的危险。

然而比较在事实上的普遍性与比较在逻辑推演上存在的不确定性和可能的复杂性的增加之间的矛盾，促成了比较理论的产生。

三、比较理论的产生

人们对于比较的认识先于比较学科的产生，因为比较作为一种辨别相同点和相异点、辨别大小、多少、新旧、高低等有关现象程度差异的基本的思维类型，一直存在于人们的日常生活和科学实践中，马克思把比较方法誉为"理解现象之钥匙"。可以说，没有比较，人们几乎无法认识事物。然而系统的比较理论的产生，却是始于18世纪下半叶，首先是自然科学和社会科学理论体系的确立，为比较奠定了科学基础；其次是不同文明之间的互动产生了比较的需要和可能性；再次是因为比较学科的存在，比较成了学科的特征被广泛使用，比较理论成了关乎学科安身立命的问题。

1. 哲学层面的比较理论

哲学家历来强调比较在人类感性思维、理性思维以及从理论到实践的普遍性和基础性。黑格尔在《哲学全书》中说过："我们今日所常说的科学研究往往主要是指对于所考察对象加以相互比较的方法而言"，[①] 黑格尔还写道："感性的东西是个别的多变化的；而对于其中的永久性的东西我们必须通过反思才能认识。自然所表现给我们的是个别形态和个别现象的无限量的杂多体，我们有在此杂多体寻找统一的需求。因此，我们加以比较研究，力求认识每一事物的普遍。"[②] 他还精辟地指出，"现象的真理就是本质的对比"[③]。可见，在黑格尔的方法体系中，比较是科学发现的根本方法，贯穿科学研究的全过程。

---

① 黑格尔. 小逻辑 [M]. 贺麟译. 北京：商务印书馆，1980.75.
② 黑格尔. 小逻辑 [M]. 贺麟译. 北京：商务印书馆，1980.90.
③ 黑格尔. 逻辑学（下）[M]. 杨一之译. 北京：人民出版社，2002.156.

然而，哲学层面的比较理论还要直面比较何以可能这样的根本性问题，因为"'哲学'在大多数情况下被视为这样一种思想努力，它通过审视和构造概念（系统）来解答根本性的问题，因而也就是在寻找和设立一切存在者所共遵的普遍标准、基础或前提"①。哲学更强调比较存在的基础——可比性，通过对可比性的透视，提供考察比较的科学性与否的逻辑起点。

一种重要的观点是认为相似性是比较的基础，可比性就是相似性，"凡是不存在完全的相同性的地方，都会随相似性的发生而伴有对比：使不同的东西从共同的基础上突现出来"②。然而，相似性来自何处呢？任何比较都是在比较者的知识结构中发生的。从这个逻辑点出发，可比性来自研究主体的主观性，是研究主体的知识背景形成的"比较视域"，它是研究者的一种价值判断，"凡是在一种纯粹静态的描述中表现为相同性或相似性的东西，它本身就必定已经被看做这种或那种方式的吻合性综合的产物了"③。这一观点过分强调了可比性的主观性，而忽视了其客观性。另一种观点是从物质的普遍性和人的体验形式和生命形式的普遍性出发，认为可比性是事物的内在价值，是客观事物的事实联系、交叉关系以及价值关系，因而可比性是一种客观存在。第三种观点认为可比性并不是一种纯粹的客观存在，而是主客观的统一。

但是，从比较的悖论来看，不管是上述哪一种观点，都存在一个共同的问题，那就是"相似性"本身就是比较的结果。也就是说，在进行显性的比较之前，存在着"匿名的"的比较。这样，"可比性将永远是一个令其左右为难的问题：或者一开始就硬性地用一种标准或框架将被比较的双方同质化，或者因为完全找不到统一标准而否认有效的对比和对话的可能"④。但是，确实存在着成功的比较，"使比较得以成功的结构为'比较情境'（comparative situation）"⑤。比较情境是情境的一种。"境"是从过去流淌下来的隐性的经验之流，以及每次体验都必带有的内外生存空间，我们感受到的东西与关系只是它的显像部分，以那不凸显的潜在关系网为前

① 张祥龙. 哲学悖论与比较情景——哲学比较的方法论反思 [J]. 社会科学战线, 2008, (9): 60.

② 埃德蒙多·胡塞尔. 经验与判断 [M]. 邓晓芒, 张廷国译. 北京: 生活·读书·新知三联书店, 1999. 94.

③ 埃德蒙多·胡塞尔. 经验与判断 [M]. 邓晓芒, 张廷国译. 北京: 生活·读书·新知三联书店, 1999. 94.

④ 黄启祥. 比较即生成——中西哲学比较方法论初探 [J]. 江苏社会科学, 2002, (4): 14.

⑤ 张祥龙. 哲学悖论与比较情景——哲学比较的方法论反思 [J]. 社会科学战线, 2008, (9): 60.

提。这个"境"就是一个多维度的、没有清楚边界的感受场，它是人们进行比较的方式和情景，没有预设的概念标尺。① 因此，可比性是生成的，是可比性起作用之前就存在于"生存境域、历史情境和知觉视域"中的比较，所以，"可比性是一种境域的构成"。② 人们在比较的时候，无法避免使用一定的概念体系或观念化范式，这样，容易造成对"原初比较情景"的遮蔽，从而在可比性生成的角度，运用"范式际朝向"（towards the inter-paradigmaticy）的方法论自觉来克服这种"遮蔽"，面相比较本身。③ "范式际"说明了比较不可能不出自于某个理论范式，受限于一定的语言、文化以及哲学观念，但是"际"说明了不能被"范式"完全规范，通过达到"范式际"状态，面向更真实的比较情境。

2. 比较社会学的比较理论

19 世纪的社会学研究是在达尔文学说的影响下进行的。社会学的鼻祖孔德就是一位实证主义者，他主张用比较法来研究人类社会，认为比较法是社会学中的实证工具，可以用来发现人类的进化法则。

迪尔凯姆是比较社会学的鼻祖，他最先提出了比较社会学的名称，并且提出社会学的核心方法就是比较法，"比较社会学不是社会学的特别分支之一，而是社会学本身"④。迪尔凯姆对社会学的解释是建立在社会现象的因果关系上的，他说，"使用科学的比较方法，根据因果关系的原理去考察社会现象，必须以下列命题作为比较的基础：一种同样的结果总是相应于一种同样的原因"⑤。因此，在比较中应从研究对象的社会性和客观性出发，抛却一切预先存在的假设。但是并不是所有的比较方法都适用于社会学，相同方法和相异方法就不适宜用来研究社会现象。因为"社会现象错综复杂，要把所有相同和相异的事实全部区分清楚是不可能的"，很难保证在应用这种方法时，"所有同一时期和同一性质的现象都能够一览无遗地包括在内进行比较"⑥，所以，采用这种比较方法去考察社会现象所得出的结论难以确定其科学价值。比较方法中最适合研究社会现象的是共变方法。共变方法"只需把两种性质虽然不同，但是在某一时期中有共变价值

① 张祥龙. 哲学悖论与比较情景——哲学比较的方法论反思 [J]. 社会科学战线，2008，（9）：61.
② 黄启祥. 比较即生成——中西哲学比较方法论初探 [J]. 江苏社会科学，2002，（4）：14.
③ 张祥龙. 哲学悖论与比较情景——哲学比较的方法论反思 [J]. 社会科学战线，2008，（9）：62.
④ 埃米尔·迪尔凯姆. 社会学的规则 [M]. 胡伟译. 北京：华夏出版社，1999. 114.
⑤ 埃米尔·迪尔凯姆. 社会学的规则 [M]. 胡伟译. 北京：华夏出版社，1999. 105.
⑥ 埃米尔·迪尔凯姆. 社会学的规则 [M]. 胡伟译. 北京：华夏出版社，1999. 106.

的现象找出来，就可以作为这两种现象之间存在一种关系的证据"。① 与相同方法和相异方法相比，共变方法不需要一一比较、一一证明所有的事实，它只要选择几件可靠的事实，就可以得出确切的结果。社会生活是一个不断演变的连续过程，用来比较的变量不限于同时期的社会，还可以比较历史现象，同时，变量的范围要有一定的广度和深度，还可以进行空间上的人类学的比较。

这样，通过对社会现象复杂性和特殊性的分析，他否定了自然科学中常用的剩余方法、相同方法和相异方法在社会科学中的运用，指出只有基于因果关系的共变方法能为社会现象研究提供足够的手段，得出可靠的结论。这样，就把简单的相同点和不同点的比较，转变为因果关系的比较。社会学比较中的相似和相异比较法困扰着许多社会学家，比如，沃勒斯坦就曾经质疑："比较所涉及的问题是'相似性'和'差异性'。相似性具有不确定性，而差异性又不计其数。那么我们该用什么样的可信标准来比较呢？"② 迪尔凯姆的比较方法是对这一问题的一种克服。

比较社会学中的另一位重要学者是马克斯·韦伯。韦伯的比较社会学理论在思考和立论方式上，是以现代问题为出发点，联系历史事件来解释现在，运用比较史学的一些方法来研究历史社会，具有很强的历史意识。韦伯强调两种因果关系，这就是历史学的和社会学的因果关系。前者强调历史事件发生的独特背景，后者则试图建立现象之间的规则性关系，在比较中注重政治、经济、宗教、文化、法律、科学等的整体关系结构。韦伯认为，人类的思想是有限的，面对无限大的社会现实，人类的研究只是这个现实中的有限的部分。因此，比较研究的基础是抽象的理想类型，因为社会现象是多样的和处于不断变化中的，纯粹的特征永远不可能被观察到，只能根据理想类型提供的假设来探讨研究对象的相似点和差异点，用以寻求现象之间的相关性。"如果要获得人类社会的科学知识，这也只能通过对一些不同类型的社会进行系统考察和比较才能获得。像这种比较研究我们称之为'比较社会学'。正是在这种社会学中，社会人类学能够被称其为一部分。如果或当比较社会学成为一个确定的学科时，社会人类学就会被合并到这个学科里。"③

① 埃米尔·迪尔凯姆. 社会学的规则 [M]. 胡伟译. 北京：华夏出版社, 1999. 107.
② 伊曼纽尔·沃勒斯坦. 知识的不确定性 [M]. 王昺等译. 济南：山东大学出版社, 2006. 14.
③ A. R. 拉德克利夫–布朗. 社会人类学方法 [M]. 夏建中译. 济南：山东人民出版社, 1988. 117.

四、比较时代中的比较教育学

1. 比较时代赋予比较教育学的特点

比较时代的特点之一是比较的普遍性和比较的跨越性。比较的普遍性表现在比较存在于教育的各个学科中。跨越性在比较时代的体现方式为跨国、跨学科、跨文化或跨文明互动的频繁、便利和多层次立体的网状结构的交往。朱利安（Marc-Antoinc Jullien）在创立比较教育初期，其范围只是局限在欧洲，现在比较教育研究的范围在地理位置上已经超越欧洲范围，全球的交往已经使世界各个地区、国家之间的比较成为可能。同时随着交往的加深，产生了新的国际性的教育问题，比较教育还需要以国际化的眼光去研究这些全球性的教育问题。也正因为普遍的国际交往，"全球化"和"本土化"、"中心"和"边缘"、"普遍性"与"特殊性"等新的问题和话语才涌现出来。各个国家由于交往的加深，已经早已是你中有我，我中有你，时代使比较教育面临的比较问题已经大大不同于朱利安时期，单纯的借鉴时代已经过去，时代的潋流带动着比较的目的和方式的转变，比较教育面临着在目的、方法和理论建构方面重新洗牌的格局。

比较时代不仅比较学科大量涌现，而且新的学科也在不断产生，其方式或者由原有学科的细化产生新的分支，或者是为了解决新的问题由原有多学科的复合而产生新的学科。学科的发展已经和社会的发展、人们的生活紧紧相连，自在的和自为的学术研究越来越少，学术已经越来越制度化。学科制度化的一种普遍形式是在大学里设置相关的专业，而专业的物质、人员和权力的分配和学科的发展息息相关。但是这种分配并非是平等的，它是一种金字塔结构，各种学科都处在竞争之中，"重点学科"、"一级学科"、"热门学科"和"紧缺学科"等名称便是对这种学科身份差别的描述。比较教育学也不例外，不仅在教育学科内部面临着在组织机构上被合并、被改编，或者扩张，在学科研究领域上的重新定位，在学科知识的实际运用上的地位改变等生存难题，而且在与人文社会科学的其他学科的共处中，也面临着是否能够享有平等地位的竞生境地，抑或只是仰他人鼻息的附属地位。

在比较的时代，比较教育学还与其他比较学科一起，具有比较性学科的共同的身份危机。这些比较学科目前都在高等教育的学科之林中占有一席之地，并且和它们的母学科之间存在着说不清道不明的关系。来自学科外部的质疑和来自学科内部的反思已经使学科的发展在外部机构组织上面临着变革或者已经发生变革。当前比较学科学术范畴方面面临着研究对象无边界、研究方法无特点等难题，也因此导致在学科文化方面没有统一的研究范式。从比较教育学自身的状况来看，几乎教育的所有领域都可以纳入比较教育研究，同时几乎所有的教育学者和一些非教育学者都在从事比较教育研究，比较教育似乎是没有围墙的公共绿地，这在很大程度上削减了比较教育的学科性。面对这种学术范畴方面出现的危机，比较教育学者已经开始从研究范围的收缩和比较理论的探索，比较教育学科形象的重新定位等方面予以应对。但是迄今为止，在比较教育学的内部，"比较教育学家们都研究各自感兴趣的外国的教育，除此之外很难找到共同点"①，这无疑是对比较教育学科文化缺失的最好概括，在制度和学理方面加强比较教育学科建设是当前应对这种危机的措施。

2. 比较教育学分享了当代哲学的比较理论和其他比较学科的理论成果

比较的广泛运用并不代表比较的正确运用。而事实上，比较的滥用已经形成了学术的一种痼疾，甚至是学术腐败的一种主要表现形式。把比较局限于简单的翻译、抄袭而没有学理的介入和真正的比较，所得到的结果是无效的甚至是对他人的一种误导。虽然比较学科一直注重对比较方法的理论建设，比较学科在不同的阶段具有不同的形态，但是把比较作为理论问题来研究，在当前具有不同的时代内涵和更强的时代紧迫性。由于人文社会科学的复杂性和人文社会现象的时代变化，研究问题和研究视角的不断转换，比较已经大大不同于区分异同的简单比较。可比性的重新界定和比较方法的根本性的范式转换是保证比较的可能和比较方法本身与比较对象特点相符合的关键。比较教育学在这方面体现了理论建设的双重性，一方面，比较教育学分享了比较时代的理论成果；另一方面，比较教育学也在本学科的比较研究的实践中不断完善比较的理论成果。有益的比较已经逐渐抛弃简单的描述和不加反思的先验的异同的列举，对可比性的反思逐渐纳入研究视野之内，新的趋势是走向定量研究与定性研究的结合，历史研究、关系研究与一般比较的结合。

3. 比较教育学受制于母学科发展的阶段性和不成熟性

在比较学科群中，比较教育学似乎并不像比较哲学、比较语言学、比较文学等学科那么富有成效。我们的研究文献中大量含有对这些比较学科文献理论的引用，却鲜见其他比较学科对比较教育学理论的引用。比较教育学的这种现状，从客观情况来看，教育研究既是人文科学又是社会科学，研究对象的复杂性是其他学科所无法比拟的。同时，由于比较的跨国和跨

① 顾明远，薛理银. 比较教育导论——教育与国家发展 [M]. 北京：人民教育出版社，1998. 28.

文化维度进一步增加了研究对象的复杂性，而我们在研究过程中还没有找到降低这种复杂性的有效方法。通常我们的比较只是直接地出于我们某种预先的假设，把形式上的比较当成了减少复杂性的手段来运用，这种研究对象和研究方法之间的低相符程度是导致理论可信度低的原因。从教育研究来看，教育学发展自身的贫困也是导致比较教育学科发展不成熟的原因之一。在比较教育研究中，比较教育大量引用其他学科的文献资料，却很少从教育学科内部汲取营养。在教育学中，古代社会的柏拉图、亚里士多德，以及后来的夸美纽斯、洛克、卢梭、裴斯泰洛齐等人，都曾提出过自己的教育体系，但都没有形成科学规律。赫尔巴特是近代第一个试图把教育学建立为一门科学的人，他在 1806 年成书《普通教育学》，试图在伦理学基础上建立教育目的论，在心理学基础上建立教育方法论。时间已经过去了两百多年，教育制度和实践处在不断地变化之中，并且取得了重大的成果，但是教育理论却并没有取得令人信服的进步，并且似乎很难跟上教育实践的步伐，在指导教育实践方面勉为其难，缺少信心，因而其学术地位备受诋誉。而 1817 年朱利安的《比较教育的研究计划和初步意见》也似乎没有继承这方面的成果，直接把比较当做一种实证的方法，试图从实证的角度建立教育理论。到目前为止，比较教育学名义上是教育学的分支学科，但实际上和教育学的关系却难以理清，这将在后文中得到讨论。

第二节　比较教育学与相关“学科”的关系

比较教育是否是一门学科，目前仍然存在争论。但是对于比较教育是多学科知识的涉入，“比较教育是多学科”[1] 的观点，却是比较教育学界不争的共识。20 世纪 60 年代，安东尼·威尔奇（Anthony Welch）认为：“20世纪的大部分时间里，比较教育的理论轨迹通常与社会科学的理论轨迹同步，从一开始就表现了一种曲折的路线，这种路线建立在这样一种信仰的基础上，即主要从功能主义吸收而来的现代性的专家政治社会科学观念”[2]。比较教育学的这一特点使比较教育与相关学科的关系贯穿于比较

①　黎成魁. 比较教育 [A]. 周晓霞译. 赵中建，顾建民. 比较教育的理论与方法——国外比较教育文选 [G]. 北京：人民教育出版社，1994. 4.

②　Anthony Welch. The Triumphy of Technocracy or the Collapse of Certainty? Modernity, Postmodernity, and Postcolonialism in Comparative Education [A]. In：Robert Arnove and Carlos Alberto Torees（eds.）. Comparative Education：the Dialectic of the Global and the Local [M]. New York：Rowman & Littlefield Publishers, INC. , 1999. 25.

教育发展的整个历史之中，同时，相关学科的发展也是比较教育学科发展的支柱，它规范或指引着比较教育的发展和创造着比较教育研究的潮流。

一、比较教育学与相关学科的历史发展

比较教育学与相关学科关系的发展在不同的历史时期有不同的表现，相关学科的内涵在不同的历史时期也在发生变化。比较教育初创时期，集政治家、教育家、记者于一身的比较教育之父朱利安就强调比较教育与宗教、道德和伦理的关系，意识到社会和政治因素对教育的制约和促进作用。在以经验主义为基础的实证思想影响下，朱利安认为，教育在本质上与自然科学一样从属于某一规律，应该把教育科学看作一门实证科学，采用观察法、比较法等自然科学的方法来研究各国的教育，从而打破了传统的运用哲学、伦理学等规范学科进行推理和与自然进行类比的教育研究方法。到 20 世纪前半叶，笼统的"社会和政治因素"得到细化，萨德勒提出了民族性概念以及研究校外事物的主张；康德尔继承了萨德勒的研究传统，提出了民族主义、民族性和"力量与因素"的概念；汉斯综合了萨德勒和康德尔的观点，推导出相应的影响教育的因素，勾画了清晰、具体和合理的因素分析结构，内容涉及生物学、地理学、经济学、宗教、社会学和政治学等。虽然当时这些社会科学还不够成熟，解释力也不强，在方法方面还主要是历史法，但是相关学科的理论已经成为支撑比较教育研究的理论基础。第二次世界大战过后，欧洲的社会科学取得了前所未有的发展，诺亚和埃克斯坦主张将现代社会科学研究的一般程序引入比较教育研究，以建立一套科学的比较教育方法体系，但他们反对历史因素的分析。20 世纪 80 年代以后，世界各国纷纷向信息化时代迈进，人类的交往加深，文明的冲突问题，文化的融合问题，"后现代思潮"、"后现代话语"成为时尚，社会科学向综合和分化两个方面发展，应用性学科涌现，自然科学也发生了颠覆性的重大突破，这一切都使研究的范式和思维的范式发生了巨大的改变，比较教育学与相关学科的关系也进入了一个新的时代。

改革开放以后，我国比较教育在师范院校开始重建。国门敞开后，我国比较教育学界不满足于原有的单一的苏联教育资料，开始大量引介和学习西方的比较教育思想和理论，这一过程始于 20 世纪 80 年代并延续至今。进入 20 世纪 90 年代，我国比较教育学界才开始了对比较教育学科生存状况本身的反思。比较教育的理论基础，比较教育的方法论建

设，比较教育的话语体系，比较教育的文化视野和比较教育与相关学科的关系等基本问题进入了研究者的视域。这一时期，在哲学层面出现了各种理论流派异彩纷呈的状况，马克思主义、新马克思主义、现代主义、后现代主义、人文主义、科学主义、解释学、现象学、存在主义、结构主义、后结构主义等等都在比较教育的研究领域中出现，成为指导比较教育研究的思想源泉和理论支撑。在社会科学研究方法层面，社会学、历史学、政治学、文化研究、人类学、批判人类学等等，这些学科既是比较教育学的理论指导学科，同时在与教育的结合过程中，产生比较教育的新的研究课题和形成研究问题的新方式。在学科自身的方法论层面，比较四步法、因素分析法、问题法、结构功能主义、依附论等都在比较教育文献中得到运用。需要说明的是，在这些方法中，有些是起源于其他社会科学的方法，但是经过比较教育的发展和结合比较教育自身的特点，已经内化成了比较教育自身的方法。这一现象也说明了社会学方法之间的相互借鉴和特殊方法与一般方法之间的转化。需要指出的是，这一时期很多的研究，虽然逐渐在摆脱"引进"的帽子，但是大部分都是在套用西方社会科学的概念工具、分析体系来解释教育现象。到了 20 世纪末和进入 21 世纪，由于中国加入世界贸易组织以及全球化的进一步深入，中国的比较教育研究在深刻地反省自身，寻找与西方甚至与其他社会科学对话的基础。对中国教育问题的深度关注与对中国传统文化之于比较教育研究的指导作用的重视便是解决此问题的对策之一。

二、当前比较教育学的相关"学科"

上文一直在提到相关学科，但是当我们思考比较教育的相关学科的时候，这里应有的逻辑前提是：各门学科之间可以有效地区分，就像典型的成熟学科如物理学、化学、天文学等，这些学科之间的界限是清楚而明晰的，然而后发展的学科如社会学、政治学、人类学、文化学、教育学等社会科学之间却是彼此渗透、彼此借鉴的，构成了宽阔的学科"模糊带"。当我们考察"模糊带"内学科之间的关系时，这些学科何以明其自身，将自身与它者区别开来呢？比利时交叉科学理论专家阿波斯特尔（L. Apostel）指出："学科这个词在不同领域具有不同含义。有时，学科是根据观察的方法来定义（如摄谱学）；有时，是按照模型来定义的（如物理学）；有时，则是按照研究对象来定义的（历史学）。还可以举出很多其他不同的例子。"① 他的定义告诉我们，不管是用"方法"、"模型"还是"研究对象"等，都已经无法完成学科的区分。面对学科之间的交叉现象，克拉克霍尔（Clyde Kluckhohn）说过，"不应该把各个知识领域看成是一个个用围墙隔得整整齐齐、干干净净的花园"②，这句话是对这种学科交叉现象的准确描述。

因此，学科事实上是很模糊的概念，所以这一节的标题对"学科"加上了引号。它代表了对当前学科分界的迷思和比较教育学所关涉的相关"学科"的复杂性。迷思的来源之一在于 19 世纪形成的政治学、经济学和社会学在当前的学术境域中在研究对象和研究方法上的重复性。迷思来源之二是由于比较教育本身的特殊性，一些以问题为中心的理论成果直接进入了比较教育研究。比如发展研究、全球化研究、世界体系分析、依附论等。如果从原有的学科体系出发，分析它们所涉及的学科的话，它们就是多学科的，或可以被称为交叉学科、跨学科。但是这些"学科"的出现却对原有学科的分类方式和分界提出了质疑。因为，社会现实本来就是联系在一起的，原有的学科体系只是对研究对象的人为的和制度上的化分。沃勒斯坦就提出疑问："是否存在所谓的历史学、经济学、政治科学和社会学之间的边界的标准，也就是既有的各种社会科学学科是否真的就是'学科'。"③

对于比较教育的相关"学科"，笔者以近十年（1999—2008 年）比较教育核心期刊《比较教育研究》的 2 105 篇文章为样本，统计发现：文献题名直接由相关"学科"引发问题或作为研究方法和理论基础的文章共有 255 篇，占总数的 12.12%，其具体分布见表 2-1。其他 87.88%的文章的题目中虽然没有直接出现相关"学科"的信息，但是相关"学科"同样是作为理论基础或方法融汇在这些文章的话语之中，或以自身学科的身份在文中出现，或是已经被比较教育研究所内化。笔者以为，这些直接以相关"学科"引发的题目，显示了当前学术研究对相关"学科"的学术选择和兴趣，它反映了比较教育对相关"学科"在当前的历史选择和未来趋势。

① 刘仲林. 现代交叉学科［M］. 杭州：浙江教育出版社，1998.19.

② 赵中建，顾建民. 比较教育的理论与方法——国外比较教育文选［G］. 北京：人民教育出版社，1994.330.

③ 邓正来. 中国社会科学的再思考——国家与学科的迷思［J］. 南方论坛，2001，（1）：7.

表 2-1 比较教育学的相关"学科"

		类别	篇数	排名	百分比（%）
人文社会科学	学科	哲学	32	4	12.55
		社会学	24	5	9.41
		政治学	20	6	7.84
		心理学	18	7	7.06
		经济学（世界贸易组织）	33	3	12.94
		宗教	6	10	2.35
	多学科	全球化（国际化）	43	1	16.86
		现代化	5	11	1.96
		文化研究	38	2	14.90
		生态学	4	12	1.57
		知识研究	10	8	3.92
		学术研究	8	9	3.14
自然科学		脑科学	2	14	0.79
技术科学		网络建设	8	9	3.14
		教育技术	4	12	1.57
总计			255		100

如表 2-1 显示，当前对比较教育学研究产生重要影响的理论主要不是以单一学科的形式出现，而是以问题研究或者说多学科的研究成果的形式出现，其中尤为显著的是体现当前世界发展趋势的全球化（国际化）研究。另外，文化研究也已经成了比较教育学研究中的显学，很显然这与当前世界范围内的文化交往以及比较教育学的跨文化、跨文明研究是联系在一起的，研究的主题有文化观、文化权力、文化的力量、多元文化、跨文化交往、文化适应性、文化自觉、文化冲突与文化融合等，涉及文化研究的方方面面。另外，对知识本身和学术行为的研究也在比较教育研究中占据了重要的地位，知识结构、知识观、个人知识等研究课题与课程改革、教学改革、学生的学习等结合起来，成为比较教育学研究的新领域。学术自由、学术制度等研究课题主要集中在高等教育的研究中，与高等教育的知识生产和未来发展联系在一起。

在传统的学科中，哲学的方法论指导作用仍然是永恒的主题。现象学、后现代主义、生命哲学、后殖民主义、解释学、人文主义、话语伦理学等，这一研究现象显示了比较教育学研究在经历了对实证主义的崇拜之后对形而上学的重新重视。经济学方面，尤其是世界经济一体化命题和世界贸易组织的影响，深入地渗透进了比较教育学研究，充分体现了随着世界经济一体化进程的加快，教育与经济之间日益加深的密切关系。社会学和政治学的发展与比较教育学也关系密切，尤其是政治学方面的权力观、自由主义、政策研究，社会学方面的社会转型、和谐社会、学习社会、小康社会、社群主义、功能主义、社会变革、民族认同等概念与教育研究的方向和内容、教育的目的等紧紧相连。心理学中的多元智力理论、建构主义、成功智力理论等概念体现在研究中，几乎指导了课程的设置和教学。科技的发展体现在教育研究中一方面是思维方式的变化，另一方面是体现在实物层面的新教育技术和网络对教育的影响。另外，与教育学追求科学化和比较教育初创时期的实证主义倾向相反的是，宗教的研究重新出现在了比较教育研究中，这体现了人类对非理性的信仰的重新重视。

三、相关"学科"对比较教育学的影响

从上面的分析可以看出，当前影响比较教育学的相关"学科"主要是20世纪60年代以来发展起来的社会理论。这里的社会理论，就是吉登斯所指的理论体（a body of theory），"是关心人类行为的一切学科所共同分享的。因此，它不仅关联到社会学，而且关联到人类学、经济学、政治学、人口地理和心理学，也就是社会科学的所有领域"[①]。20世纪60年代是西方社会科学和人文科学发展的重要转折时期。因为从这一时期起，整个西方社会在经济、政治、文化和社会的诸方面都发生了根本的变化，同时这一变化由于西方社会在全世界范围的政治、经济和文化的"全球化"，西方人的文化、心态、生活方式等也传播到了世界的各个角落，这些社会现实的变化引起了整个人类文化和研究这个社会和文化的社会科学和人文科学的深刻变化。[②]

比较教育学研究隶属于教育研究，由于教育自身理论的贫困性和"殖民性"，"教育学科理论层次和水平的高低取决于它所受惠的相关学科提供

---

① 高宣扬. 当代社会理论（上）[M]. 北京：中国人民大学，2005.67.
② 高宣扬. 当代社会理论（上）[M]. 北京：中国人民大学，2005.4.

的理论知识的深度和广度"①。在这一过程中，比较教育学也是接受者而非施予者。比较教育学在发展过程中也紧跟相关"学科"尤其是社会理论的发展，并试图借助相关"学科"的研究构建自己的理论系统和研究范式。因此，比较教育学与相关"学科"的关系实际上就是相关"学科"对比较教育学研究的影响和比较教育学主动接受这一影响的过程。由于篇幅的限制，本文只能根据目前比较教育学中的研究现状从普遍分析的角度来看这一关系。

1. 相关"学科"的方法论对比较教育学方法论的重建

比较教育学的方法论从逻辑上看是由比较方法论和其他人文社会科学方法论两部分构成的，这两种方法论都深受自然科学和人文社会科学理论发展的影响，当代的方法论上的重要转折也概莫能外。

比较教育学自创立以来，由于自然科学的重大胜利以及分析哲学的重要成果，在很长一段时间里实证主义的方法论占据统治地位，一直到现在，实证主义的研究模式也在比较教育研究中占有重要地位。在实证主义的研究范式中，比较教育学研究被称为是教育领域的"间接实验法"，其方法论基础也是基于实证主义的研究逻辑的。然而与实证主义相反，认为社会科学应该采取批判的方法的观点一直没有中断，对两种方法论的选择直接影响到社会理论的重建和发展方向。正如德国著名的社会科学家阿佩尔（K. O. Apel）所总结的那样，近150年来的社会科学方法论的争论实质上是关于"说明"和"理解"的方法在社会科学中的地位问题。当代方法论的转折首先源于学者对社会科学与自然科学的区别的强调，这方面的研究成果主要来自芬兰哲学家冯·赖特（Georg Henrik von Wright）和维特根斯坦后期思想的成果，他们的主要特点是认为人类行为的动机和效果的关系不同于自然科学中的"因果说明的演绎律则模式"② 之中所概括的具有某种客观决定论意义的因果关系。这一方法论转向导致了比较教育研究中对实证的比较方法的怀疑，认为实证方法的逻辑基础是"因果律"，而教育中的很多现象是无法用"因果律"来解释的。因此，必须结合历史与比较来"说明"和"理解"不同国家、不同文化中的教育问题和教育现象。同时，被逻辑实证主义和逻辑经验主义从科学领域中否定的形而上学的研究方法，也被重新运用到比较教育的研究之中，如教育公平、和谐社会、价

---

① 李政涛. 教育学科与相关学科的"对话"——从知识、科学、信仰和人的角度［M］. 上海：上海教育出版社，2001. 88.

② Carl Hempel. Aspect of Scientific Explanation［M］. New York：The Free Press，1965. 354.

值取向、道德研究等领域，已经重新被形而上学的理论预设打下了烙印。

社会理论中的"宏观与微观"的二分法研究取向是和西方哲学思想中的二分法传统紧密相关的。在社会理论方面，马克思的宏观分析取向是非常典型的，他的社会学研究重点是在群体、集体和制度层面。虽然他在对人类意识和行动的宏观分析中，隐含了对于行动的动机在实践过程中的微观分析，但在很长一段时间里，马克思的"宏观优先于微观"的研究取向深刻地影响了比较教育学研究。这与比较教育过分关注宏观的教育制度、教育与国家发展、教育与政治、经济、文化等的关系问题并相信宏观研究的有效性对教育和社会的形塑作用有很大关系。马克斯·韦伯（Max Weber）在对人类的行动研究中，总是力图将宏观和微观的取向综合起来，韦伯一生就是不断研究宗教系统、法制系统、政治架构、生产方式等种种行动架构中的非偶然的社会结构。但是，在这些宏观研究中，韦伯也强调个人的、认知的、情感的和道德的才能在响应行动环境需求中的能动性。这一综合的而非二元对立的取向既滋生了比较教育研究中的微观分析方法论，同时也在比较教育研究中形成了宏观研究和微观研究并行，且使一部分研究者更重视微观研究的学术取向，比如比较教育中的课程与教学、学生课堂生活、课堂中的亚文化、师生之间的交往互动等研究，这些研究在方法论上大量采取的就是微观分析的方法。

科学的方法论，长期以来被教条化、单一化和统一化。在自然科学占压倒性优势地位，而社会科学还缺乏对社会的解释力的很长一段时期里，实证主义和经验主义成了自然科学和社会科学都必须遵守的唯一的标准方法论。20世纪60年代以来，随着科学哲学中的对这种教条化标准的严厉批判，科学标准和定义变得灵活、具体，相对的和基于历史境域的科学方法论本身不再是唯一。美国著名哲学家费耶阿本德所说的"怎么做都行"，体现了任何方法论都可以应用于科学研究活动的精神。比较教育学的研究方面，有学者提出，"任何方法只要有用，都可以成为它的研究方法"[①]。比较教育并不顽固地强调比较的方法，而是转为以在更抽象层次的比较视野下的各种适合的方法的运用。比较教育学与各种社会学科的"联姻"或借鉴，其本身就是这种方法论思想的体现。当代社会理论的七大流派：诠释学派、现象学派、实用主义学派、批判学派、结构主义学派、系统论学派和女性主义学派[②]等都能在比较教育研究中找到它们的身影。

---

① 顾明远，薛理银. 比较教育导论——教育与国家发展［M］. 北京：人民教育出版社，1996.14.

② Tim May. Situation Social Theory［M］. Buckingham：Open University Press. 1996.33—67.

比较教育学方法论的另一个转向源自 20 世纪 60 年代所发生的语言学转折。其中引人注目的是后期维特根斯坦的语言游戏理论，他的这一理论体系"把握了贯穿于人的科学活动中的语言如何将思想、行为、研究对象和人的生活世界联结成活生生的生命运动过程和文化的创造过程"①。这样，科学研究不仅仅和宏观的政治、社会、经济、文化等领域相联系，在古典的科学研究体系中被忽略的日常生活和日常话语也进入科学的研究视野，形成了新的研究方法。比较教育学中对课堂生态的研究，学生个人知识的研究，儿童游戏的研究等无疑是这种方法论思想的运用。

2. 相关"学科"的基本论题拓展了比较教育学的研究视野和理论基础

相关"学科"的基本论题对比较教育研究的影响主要有两类。其一是直接探讨 20 世纪 60 年代以后西方社会根本变化的理论派别论题，其中最重要的就是全球化理论；其二是 20 世纪 60 年代以后当代社会理论争论的基本论题，这些基本论题是当代社会理论共同探索的重要理论问题，也是当代比较教育理论重建和发展的焦点。高宣扬通过对西方社会理论的总体把握的方式，梳理了这些论题的历史发展和当代的特点，这些基本论题包括"社会结构的生产与再生产的动力学问题"、"人的精神与心态同社会行动的关系问题"、"语言的社会意义"、"日常生活和'生活世界'的问题"、"社会和行动的象征性问题"、"社会的运作与权力的关系问题"、"对于现代性的批判"和"文化再生产问题"。② 本文扼要地从全球化进程、"社会结构的生产和再生产的动力学问题"、"社会的运作与权力的关系问题"和"文化研究"四个方面研究相关"学科"对比较教育研究的影响。

全球化是一个历史的过程。在 16 世纪到 20 世纪第二次世界大战的三四百年间，全球化是以西方各国在世界范围内通过军事强权和经济文化渗透相结合的全球扩张过程，其目的是建立"一个由资本宰制的世界统一市场"，这一时期的全球化过程也是非西方世界被殖民化的过程，是建立在不平等的双向文化和经济交流中的。第二次世界大战之后，政治上的殖民和半殖民时期结束，但是西方国家利用经济和文化上的优势加强了其渗透性和控制性，原有的被殖民国家虽然在政治上取得了独立，但是在经济、文化上的被殖民状况反而更甚。依附理论和世界体系理论便是对这种全球化特征的描述。当代的全球化，随着远距离通讯和国际网络以及全球信息网的发展，政治、经济、军事、教育等领域的变动节奏越来越快。全球化

---

① 高宣扬. 当代社会理论（上）[M]. 北京：中国人民大学出版社，2005.91.

② 高宣扬. 当代社会理论（上）[M]. 北京：中国人民大学出版社，2005.120—182.

过程中以前处于被动地位的"边缘"国家，在时代的潮流中主动参与全球化变革，但是这一变革已经不再是以西方的经济和生活方式为核心，而是力争建立一个多元化的全球化，在全球化的过程中彰显民族和国家的价值，因此与全球化相对的本土化问题也应时而生。全球化在思维方式方面带来的另一个变革是，在研究社会基本问题的时候，不能单纯地在国家范围内进行分析，而是必须从全球范围不同地区的社会和文化的互动进行全面的研究。教育既受制于全球化的过程同时又推动全球化的过程，本身以跨国和全球范围的教育研究为使命的比较教育更是在各方面直面全球化的挑战：基础教育中的民族化、本土化和全球化与国际化论题，高等教育的国际化论题，高等教育的南北对话论题，全球化时代的民族国家教育论题，多元文化教育，教育全球化过程中政府、市场与社会的关系论题，全球化时代的国际理解教育论题，全球化与本土化视野中的比较教育研究范式论题，农村教育、教师教育、和平教育、技能教育、文化传统和教育等等，不一而足。比较教育研究中由全球化所引起的论题不仅遍及各级各类教育，而且与教育的改革和发展、教育与国家的关系等密切相关，其中有些论题是教育论题在全球化时代中新的表现形式，有的是由全球化而引起的新论题，如教育的国际化与本土化、国际化与比较教育研究范式的转换论题、教育的南北对话、民族国家教育在全球化时代中的角色和挑战等等。

在社会结构和行动方面，当代社会理论不再把社会结构看做是单纯和个人相对立的一种既定的且静态的客观条件，而是把社会结构看做是与行动者的活动紧密联系在一起的有生命的体系。那么社会结构的再生产便是与个人的生命实践活动紧密相连，并通过行动者的内在反思和批判的生产与再生产过程来实现。这一过程把宏观的社会结构和微观的个人行为这两个长期被分离的两大极端取向内在地统一起来。在比较教育的研究中，以课程为例，以前一直重视的是课程设置、课程实施结果的研究，但是当代社会理论关于社会结构的生产与再生产的动力学转向，使研究者认识到课程结果的生成性，微观的课程实施、师生互动等进入了研究的视野，并且认为宏观的政策、制度等等必须通过微观的具体实施过程才能得以生产和再生产。

权力的问题，是一直贯穿在人类社会生活中的重要问题。权力在古典政治理论中，一直被看做是一种具有强迫性和压迫性的"统治"力量。但是人们越来越认识到，文化在社会生活中起着越来越重要的作用，文化作为一种具有中介性作用的因素，将权力更加象征化和隐蔽化。因此，当代权力研究的转折点便是深入而具体地分析当代社会权力在文化再生产过程中的象征性特征，使权力分析与文化研究结合起来。在这之中，杰出的理论家当推福柯和布尔迪厄。

在福柯的权力观中，权力是社会的最基本因素，是社会存在和发展的动力，因此权力是无所不在和无时不有的，它与人、文化和社会密不可分。权力的存在始终是以两个因素以上的相互关系组成的网络。但是，权力是在其运作中实现的，因此权力的运作及其运作过程中的操作策略才是权力的本质。福柯把权力的分析范围扩展到当代政治领域以外的广大现实生活中权力运作的分析，建构了他的微观权力观。福柯在《性史》中指出，"象征性地表现在主权那里的对于死的决定权，现在，通过身体的管理和对于生活的精细周到的关照，而被细腻地加以掩饰"①。因此他认为，从18世纪开始，生活变成了权力的一个对象。也就是说，生命和身体都成了权力的对象，"'性'变成为一个非常重要的因素，因为从根本上说，'性'正好成了对于个人身体的规训和对于整个居民的控制的关键点。这也就是为什么从18世纪开始，从中学和大学，'性'成为对于个人的监视和控制的中心问题，而青少年的'性'问题成了一个重要的医学问题，成了一个首要的道德问题，甚至成了一个重要的政治问题"②。由于福柯对社会权力及其运作方式的分析是从政权组织到社会生活的所有领域，扩展到每个社会中的人的生命的自始至终的过程和权力本身的活生生的运作过程，这便使他的权力观成为一种理论基础被广泛地运用于课堂中的"师生冲突"以及"课程与身体"等分析领域，既成为这些领域的理论基础，同时也激发了这些领域的问题意识，并为此提供了解题途径。

布尔迪厄强调整个社会是通过语言为中介进行的社会互动，社会就是一种"语言交换市场"（linguistic exchange market），社会中的人与人之间、群体之间，就不仅仅是他们之间的对话关系，而是他们之间权力关系的实施过程，是不同说话者的社会地位、权力、力量、资本和知识等显示权力因素的语言表露和语言游戏。语言的交换是在社会的象征性结构中进行的，社会的象征性结构由社会场域、生存心态和社会制约性条件三者的相互交错构成的。生活在场域中的个人和群体是通过他们所掌握的经济资本、社会资本、文化资本和象征资本展开竞争的，各种资本的正当化是经过文化形式的象征化和法律所承认的制度化，即通过资本主义文化体系完成的。

---

① 高宣扬. 当代社会理论（上）[M]. 北京：中国人民大学出版社，2005.299.
② 高宣扬. 当代社会理论（上）[M]. 北京：中国人民大学出版社，2005.297.

而一切知识和制度的合理性，都要通过教育过程和学习过程来实现，依据社会的教育制度的标准去衡量。因此，资本主义的教育机制就是社会结构和心态结构的生产和再生产的重要机制。布尔迪厄进一步指出："象征性有效性的不断进步，作为正当化循环复杂化的提升过程和学校制度越来越隐蔽地干预正当化过程的一种相关结果，进一步使各种特殊资本向象征性资本的转化采取复杂形式。"① 比较教育研究积极吸收了布尔迪厄关于知识与权力关系的、文化资本的概念、场域的概念以及布尔迪厄对教育制度和学校制度的权力分析，把它运用到高等教育公平、教育知识价值取向、学术权力与行政权力的关系、课程的政治权力等领域。

文化研究已经渗透到比较教育研究的方方面面，并有学者提出以文化来整合整个比较教育领域。前者是由于教育本身的文化特性，后者是基于比较教育研究的跨国、跨文化和跨文明性质。从人类发展的历史来看，当代社会所创造的文化越来越精细和复杂，文化将人文因素和物质因素紧密地联系在一起，并使现代文化在社会生活中占据着中心地位。从人文社会学科自身的发展来看，由于在人文社会领域中，文化几乎是一个无所不包的概念，因此文化研究的发展和兴起得益于多学科和跨学科的综合研究，同时由于方法论变革方面的语言学转折以及"理论典范转换"②，使许多社会理论家把当代文化研究作为人文社会研究的重点。英国瓦维克大学社会学教授阿切尔（Margaret Archer）明确地所指出了文化贯穿于社会理论研究的始终和文化在当代社会理论中的中心地位："关于机构同施动（agency）的问题，被正确地看成为当代社会理论的基本争论问题。但是，在研究这个中心问题的过程中，始终都是被文化和施动问题所笼罩。实际上，这两个问题是直接地并列存在的，也就是说，两者都提出了同一的困难问题，并提出了能够同样正确地解决它们的方法。"③ 当代社会的这一特点使传统社会学的那种把人的行为和文化的因素区别开来，把社会结构和文化当做两类不同体系的研究方法变得不适宜。④ 当代社会与文化相互渗透体现在三个层面：⑤ 第一个层面是"人化自然"的层面，是由人所创造的人类社会生活所必需的物质条件；第二个层面是"制度层面"，它包括各种政治、经济、行政管理制度和各种媒介系统；第三个层面是"观念层面"，

---

① 高宣扬. 当代社会理论（上）[M]. 北京：中国人民大学出版社，2005. 333.
② 高宣扬. 当代社会理论（上）[M]. 北京：中国人民大学出版社，2005. 161.
③ 高宣扬. 当代社会理论（上）[M]. 北京：中国人民大学出版社，2005. 31.
④ 高宣扬. 当代社会理论（上）[M]. 北京：中国人民大学出版社，2005. 33.
⑤ 高宣扬. 当代社会理论（上）[M]. 北京：中国人民大学出版社，2005. 37—38.

是由符号系统所构成的，直接渗透在行动者内心的各种观念、宗教信仰、道德价值观念和各种知识体系。比较教育研究吸收当代文化研究的精华，致力于从三个层面的相互渗透中来考察教育，并且考察每个层面由于交往而产生的冲突与融合，以及由此产生的文化霸权、文化权力、强势文化与弱势文化的对比、多元文化并存等论题。由于文化无孔不入的渗透性，比较教育学研究把文化研究的观点纳入到了研究的所有领域，从微观的个人文化、课堂文化、学校文化到宏观的课程文化、制度文化、民族性与教育的关系等问题。由于文化的创造性和再生产性，文化被运用到教育制度变革、课程变革、教学改革等等研究论题上。可见，文化研究在比较教育研究中的运用，为比较教育研究开拓了新的研究课题，同时也加强了比较教育对自身方法论的反思和重建。上文的全球化、社会结构的生产和再生产的动力学问题、权力问题以及上文所述的其他论题，都离不开文化研究，并且从广义文化的概念出发，可以被看做是文化研究的一部分。因此，文化研究在当代的社会理论研究中具有统摄的作用，文化研究对比较教育研究具有方法论方面的变革性意义。

3. 相关"学科"的论述形式与比较教育学话语体系的形成

"论述"和"话语"在英文中为同一词汇"discourse"。话语和语言密切相关，项贤明在解释二者之间的区别时指出："在多数情况下，我们关于比较教育学的论述所直接涉及的语言现象主要不是一般语法学所关注的纯粹形式化的语言构造，而是话语语言学和语言哲学所研究的作为意义载体和意义表达活动的'话语'。"[①] "实际上，一门独立学科或一个研究领域的形成本身就是一种话语或知识型的建构与重新配置过程。"[②] 从上文可以看出，20 世纪 60 年代之后，社会理论空前繁荣，流派众多，在理论建构模式、理论话语体系以及方法论等方面打破了传统社会理论建构的单一化模式，呈现出多元化的倾向。但是各种理论之间并非互不相关，而是呈现出相互交错，相互影响的关系。比较教育学研究在对众多的社会理论进行选择的时候，也更加自由。反映在比较教育学研究的话语体系中，比较教育学不再羁于一家之言，而是面向理论的不断变革和创造。

比较教育学作为一门学科，不管它的成熟度如何，与其他非教育类的社会理论相比，教育概念是其内核并在此基础上形成了能表征自身身份的话语体系。项贤明通过分析福柯的社会文化理论中的关于论述的观点后指

① 项贤明. 比较教育学的文化逻辑 [M]. 哈尔滨：黑龙江教育出版社，2000. 257.
② 项贤明. 比较教育学的文化逻辑 [M]. 哈尔滨：黑龙江教育出版社，2000. 261.

出，"无论是作为一个独立的学科，还是作为一个研究领域，比较教育学显然都要有与它相对应的话语作为它自己的表征"①。比较教育论述的发展过程就是在自身基本概念基础上，不断借鉴社会理论的研究成果分析、解释教育实践，指导教育改革，从而建构自身理论框架，形成比较教育话语的过程。

现代社会理论的一个重要特点便是对语言的分析。福柯对语言的研究集中到语言论述的实际建构和运作过程。福柯将"论述"看作是一种"事件"。他说："必须将论述看做是一系列的事件，看做是政治事件——通过这些政治事件运载着政权，并由政权又反过来控制着自身。"② 因此，论述总是包含着一个历史过程和特定阶级和群体的权力的运作过程。论述一旦形成，就具有自身的运作逻辑，具有生存的力量，就是一种海德格尔所称的对自身产生某种形式关系的"存在"。相关学科的"论述"对比较教育学的影响就体现在以下三个方面。

首先，论述总是包含着某一领域的知识。相关"学科"所包含的知识对比较教育学来说，包括对当代社会现实和未来发展进行研究的理论知识和对社会系统、社会结构与行动进行研究的理论知识。关于当代社会现实和未来发展的理论的主要代表是盛行于 20 世纪 80 年代的后现代主义社会理论和 20 世纪 90 年代以后的全球化理论。后现代主义社会理论的代表人物有后现代主义思想家雅克·德里达、米歇尔·福柯、利奥塔、布尔迪厄和吉登斯等。后现代主义社会理论的共同性就在于他们对传统社会理论及其基本原则的尖锐的批评和反思，对西方文化的质疑。反思性是后现代理论进行社会研究的基本原则，反思的目的是通过反思性逐渐接近社会现实和批判地重构社会现实。"反思"作为一种思维方式和分析模式也全面渗透到了比较教育的研究之中，使教育从知识、人、制度、权力等各个方面掀起全面的重构热潮，并且这股热潮还在继续之中，它已经作为一个基本的概念和思维方式贯穿在比较教育研究的过程之中。全球化是一个内涵丰富的概念，它包括政治、经济、文化、教育、交往等等各个方面的全球化。全球化的社会现实和全球化理论的出现对比较教育研究传统的以国家作为基本比较单位的论述形式提出了挑战。全球化涉及一种对国别比较具有深刻质疑性的强势理论："单是以领土来界定的社会领域的时代形象，曾在长达两个世纪的时间里，在各个方面吸引并鼓舞了政治、社会和科学的想

---

① 项贤明. 比较教育学的文化逻辑 [M]. 哈尔滨：黑龙江教育出版社，2000. 262.

② 高宣扬. 当代社会理论（上）[M]. 北京：中国人民大学出版社，2005. 253.

象力，如今这种时代形象正在走向解体。伴随全球资本主义的是一种文化与政治的全球化过程，它导致人们熟悉的自我形象和世界图景所依据的领土社会化和文化知识的制度原则瓦解。"① 全球化使比较教育的论述范式处于变革之中，虽然新的范式正在形成之中，但是全球化已经是比较教育论述中无法回避的话语了。

社会系统、社会结构与行动理论的主要代表有帕森斯的社会系统和行动理论、芒奇的社会行动理论、鲁曼的社会系统理论、沃勒斯坦的社会冲突理论、吉登斯的结构化理论及布尔迪厄的双重结构化理论等。这些社会理论的一个共同的特点是把社会结构看做是与行动者的内化和外化联系在一起的有生命的体系，抛弃了传统社会理论的静态的二分法，转向动态实践生成的，内在联系的分析方法。这一理论模式为比较教育研究提供了更接近于教育现实的方法论和理论基础，为比较教育的话语注入了新的活力。运用这种话语体系，比较教育能够深入地研究课程在实施过程性中的生成性对课程政策的影响，以及主体之间交往对教学效果的作用等宏观和微观相互结合的命题。

其次，论述总是体现为某种类型的规范性，现代社会理论论述的规范性主要体现为论述的权力运作特征。权力成为比较教育话语中的一个关键概念。权力渗透在教育的每个层面，因此对权力概念和分析方式的运用也体现在比较教育对主体、课程、制度等的研究之中。

最后，由于论述作为"存在"反过来又体现为与自身的某种关系，因此相关"学科"关于论述的研究促使比较教育学思考自身话语结构的合理性和在"学科"之林中的生存状态。不可否认，我国比较教育的话语长期以来体现出一种"被殖民化"的特点。首先是我国比较教育学在很长一段时间里对外国教育理论不加怀疑地"借鉴"，其主要学术方式是大量的翻译和介绍；其次，是对西方社会科学的移植，其主要方式是简单的"嫁接"。这种以借鉴为名而不加反思地出让自己的领地，使自己的学科沦为西方学术思想的跑马场的作法在当前受到了普遍的批评。比较教育研究中，充斥着大量的西方教育学的概念，"在比较教育学的话语实践中，潜藏于解释过程的很多重要的危险都来源于其跨越文化语境的学科特性"②。"跨文化的语境"的结构成了西方教育语境一边倒的趋势。而与这里的相关

① 乌尔里希·贝克. 全球化时代民主怎样才是可行的？[A]. 贝克，哈贝马斯等. 全球化与政治：全球化的形成风险与机会 [M]. 北京：中央编译出版社，2000.14.

② 项贤明. 比较教育学的文化逻辑 [M]. 哈尔滨：黑龙江教育出版社，2000.290.

"学科"的交往使比较教育在很大程度上失去了自己的话语权。当前，"比较教育研究正在编织一种历史学、社会学、政治学等社会科学为基础的交叉网络"①，这种交叉网络的建构必须以比较教育自身论述体系的建构为旨归，以批判和辩证地吸收运用相关学科的方法、理论和概念框架为手段，只有通过这种方式，"对象与学科（才能）同时作为话语被产生出来"②。

第三节　比较教育学知识与教育学知识之间的关系

比较教育学知识与教育学知识之间的关系如何，是关系到比较教育学的学科独立性、学科地位、学科形态的重要问题。由于当前比较教育学研究范围的广阔性，它的触角遍及了教育学的其他所有分支学科。因此，这里的教育学知识是指在教育科学分类框架表中除比较教育学以外的其他学科的知识总体。③ 比较教育学和教育学学科之间的关系可以按隶属、重合和教育学科的高级形态三种假设进行研究。

一、比较教育学是教育学的分支学科

比较教育学是教育学的分支学科，这是从比较教育学作为大学的一门学科起就在制度上被实践的观点。在国家技术监督局 1992 年 11 月 1 日批准，1993 年 7 月实施的《中华人民共和国国家标准学科分类与代码表》（GB/T 13745—92）中，比较教育学与教育史、教育学原理、教学论、德育原理、教育社会学、教育心理学等 17 门学科一起构成教育学的分支学科。在这 18 个分支学科中，除比较教育学之外，其他 17 门学科④几乎都是按研究领域来划分的，只有比较教育学是按研究方式或方法来划分的。也就是说，在学科官方分类上并行的学科在学理的分类标准上却并非一致，这就为比较教育学与其他学科之间的模糊关系留下伏笔。

从 1978 年重建至整个 20 世纪 80 年代，我国的比较教育学术研究主要集中在对外国教育的介绍和描述上。我国的比较教育学教材，如 1982 年由

---

① 朱旭东. 试论西方比较教育研究的社会科学化历史 [J]. 全球教育展望，2001，（1）：68.

② 项贤明. 比较教育学的文化逻辑 [M]. 哈尔滨：黑龙江教育出版社，2000.262—263.

③ 参见瞿保奎和唐莹的教育学科分类体系. 瞿葆奎，唐莹. 教育科学分类：问题与框架 [A]. 卢晓中. 比较教育学 [M]. 人民教育出版社，2005. 代序，18.

④ 这 17 门学科是：教育史、教育学原理、教学论、德育原理、教育社会学、教育心理学、教育经济学、教育管理学、教育技术学、军事教育学、学前教育学、普通教育学、高等教育学、成人教育学、职业技术教育学、特殊教育学和教育学其他学科。

王承绪、朱勃和顾明远主编的《比较教育》，1989年由吴文侃和杨汉清主编的《比较教育学》，都是从国别研究和问题研究的角度介绍当时主要发达国家和发展中国家的教育情况，其研究方法主要是描述法，相当于外国教育史的当代史。除此以外，当时还翻译了一些外国比较教育教材。因此，20世纪80年代，虽然在比较教育学界提出"用比较分析的方法，研究当代外国教育的理论和实践，找出教育发展的共同规律和发展趋势，以作为改革本国教育的借鉴"，但是由于改革开放初期，我们对除苏联以外的其他国家的了解几乎是空白，我国比较教育的研究为了满足当时国内了解外国教育状况的求知需求，还是进行了大量地翻译和描述。从20世纪90年代至今，比较教育学的学科建设问题和比较理论问题才开始作为一个问题进入学科的发展视野，但是翻译介绍国外的文献在比例上还是占优势。

从比较教育核心期刊来看，以《比较教育研究》为例，1980—2007年主要采用描述和翻译方法研究外国教育的文献百分比分布如图2-1。

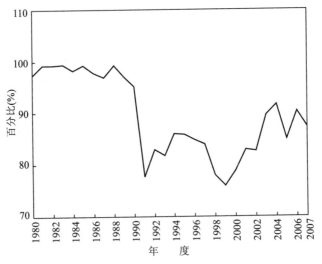

图2-1　1980—2007年《比较教育研究》外国教育文献资料百分比分布图

图2-1清楚地显示，1980年到1990年11年间刊登的对外国教育的翻译和介绍性的文章所占总数的比例均为95%以上，1991年到2007年这一比例也占到75%以上。从这个角度看，说比较教育学是教育学的分支学科是很恰当的，比较教育学为教育学贡献的知识似乎就是运用外语来进行翻译、介绍，是名副其实的"外国教育资料"和"外国教育动态"，只是在做"探索规律"的资料准备工作，"比较教育已经逐渐被人们错误地等同

于外国教育研究，或者被错误地等同于使用来自一国以上的资料的研究"①。这一论断虽然含有诺亚对人们误解比较教育功能的不满，却能够很准确地概括中国比较教育的研究现状和人们对比较教育的看法。

二、比较教育学就是教育学本身

从比较教育学发展的历史来看，被誉为"比较教育之父"的朱利安的《比较教育的研究计划和初步意见》是建立在国家之间相互借鉴有益的教育改革经验基础上的。朱利安是想通过能促进国际合作的独特机构，"把事实和观察结果收集起来，并将它们制成分析图表，使之互相联系、便于比较，从而演绎出一些原则和明确的法则，"其目的是"使教育成为近乎实证的科学"。② 从这里，我们可以看出，与比较哲学、比较文学等学科不同，比较教育学在建立初期，并非是基于对成熟学科体系的比较研究，而是始于对教育制度和教育现实的研究。因此，比较教育学并没有太多地关注来自母学科——教育学的理论支持和营养，也没有沿着赫尔巴特的哲学和心理学路线，而是走了与当时思辨的教育学完全不同的道路——实证主义。这一方面是来自教育学本身的贫困，另一方面它似乎想另起炉灶，以一种新的方式——比较——来发展教育学。溯源而下，国外的比较教育家如库森、霍勒斯·曼（Horace Mann）、亨利·巴纳德（Henry Barnard）、贝雷迪、霍姆斯、埃德蒙·金等都强调用实证的方法对外国教育进行调查研究，比较的目的是结合本国的实际借鉴他国成功的教育经验。

回到我国的比较教育研究。从第一章的统计分析可见，国内的比较教育研究在学制方面涵盖了学前教育、基础教育、中等教育、高等教育、继续教育和终身教育等各个阶段，在教育问题方面也几乎覆盖了教育研究的所有领域。比较教育学与其他教育学科之间的关系相当模糊，在研究领域上存在大量的交叉甚至重合。其情形正如同沃勒斯坦在《知识的不确定性》中所言，"如今，我们目睹了这些界限不仅在社会科学和自然科学之间，也在社会科学和人文学科之间的模糊性。另外，在社会科学内部，所谓的不同学科之间存在着惊人的重复，实际上是完全的重叠。成立'多学科'并没有明显找到解决问题的方法，因为多学科只是假定了学科间的关

---

① 诺亚. 比较教育学界说：概念 [A]. 董小燕，顾建民译. 赵中建，顾建民. 比较教育的理论与方法——国外比较教育文选 [G]. 北京：人民教育出版社，1994.212.
② 王承绪. 比较教育学史 [M]. 北京：人民教育出版社，1999.23—24.

联，远不足以克服它们的不合理性"①。比较教育学能够研究教育的所有领域，并不是一种了不起的僭越，而是一种在人文社会科学中普遍存在的现象。只是由于比较教育的特殊性，使得比较教育在研究实践上能够涵盖教育学的所有领域。

以高等教育研究为例。对于高等教育的比较教育知识方面，杨汉青、韩骅在《比较高等教育概论》中，将比较高等教育研究的主题分为传统与变革、结构与功能、教学与科研、行政与管理和问题与趋势五个部分。②这些主题从时间线索上看，涵盖了高等教育的历史、现状和未来，在实践方面包括教学和管理，涉及高等教育实践的所有主要研究方面。谢安邦教授在《比较高等教育》一书中也详细地列出了当前比较高等教育研究的十大主题，它们是：高等教育制度、高等教育管理机制与运行机制、高校入学制度与大学生就业、高等教育专业与课程设置、教学过程与教学管理、高校教师聘用与教师队伍建设、高等学校科研与科研管理、学位制度与研究生教育、高等教育经费的筹措与配置、高等教育评估。③ 这些主题也几乎涵盖了高等教育研究的所有领域。比较学前教育、比较基础教育、比较职业教育等情形也一样。

比较教育学的研究范围不仅能够涵盖教育学的所有领域，而且还包括其他所有分支学科所无法涉及的全球性的国际教育问题。顾明远和薛理银为比较教育学中的国际教育部分划分了十个方面的课题，它们是：教育国际化与国家发展研究、教育国际化战略研究、国际教育关系的研究、文化圈或新经济共同体中教育相互作用的研究、国际教育的课程与体制研究、跨国学生流动问题研究、海外华侨与留学生子女教育的研究、全球课堂教育学研究、教育知识的国际化与本土化的研究和比较教育的国际化的研究。④ 这些是全球化时代对教育提出的，但是却必须运用跨国或跨文化的视野去解决的问题。

从研究方法来看，社会科学和其他教育学科中广泛使用的思辨法、实验法以及田野法、访谈、问卷等质性研究方法不仅能被比较教育学采用，时代的特点更赋予比较教育学以比较的视野去运用这些方法，比较被视为

---

① 伊曼纽尔·沃勒斯坦. 知识的不确定性 [M]. 王晟等译. 济南：山东大学出版社，2006.74—75.

② 杨汉青，韩骅. 比较高等教育概论 [M]. 北京：人民教育出版社，1997.

③ 谢安邦. 比较高等教育 [M]. 桂林：广西师范大学出版社，2002.

④ 顾明远，薛理银. 比较教育导论——教育与国家发展 [M]. 北京：人民教育出版社，1998.338—342.

贯彻比较教育学科始终的第一范畴。"没有系统性的比较，我们便无法发展出所需的理论；没有这些理论，即使是在一个国家的教育制度里，我们也无法解释任何事情"①，"没有任何一种推论性的教育科学研究不是教育的比较研究"②。跨国、跨文化或跨文明的比较甚至被认为是社会科学研究唯一正确的方法，它是由社会科学的特点决定的，是社会学取得客观认识结果的必经途径。社会科学研究的发展趋势已经显示，比较方法在社会科学中取代了实验方法在自然科学中的位置，而成为基本的研究方法，保证了社会科学研究手段和方法的科学性。"事实上，一些现代的实证主义者甚至宣称，只有透过比较，人类行为才能以真正的科学方式作研究；如果没有透过跨国的检验，便无法透彻地了解教育的本质。"③

奥利韦拉认为，"没有比较，我们对特殊情况虽然能掌握充足的知识，然而这不是科学——因为科学的定义是关于一般的知识。所以有人说，所有的教育学在本质上都是'比较'的"④。比较教育从起源伊始对方法和目的的定位、比较教育目前的研究领域和社会科学方法论发展对比较研究的核心地位的肯定，这三个方面都从学理和研究实践上说明比较教育学就是教育学本身，是教育学在新的历史时期的新的表现形式。

三、比较教育学是教育研究的高级形态

教育研究的发展，是在研究方法论的不断更新和嬗变中不断向广度和深度两方面延伸的，方法论的范式转换带来教育研究的范式转换。

从1632年捷克教育家夸美纽斯发表《大教学论》一书，标志着教育学从哲学母体中分离，成为一门独立的学科，到1806年，赫尔巴特尝试将教育学变为一门科学，这一时期，被称为是传统教育学的发展阶段。⑤ 传统教育学的研究方法主要是来自哲学观的推导和个人经验的总结。以《大教学论》为例，夸美纽斯的思想来源有四个方面：社会政治思想上的民主主义、哲学认识论上的感觉论、宗教思想上的神秘主义及长期教育实践所积

① Richard L. Merritt & Fred S. Coombs. Politics and Education Reform [J]. Comparative Education Review, 1977, 21 (2—3): 252.

② Joseph P. Farrell. The Necessity of Comparisons and the Study of Education: The Salience of Science and the Problem of Comparability [J]. Comparative Education Review, 1979, 23 (1): 10.

③ 施瑞尔，霍尔姆斯. 比较教育理论与方法 [M]. 杨国赐，杨深坑译. 台北：师大书苑，1992.1.

④ 奥利韦拉. 比较教育：什么样的知识？[A]. 程华英，董建江译. 赵中建，顾建民. 比较教育的理论与方法——国外比较教育文选 [G]. 北京：人民教育出版社，1994.325.

⑤ 王坤庆. 20世纪西方教育学科的发展与反思 [M]. 上海：商务印书馆，2000.2.

累起来的丰富经验。夸美纽斯的研究方法主要是通过将人的成长与自然秩序之间的简单的类比、归纳去解释教育事实和指导教学，对于形而上的"教育价值"等的解释，则引用《圣经》等权威著作予以演绎。可以说，夸美纽斯的教育研究是以其哲学世界观和教育实践经验为立足点而对教育所作的试图超越具体方法的普遍意义上的经验总结，其目的是要创立一种"把一切事物交给一切人类的全部艺术"①。被称为"教育学之父"的赫尔巴特是西方科学教育学的奠基人，他试图通过理论来影响实践。1806年，他出版《普通教育学》一书，该书的两大理论基础是伦理学和心理学。伦理学是哲学在社会生活中的应用，赫尔巴特认为，伦理学决定教育目的，心理学决定教育的方法。赫尔巴特是唯理主义哲学家，他把抽象、思辨的哲学方法运用于教育研究。以教育目的论为例，赫尔巴特从伦理学出发，提出五种道德观念——内在自由、完善、善意、正义、报偿，以此推演出学生应该获得的教育观念；在学生管理上，赫尔巴特从唯心主义的"性恶论"出发，认为要加强管理，要对"儿童不服从的烈性"保持"明显的压制"。但是赫尔巴特的教学论是建立在心理学基础上的，这是赫尔巴特《普通教育学》不朽的生命力。赫尔巴特重视理论和实践的并行，先后创办了试验学校和教育研究所。由此可见，传统教育学的理论谱系是创立者的哲学观的反映，有什么样的哲学观，就有什么样的教育理论，而来自个人的经验描述与创立者建立普遍的理论之间的矛盾也是无法克服的。

赫尔巴特的教育理论影响深远，但是反对这种以思辨、抽象方法为特征的理性主义教育学的声音也从来没有停止过。1879年，英国哲学家、教育家培恩发表《教育科学》（Education as a science），标志着教育学由传统走向现代，尔后，教育研究科学化的潮流使传统教育学逐渐解体而演变成现代教育科学。② 与传统教育学相对的实证主义教育研究方式在19世纪下半叶兴起，在20世纪六七十年代达到鼎盛。这股教育科学化的潮流主张将自然科学的试验方法应用于教育学领域，使教育学成为真正的探究科学，改变教育学的学术地位，使"教育学能成为一门独立的科学"。③ 很显然，这是当时自然科学取得的成功在整个社会领域的反映，自然科学的研究方式成了社会科学研究的标准。它以欧洲兴起的试验教育学、新教育运动、美国的进步主义教育运动以及广泛兴起的教育科学研究为标志，以自然科

① 夸美纽斯. 大教学论［M］. 傅任敢译. 北京：人民教育出版社，1984.3.
② 王坤庆. 20世纪西方教育学科的发展与反思［M］. 上海：商务印书馆，2000.2—3.
③ 王坤庆. 20世纪西方教育学科的发展与反思［M］. 上海：商务印书馆，2000.39.

学研究方法为指导，以定量研究为特征，从理论到实践、从目的到方法实现了对传统教育和传统教育学的超越。

然而，这种用自然科学的标准去衡量人文、社会科学，把自然科学中的研究方法直接移植到人文、社会科学研究的方法，很快就遭到了质疑。文化教育学、永恒主义教育哲学、新人本主义教育哲学、存在主义教育哲学等教育流派主张应该将自然现象及其规律与"人与社会"的事务区别开来，强调贯穿在人们的思想与行为中的信仰观念、价值取向、人格模式、思维方式、审美情趣、理想情操在教育中的作用。这是教育研究中的人文主义流派。教育研究中的方法出现了多元化和多方位的繁荣景象，自然科学的方法进一步得到运用和改进，社会科学的方法也大量涌现，不仅如此，教育科学的理论基础也早已超出伦理学、哲学和心理学的范畴，社会学、政治学、人类学、语言学等不仅为教育研究提供研究方法，也为教育研究提供理论基础。科学主义与人文主义的交汇和多学科的融合是20世纪末期教育研究的主要特点。

随着全球化时代的到来，国家之间、民族之间、各地区之间的交往，使不同国家、不同文化或文明之下的教育之间发生了广泛的互动。这种互动范围之广、程度之深和因交往发生的多种变化是朱利安在190多年前提出比较教育学构想时所没有预料到的。比较教育由最初的以借鉴他国经验为目的的实证学科，在全球化环境和多元文化的交流、多学科的渗透影响下，其研究方式发生了划时代的变化，成了教育学各个领域的重要研究方法。从教育研究实践上看，比较教育成为指导教育研究的理论学科之一，从比较教育研究本身的实践来看，是教育学的高级形态。比较教育研究是教育研究的高级形态主要体现在以下几个方面。

1. 对知识的确证方式的变化

比较教育学采用比较方法论来指导教育研究，这是由人文、社会科学研究对象的特殊性决定的。每一种教育现象都根植于一定的社会文化之中，对此，奥利韦拉深刻地指出，"所谓的社会文化'机制'则十分有赖于每一社会所特有的物质环境、历史和其他一系列的影响因素。如果我们想要从这些机制中找出最典型的'人类'的成分，我们不能仅仅根据一个国家或一种文化就归纳出一个结论：我们需要进行比较"，"因为教育不仅仅是一种'社会—文化的'体系，而且也是一种'建成的'体系"[①]。因此，

---

① 奥利韦拉. 比较教育：什么样的知识？［A］. 程华英，董建江译. 赵中建，顾建民. 比较教育的理论与方法——国外比较教育文选［G］. 北京：人民教育出版社，1994. 325.

在他看来，所有的教育知识都只有通过比较才能得到科学的教育规律，比较是寻求教育知识确证性的唯一方式。

而在传统观念中，一般说来，知识的确证方式有两种，一种是理论—实践—理论的循环检验系统，一种是来自数理逻辑的推演。前一种范式源自自然科学，后一种方式源自逻辑学和数学。这两种方法都为人文社会科学所借用，教育研究借用这两种方式已经有了很长的历史。但是，比较教育的研究使人们对两种确证知识的方式产生了怀疑。第一种方式的失败源于教育中借鉴的失败，它显示了在一国成功的实践经验移植到另一国却未必有效；对第二种方式的信念动摇源于对教育中逻辑推演的原点的确定性的质疑和对教育研究中量化研究数量得来的前提假设与数量的采集过程的或然性怀疑。而人文社会科学任何量化研究的前提都是必要的定性研究和一定的理论假设，并且所得到的结论的推广性也因为比较而受到质疑。那种寻求普遍规律的理想在跨国比较和跨文化或跨文明的比较过程中似乎走向了终结。一方面，我们希望通过比较得到比较确定的知识；另一方面，通过这种比较，大多数时候展示给我们的却是人文、社会科学知识的"境域性"和"地方性"以及以人类为单位的"普遍性"退隐和以地方、文化圈或更小的结构为单位内的"普遍性"的显现。

2. 引入了教育研究新的维度——文化

文化是人类学、历史学、文学研究、人文地理和社会学等学科长期以来关注的对象。文化是渗透在人类社会生活中的，因而文化无所不在、无处不在。19世纪的人类学家泰勒的文化定义就表达了这种观点，他认为，文化是一个"复杂的整体，包括知识、信仰、艺术、道德、法律、风俗以及作为一个社会成员的人所获得的任何其他的能力和习惯"①。雷蒙德·威廉姆斯（Raymond Williams）追溯了"文化"这一概念的发展过程，指出除了在自然科学之外，文化在三个相对独立的意义上被使用：意义一，"艺术及艺术活动"；意义二，"习得的、首先是一种特殊生活方式的符号的特质"；意义三，"作为发展过程的文化"，即以"文""化"之。在比较教育中，康德尔持与泰勒和这里的"意义二"相同的观点，"文化形式包括所有使社会生活成为现实的观念、理想和制度；它包括语言、艺术、技能、信仰、价值观念、风俗习惯、经济和政治制度，以及保存和发展理智和精

---

① 阿雷恩·鲍尔德温等. 文化研究导论［M］. 陶东风等译. 北京：高等教育出版社，2004.6.

神价值的制度。"① 在比较教育的研究视野中，政治的、经济的内容和机构都被看做是文化的一部分。

在教育研究中，第斯多惠在 19 世纪就提出了与"自然适应性"原则相对应的"文化适应性"原则。20 世纪兴起的教育文化学也强调从文化视野去看待教育和人的发展，教育是一种文化现象，人的发展是文化的积累和传承的过程，因此把文化纳入研究视野是作为研究对象的教育的内在本质所决定的。但是，这些声音在以科学主义和操作主义为主的 20 世纪是很微弱的。只有当比较教育的发展把比较带入了教育的每个领域之后，文化的重要性才真正在教育研究中凸显出来。比较教育的比较不同于一般的寻找共同点和不同点的描述性工作，它是一种跨国的、跨文化和跨文明的比较方法论，是一种以文化差异为背景的比较视野。由于比较教育的特殊性，比较教育学家在国际比较中很早就注意到文化对教育研究的影响。早在 1853 年，美国比较教育家亨利·巴纳德就注意到了比较研究中的民族性问题。他指出，学校不是一切，人的素养是由学校、家庭和社会共同决定的。但是巴纳德虽然形成了这一比较教育研究方法，注意到了"学校之外的事物"的重要性，但是并没有进行深入和系统的思考。到了 20 世纪，迈克尔·萨德勒的比较教育方法论则非常注重文化因素对教育的影响。他认为比较教育"最好先从总体上去探究外国教育制度所蕴含的精神，然后再去从别国对待所有熟悉的教育问题的完全不同的解决方法的探讨、思索中获得间接启发，而不是期望从外国教育制度中直接发现有多少可实际模仿的东西"。比较教育还要到学校之外去发现那些"维系着实际上的学校制度并对其取得的实际成效予以说明的那种无形的、难以捉摸的精神力量"。② 康德尔特别强调比较教育的"历史—功能"目的，把历史文化因素作为比较教育研究方法的中心因素，他指出："比较研究首先要求理解形成教育的无形的、不可捉摸的精神和文化力量，这些校外的力量和因素比校内事物更重要。因此，教育的比较研究必须建立在对学校所反映的社会和政治理想的分析之上，因为学校在传递与发展中集中体现了这些理想，为了理解、体会和评价一个国家教育制度的真正意义，有必要了解该国的历史传统，统治其社会组织的力量和态度，决定其发展的政治与经济条件。"③ 虽然上

① 艾萨克·康德尔. 教育的新时代——比较研究 [M]. 王承绪译. 北京：人民教育出版社，2001.43.

② 王承绪. 比较教育学史 [M]. 北京：人民教育出版社，1999.64.

③ 王承绪. 比较教育学史 [M]. 北京：人民教育出版社，1999.73.

述观点使比较教育的研究对象局限在教育制度方面，但是当比较教育的研究范围覆盖了教育的整个领域时，文化便成了比较教育研究的核心概念。霍尔斯就指出，比较教育学者要成为教育方面的通才、教育各个领域的专家，就必须采用文化主义的研究方式。① 我国的比较教育学者项贤明也指出，比较教育研究"只有站在'文化'的视角上，比较教育学者才有可能把比较教育学全部的研究对象尽收眼底"，不仅如此，"从比较教育学本身来讲，文化的视野也符合比较教育学作为文化比较研究的学科特质"②。

3. 为教育研究提供方法论的指导

由于跨国的、跨文化或跨文明的比较在教育领域中广泛存在，教育的每一个分支学科都可以应用而且应该应用它来从事研究。那么，比较教育就有发展比较方法论的责任，以此来指导教育各分支学科的研究。汉斯就指出，"形成比较的方法论是比较教育学家的特定任务。这样做部分是为了促进这一过程，部分是为了避免滥用概括和任意借鉴"③。特雷舍韦也指出，"发展有益的分析方式和不断地寻觅模式、探索趋势、进行概括乃至探索规律，这是比较学家的工作中一个极其重要的组成部分"④。事实上，比较教育学家一直致力于发展比较研究的方法论。第二次世界大战后比较教育研究中，贝雷迪的比较四步法、诺亚和埃克斯坦的科学与量化的方法、霍姆斯的问题法以及埃德蒙·金的比较教育方法论等，都为教育的比较和比较教育提供了方法上的理论支持。

4. 比较教育学是发展教育一般规律的学科

比较教育学是发展教育一般规律的学科，这一观点并非是在全球化时代涌现出来的新观点。早在 1954 年，艾萨克·康德尔在《教育的新时代——比较研究》一书中就提到："比较教育研究的主要贡献，如果适当地估计的话，在于它论述若干'基本原则'，并且使人'获得一种哲学观点'，以便分析教育问题，从而促进对教育问题的更加透彻的理解，这种研

① W. D. Halls. Culture and Education: The Cultural Approach to Comparative Studies, Relevant Methods in Comparative Education [A]. In: Reginald Edwards, Brain Holms & John van de Graaff (eds.). Relevent Methods in Comparative Education [M]. Hamburg: UNESCO Institute for Education, 1973. 120.

② 项贤明. 比较教育的文化逻辑 [M]. 哈尔滨: 黑龙江教育出版社, 2000. 29—30.

③ N. Hans. English Pioneers of Comparative Education [J]. British Journal of Educational Studies, 1952, (1): 56—59.

④ 特雷舍韦. 比较教育的目的 [A]. 赵中建译. 赵中建, 顾建民. 比较教育的理论与方法——国外比较教育文选 [G]. 北京: 人民教育出版社, 1994. 16.

究能使教育者'更好地理解'本国教育制度的'精神和传统'。"① 黎成魁也指出，"真正的一般教育理论奠基于对不同类型的人类文明做深入的研究，探讨教育与社会之相互关系……这项工作的目标是形成律则（laws），而这些律则将不具有那些在实验科学中所产生律则的效度，但它在时空上却呈现了相对的恒常性关系"，比较教育之所以具有这样的功能，是因为比较"容许我们去澄清与发展类型学（typologies），并在既定之情况下进行'间接的实验'"。② 阿根廷比较教育家奥利韦拉也认为，"比较教育不是教育学的一个分支"，"'比较'的角度为它增加了一维空间，使它处于一个更高的抽象层次"。③ 比较不是对简单事实的描述，而是对关系和关系方式的比较，"比较教育学就是从这里出发：它的具体对象就是低水平的研究从两个或两个以上的社会集团中发现其关系类型之间的关系。因此，它是更高水平上的研究，为的是研究和分析本质上都相似的现象的多样性"，"其目的是要发现是否存在'多样性的规律'"。④

四、结语

在考察比较教育学知识与教育学知识关系的时候，我们从不同角度证明了提出的三种假设。综上所述，每一种假设都是基于比较教育学知识的不同方面。认为比较教育学是教育学分支学科的观点，是基于比较教育学目前对教育各领域的研究现状。认为比较教育就是教育学本身的观点，一方面来自比较教育在研究实践上对教育各个领域的渗透，另一方面来自教育的各个领域使用比较教育研究方法的普遍性和必然性。认为比较教育是教育研究的高级形态的观点来自理论上对比较教育学已经起步和在教育实践、教育事实的催生下应该达到的高度。不难看出，这里有条过去、现在和未来的时间线索贯穿其中；也不难看出，过去、现在和未来是交织在一起的，现在是连接过去与未来的纽带，而未来指引着现在发展的方向和方式。

———————————

① 艾萨克·康德尔. 教育的新时代——比较研究 [M]. 王承绪等译. 北京：人民教育出版社，2001. 10.

② Le Thann Khol. Toward a General Theory of Education [J]. Comparative Education Review, 1986, 30 (1)：14—15.

③ 奥利韦拉. 比较教育：什么样的知识？[A]. 程华英，董建江译. 赵中建，顾建民. 比较教育的理论与方法——国外比较教育文选 [G]. 北京：人民教育出版社，1994. 324.

④ 奥利韦拉. 比较教育：什么样的知识？[A]. 程华英，董建江译. 赵中建，顾建民. 比较教育的理论与方法——国外比较教育文选 [G]. 北京：人民教育出版社，1994. 326.

第三章

比较教育学知识的社会认同

"社会认同"是社会心理学的一个词汇，主要用于研究个人或群体在社会中的"自我归类"和体现自身长期存在的不同于他人的鲜明的个性。[①]社会认同运用于比较教育学学科，超出了社会心理学的运用范围，这里是指比较教育学在学术体制中的制度保障，比较教育学者的社会心理认同和比较教育学在教育领域中的实践认同。

第一节 比较教育学的学科制度认同

一、学科制度的内涵

"制度"是一个使用范围广泛，歧义丛生的词汇。日常生活中，我们都能不假思索地说出社会主义制度、教育制度、工作制度等。很显然，这些词汇是在不同的层面和不同的涵义上使用"制度"一词。它们有的是包括社会各个方面特点的宏观层面的社会形态，有的是中观层面的某一系统的法规准则，或是微观层面的行为规范等，但它们的共同内涵都认为制度是一种"规定"。从内在联系的角度看，三个层面并非是分离的，是宏观、中观的特点内在地通过微观的人的活动予以体现的。王建华也认为，"所谓制度其核心便是'规则'"[②]。《现代汉语词典》对制度的解释为："①要求大家共同遵守的办事规程或行动准则：工作制度、财政制度；②一定历史条件下形成的政治、经济、文化等方面的体系：社会主义制度、封建宗

---

① 李友梅，肖瑛，黄晓春. 社会认同：一种结构视野的分析 [M]. 上海：上海人民出版社，2007.2—3.

② 王建华. 学科、学科制度、学科建制与学科建设 [J]. 江苏高教，2003，(3)：55.

法制度"①。词典中的这一定义实际是对日常生活中的"制度"话语的提炼和总结，既有宏观的历史规定性，又对制度中的行为主体具有现实的约束性。与这里单指"规定"的涵义不同，西方学者对制度的定义不仅包括"规定"体系，而且还包括保证规则体系得以实施的社会建制。如英克尔斯（A. Inkeles）就认为制度是"围绕着一个价值或一组价值而发展的实践和社会角色的组织体系，和旨在调整实践和管理规划的机构"②。斯科特也认为"制度包括认知说明制度、规范和管理的结构和活动，它们为社会行为提供了稳定化的机制和意义系统"③。

"学科是相对独立的知识体系"④，那么学科制度就是保证这一独立的知识体系得以生产和再生产的工具。方文教授认为，学科制度包括制度精神和制度机构两方面。制度精神包括："（1）全部人类智慧活动史所蕴涵的人文理念或人文精神；（2）界定作为规范科学活动过程普遍原则的科学阶层或学者阶层独具品质的精神气质；（3）与之对应的可以测度的操作细则。"⑤ 但是，从他对"制度精神"的解释来看，则是指学科知识中的普遍性的"文化免疫"（culture-free）和"文化负荷"（culture-loaden）的操作细则以及融汇在科学活动中的精神气质。精神的体现是在学科内在的知识活动和科学家的内心世界和行为中，它是从科学活动内部自发生成的，并非是外部建构的，应该属于他所称为的"学科理智史"部分，而非"学科制度史"部分。方文认为，"学科发展史是学科理智史和学科制度史的双重动态史"⑥。而由于制度的历史性，学科制度是作为特定社会的一种外部的社会建制，是整个学术知识和社会发展到一定阶段的产物，因此学科制度研究的内涵包括支撑学科研究的物质和组织机构方面，以及规训个体或共同体行为的规范基础。方文教授将这两层含义融合在一起统称为物质基础。他认为，"学科制度是支撑学科研究的物质基础。它至少包括四类范畴：职业化和专业化的研究者及他们赖以栖身的研究机构和学术交流网络；规范的学科培养计划；学术成果的公开流通和社会评价；稳定的基金资助

① 中国社会科学院语言研究所词典编辑室. 现代汉语词典（2002年增补本）[M]. 北京：商务印书馆，2002. 1622.

② 亚历克斯·英克尔斯. 社会学是什么 [M]. 陈观胜，李培茱译. 北京：中国社会科学出版社，1981. 99.

③ 盖伊·彼得斯. 社会学制度主义 [J]. 朱德米译. 国外社会学，2003，（2）：2—3.

④ 中华人民共和国国家标准学科分类与代码表 [S]. 国家技术监督局 1992—11—01 批准，1993—07—01 实施.

⑤ 方文. 社会心理学的演化——一种学科制度的视角 [J]. 中国社会科学，2001，（3）：127.

⑥ 方文. 社会心理学的演化——一种学科制度的视角 [J]. 中国社会科学. 2001，（6）：126.

来源"①。比较教育学的学科制度也可以从这四个方面予以探讨。

二、比较教育学的学术制度现状

1. 职业化的研究者和组织机构

从事比较教育研究的学者既有教育领域内的学者，也有对比较教育感兴趣的公共知识分子。然而，职业化的比较教育研究者是比较教育学作为一门学科取得合法性的基础。通过职业化的比较教育学者对学科知识的发展和学科理论的积极建构，比较教育学才能取得学科身份的认同，从而研究者才能在学术共同体中取得专业学者的角色认同。从比较教育的研究主体来看，根据认识、实践和服务对象的不同，可以分为"国际论坛主体、外主体和内主体"，三类主体的具体例子是"国际组织专家、外国专家和国内专家"。②

职业化的比较教育学者主要栖身于设立在大学或学院的比较教育系科或其他的比较教育研究机构中，正是这些机构赋予了比较教育学者以身份标志并提供了学者进行研究的物质基础、知识信息和交流平台。从大学中的比较教育学科来看，到 2008 年，我国已设有比较教育学博士点 9 个，它们是：北京师范大学、东北师范大学、华东师范大学、华南师范大学、华中师范大学、南京师范大学、西北师范大学、西南大学、浙江大学。比较教育学硕士点 34 个，它们是：北京航空航天大学、北京理工大学、北京师范大学、东北师范大学、福建师范大学、广西师范大学、哈尔滨师范大学、河北大学、河南大学、湖南大学、湖南师范大学、华东师范大学、华南师范大学、华中师范大学、辽宁师范大学、南京大学、南京师范大学、南开大学、曲阜师范大学、山东师范大学、陕西师范大学、上海师范大学、沈阳师范大学、首都师范大学、四川师范大学、天津师范大学、西北师范大学、西南大学、厦门大学、云南师范大学、浙江大学、浙江师范大学、中国人民大学和中央民族大学。除此之外，中央教育科学研究所也设有国际与比较教育研究中心。比较教育学专业的专家、教授、博士研究生和硕士研究生就在这些机构从事专门的研究工作和学习活动，正是这些比较教育研究者推动着中国比较教育研究的进步。

从学会方面看，中国比较教育学会成立于 1979 年，到 2008 年为止，已经先后在北京、保定、长春、武汉、天津、济南、黄山、重庆、桂林、

① 方文. 社会心理学的演化——一种学科制度的视角 [J]. 中国社会科学, 2001, (3): 127.
② 顾明远, 薛理银. 比较教育导论——教育与国家发展 [M]. 北京: 人民教育出版社, 1999. 22.

珠海、上海等地召开了 15 届年会。年会基本上是每两年举行一次，除此之外，在两届年会之间还举行了许多小型的、专题的学术研讨会。近年来，随着香港回归祖国，内地的比较教育学者和比较教育学会与香港比较教育学会之间的交流日趋频繁。除了国内交流以外，中国比较教育学会还与世界比较教育学会理事会（World Council for Comparative Education Societies）和亚洲比较教育学会等进行着广泛的学术交流。在全球范围内，中国比较教育学会与日本比较教育学会、欧洲比较教育学会、欧洲国际学校协会、北美国际与比较教育研究会、美国比较教育学会等均有学术交流活动。在比较教育的组织机构人员交流方面，除有学术方面的互访外，中国的比较教育机构还向世界著名的比较教育组织派遣大量学者和研究生进行海外培训，其中尤以伦敦大学教育学院、芝加哥大学比较教育中心、斯德哥尔摩国际教育研究所为最。随着网络信息技术的进步和中国经济、社会的迅速发展，中国比较教育学者和比较教育学组织与国际教育组织在信息交流、学者培训、政策制定等方面的关系越来越近。这些人员之间的交流和机构之间的合作对中国比较教育的影响和未来发展非常重要，在人员方面，这些组织机构或学会还把不同领域的学者汇聚在一起，进一步扩大了比较教育学的影响。比较教育的"无形学院"在国内和世界范围内都已经形成。

2. 规范的学科培养计划

比较教育学的规范培养计划，即规范的博士后、博士、硕士、本科和继续教育计划，为比较教育学进行学科的发展训练、培养源源不竭的后备人才和输入新鲜血液。通过在不同比较教育组织机构中的师生之间、学生之间的互动过程，学术成果不断涌现，相互竞争与合作的学派得以生成。同时，根据外部制度性的和内部的学术声望，比较教育机构之间又呈现出等级秩序，学术成就卓著的学者和机构被赋予培养博士后和博士的资格，其次是获得培养硕士的资格。

我国高等教育中的比较教育学专业的教育主要是研究生教育。目前，各个有资格招收比较教育专业博士生和硕士生的机构都建立了完整的研究生招生制度，设置了研究生课程的学习和论文标准，配备了研究生导师。波伊尔（E. L. Boyer）通过对本科生、研究生阶段教育的比较指出，"正是在研究生教育阶段，教授队伍的专业态度和价值观才最终形成"[1]。在这一阶段，教授队伍将他们的最新研究成果展示在教学中或者与研究生共同探

---

① E. L. 波伊尔. 学术水平的反思——教授工作的重点领域 [A]. 吕达，周满生. 当代外国教育改革著名文献·美国卷（第三册）[G]. 北京：人民教育出版社，2004. 52.

索未知领域，使新的学术活动成为现实。因此，研究生阶段规范的学科培养计划对比较教育学科的发展和学术声誉非常重要。

以某高校比较教育硕士点的培养方案为例，该校比较教育学硕士点的培养目标和要求是："培养德、智、体全面发展，具有全球视野、善于运用比较方法研究各国和国际教育问题，为我国教育改革发展提供借鉴的高层次教育研究人员、教学人员和教育管理人员。"[①] 实行三年学制，共有五个研究方向：英美教育、俄罗斯教育、教育政策国际比较、高等教育国际比较、课程与教学比较。在课程设置中，既有必修课程也有选修课程。必修课程包括学位公共课和学位专业课。学位公共课由科学社会主义理论与实践、哲学、第一外国语和计算机应用组成。学位专业课包括比较教育的使命与方法、英美教育比较、俄罗斯及东欧国家教育、教育政策比较、高等教育国际比较、课程论比较、教学论比较、专业英语和专业俄语。另外，同等学力或跨专业报考者补修课程：教育哲学、教育心理学和教育统计学。另外，研究生三年学习中，需实习四周，在教师的指导下，为本科生讲授一至二个单元。课程的学习和实习还必须通过考核以确定等级。学位论文的撰写在硕士生培养中占重要地位，研究生必须在完成上述课程和实习过后方可进入论文的写作阶段。论文对选题和论文的价值以及长度方面有定性和定量的规定。论文的答辩和学位的授予也有制度上的保障。研究生的导师和任课教师自始至终指导研究生的课程学习、实习和论文写作。这些制度上的规定保障了研究生应该达到的学术水平。当然，制度发挥作用主要在制度的实施者，制度的实施过程和制度的创新体现了不同的培养方式和风格。

3. 学术刊物

目前，出于行政管理的客观和便利，成为一个学者即是要成为一个研究者，出版物是衡量学术活动的主要标尺。学术出版物包括学术期刊、学术会议论文集、专著、教科书等。其中学术期刊由于周期短最能体现最新的研究成果。因此，学术期刊由于刊载着最新的创造性思想、方法和技术，在科学活动中占据中心地位。研究者之间的科学竞争，体现为默顿所说的科学发现优先权（scientific priority）的竞争，文本载体是其唯一的评判指标。同时，科学期刊之间的权重也不是平等的，而是依据引文指数和影响因子等文献计量学的指标，科学期刊被分别置于学术声望等级的金字塔中。

---

① 上海师范大学比较教育专业硕士研究生培养方案 ［EB/OL］. http://www.kuakao.com/? action－model－name－school－itemid－13600.2009—1—20.

每个学科都有自己的核心期刊。当前，我国比较教育的核心期刊有《比较教育研究》、《全球教育展望》、《外国教育研究》、《日本问题研究》和《世界职业技术教育》等，其他一些教育期刊也刊载比较教育研究文献，如《清华大学教育研究》、《高等教育研究》、《教育理论与实践》等。除此以外，比较教育研究文献还被一些文科综合性期刊接受，比如大学学报的社会科学版等。

从第一章第四节关于"比较研究论述的形成"的内容分析可知，比较教育的三大核心期刊是比较教育学领域最高研究水平的反映，它体现了比较教育学科重要的研究进展和前沿热点，预示着比较教育学科未来的发展方向。从核心期刊的论文作者来看，核心期刊往往是这一学科的一流学者的重要领地。核心期刊和一流学者之间形成了循环的关系链，一流学者依靠核心期刊积累"符号资本"，扩大学术影响，不断提升自己的学术地位；而核心期刊也因为一流学者的聚集而巩固自身在金字塔顶端的地位。比较教育学的核心期刊情况也一样。

教科书的内容是特定学科在研究基础上获得广泛共识的概念框架、方法体系和经典研究案例，这些知识是学科内核的汇集。因此，教科书是学科发展成熟程度和学科研究范式转变的重要指标，也是学科知识传承和学科认同的主要媒介，是培养学科后继研究者的重要载体。

我国比较教育学的教科书分为两种，一种是直接翻译国外比较教育学者的比较教育著作，另一种是我国学者自编的教科书。我国学者自编的教科书从1982年第一本教材《比较教育》的出版到2008年的《新比较教育》和《当代比较教育学》的问世，大致经历了四种变革。改革开放初期的比较教育学教材基本上是外国教育研究的代表。1982年的《比较教育》，作为大学本科生的教科书，主要介绍了六个发达国家的教育制度，简要地比较了这六国各级各类教育的异同。随后，比较教育的实践在国别研究的基础上增加了专题研究。1989年出版，由吴文侃和杨汉清主编的《比较教育学》的体系就是国别教育和专题研究的结合。1996年，由顾明远和薛理银著的《比较教育导论——教育与国家发展》的出版，改变了比较教育教材的体系。一方面加强了比较教育学自身的理论假设，另一方面宏观教育研究——教育与国家发展、社会因素与教育发展之间的关系、教育现代化问题以及对比较教育未来发展的探索成了该教材的主题。1996年出版的另一部教材——冯增俊著的《比较教育学》则将重点放在了比较教育学自身的理论体系上，包括比较教育学的历史发展、学科概念与学科体系、学科理论体系、学科研究方法，另外，比较教育与教育现代化和现代化建设之间的关系成了比较教育学在实践中学术价值的体现，是该教材的另一个主题。由此可见，1996年的这个转折点，既是对我国比较教育学前期研究成果的总结，也对比较教育学的未来发展勾画了新的蓝图，比较教育进入了深入发展时期。比较教育学科理论建设得到加强，国内的比较教育研究开始扩展到许多发展中国家，特别是我国周边国家的教育，研究内容也从教育制度发展到课程、教育思想观念、培养模式和方法、国际教育、环境教育、比较教育方法论等诸多方面。21世纪出版的四本有代表性的比较教育学教材的着重点各有不同，2005年出版的卢晓中著的《比较教育学》的体系由比较教育学科理论、国际教育和发展教育三部分构成；2007年出版的陈时见和徐辉主编的《比较教育导论》的体系则是由比较教育学学科理论、学科历史和学科组织等构成；2008年出版的朱旭东编著的《新比较教育》则将学科体系确立在民族国家的教育体系上；另一部由冯增俊、陈时见和项贤明主编的《当代比较教育学》则是比较全面的比较教育学研究，它包括比较教育学史、学科理论体系、方法论、国际教育，以及在全球化、教育民主化、教育信息化、后现代理论指导下的区域研究等等，除此以外还包括各级各类教育的世界性趋势，可以说囊括了比较教育学当前热门的所有课题。比较教育学学术领域的这一现状体现了当前我国比较教育学界在比较教育学概念、研究对象、研究方法等方面的争论，学科的发展走向了多样化。

4. 基金资助

学者不仅是学术人，同时也是经济人，经济保障是学者顺利进行学术研究的前提。基金的资助显示了国家、社会团体和基金组织对研究的支持和需要，有利于研究面向社会发展，满足社会实践的要求，实现研究者与社会的互动。但同时，基金对学术的定向资助，在一定程度上影响了学术的发展方向，容易造成学术为特定利益集团服务的现象，变学术的"无私利性"特点为"利益导向"。

比较教育学的基金资助中，全国教育科学规划课题的地位非常重要。"比较教育研究在我国改革开放以来发挥着前沿性的重要功能，在传播现代教育思想理论、促进教育理论繁荣、加强政策制定的科学性、推动教育改革、深化教育国际理解等诸多方面产生了突出的积极影响，受到广泛的重视，并在全国教育科学规划体系中占据相当重要的地位。"①"十五"期间，比较教育学科在全国教育科学规划中立项课题共81项。同时，资助经

① 全国教育科学规划领导小组办公室. 全国教育科学"十五"规划学科发展报告［R］. 北京：教育科学出版社，2008.297.

费的力度加强，单项课题资助经费的额度也大幅度上升。① 这说明了教育科学规划部门对比较教育学科研究在我国教育改革和发展中的作用的重视，也说明了比较教育研究的质量不断提高，逐渐进入了学科的良性发展和进步的阶段。教育部除了资助比较教育研究课题之外，还对比较教育研究基地进行重点资助。1999 年 12 月，经教育部教社政 ［1999］ 18 号文件批准，"北京师范大学比较教育研究中心"成为首批中华人民共和国教育部普通高等学校人文社会科学重点研究基地之一，随后教育部又相继在华东师范大学、东北师范大学、西南大学成立了国际与比较教育研究中心。根据教育部的要求，这些比较教育研究中心的目标是：团结全国同仁，力争在五年左右的时间里，建成能够组织重大课题攻关，能够产出大量精品成果的比较教育科研基地；成为满足 21 世纪国际化需求的高级比较教育专门人才的培养基地；成为国外了解和研究中国教育的首选窗口，形成参与国际学术对话的学派和学术传统的学术交流基地；成为教育部制定教育改革决策的思想库和信息咨询服务基地。目前，这些比较教育研究中心作为中国国际与比较教育研究的对外窗口，广泛吸收国内外比较教育专家进行学术交流活动，大大促进了我国比较教育学的发展，同时也将中国的比较教育学成果介绍到世界其他国家和地区。在国内，这些比较教育研究中心定期组织举办各种会议，形成比较教育学界紧密联系的学术圈。同时，北京师范大学比较教育研究中心还设有"顾明远教育基金"和"教育·社会·医学联校论文奖计划"等资助比较教育学研究。

三、学术制度理论视角中的比较教育学发展

从上文可以看出，得以实施的学术制度是已经存在的客观的物质基础和规范条例，它是由教育管理部门的官员和学术精英共同建构的，学术制度一旦形成，便具有相对的稳定性。

当前，在大学里，学者和教授在行政层面接触较多的便是学科建设，这是一种根据既定的要求对学科的制度进行强化和细化的管理措施，是在行动上对现存的学科制度的服从。但是理论层面的学科制度研究则带有较强的批判性，它从不同的角度对当前的学科制度进行质疑和反思，旨在对既存制度的祛魅，进而重建学科制度。学科制度研究意义重大，对此，我国首先提出学科制度的学者方文指出，对学科制度的理论研究"标志着中国人文社会科

---

① 全国教育科学规划领导小组办公室. 全国教育科学"十五"规划学科发展报告 ［R］. 北京：教育科学出版社，2008. 298.

学自我反省意识的兴起，中国人文社会科学因此在新的时空场景下开始重建自身的学术品格，这就是对现状和既定秩序永不停歇的自主批判和怀疑精神”①，"现代学科制度的变迁历程已经表明，现代学科的发展更多是通过学科制度建设来进行的"②。学科制度对学科的发展如此重要，学者们不再仅限于对既存学科制度默默的遵从和诠释，而是主动参与学科制度的重建。

学科制度的重建需要学者自身主观意识的参与，但是主导这种参与欲望和参与方式的是对学科的发展现状的理性反思。学科制度必须能够适合学科的发展，并促进学术的进步。沃勒斯坦通过对兴起于 19 世纪的政治学、经济学、社会学、历史学等学科的划分和学科在大学里的制度化现状的分析，结合当前社会的发展和全球化趋势，提出祛除学科壁垒的世界体系分析理论。他指出，"我们现在正处于学科结构分崩离析的时刻，我们正处在学科结构遭到质疑、各种竞争性的学科结构亟待建立的时刻"③。有学者认为，比较教育学位于人文科学和社会科学的交叉位置，但是，通过前面我们对比较教育学研究内容和比较教育学所涉及的相关学科的分析可以看出，比较教育学结合了自然科学、技术科学、人文科学和社会科学的研究。比较教育研究的内容涉及十分广泛，与逻辑上的母学科——教育学之间存在着三种不同的关系：教育学的分支学科、教育学的平行学科和教育研究的高级形态。这种学科发展的强劲趋势和内部动力在不断地对比较教育学的学科制度进行重建。从当前的制度现状看，分化与综合的趋势同步存在，与学科制度中的平行学科之间的关系也在不断改变。一些新的研究主题也正在从比较教育学中独立出去，比如"教师教育"、"高等教育研究"等。另一个现象是比较教育学联合其他学科的学者成立新的组织，比如北京师范大学"高等教育研究所"就是以比较教育学者为主，联合外国教育史、教育学原理等方面的专家从事"高等教育原理、高等教育管理、学位与研究生教育、比较高等教育"等四个方面研究的机构。由此可见，比较教育学学科的学术发展正在逐步重建学科的组织机构。德鲁克（Peter Drucker）曾经指出，"只有组织才能提供知识工作者为了取得成果所需要的基本连续性，也只有组织才能将知识工作者拥有的专门知识转化为业绩。

---

① 方文. 后学的养成、评价和资助 [J]. 中国社会科学, 2002, (3): 74.

② 赵军, 许克毅, 许捷. 制度变迁视野下学科制度的建构与反思 [J]. 中国高教研究, 2008, (2): 25.

③ 华勒斯坦等. 开放社会科学：重建社会科学报告书 [M]. 刘锋译. 北京：生活·读书·新知三联书店, 1997. 11.

专门化的知识本身并不能产生业绩……这就要求，专家应当能加入一个组织"①。比较教育学组织与比较教育学的学术业绩直接相关，比较教育学组织的这些变化体现了比较教育学科内生的变革对学科制度的影响。

在比较教育学的研究人员方面，原来根据学科制度进行界定的观念已经严重不符合实际。在比较教育组织机构中工作的学者正在逾越学科的界限，自我界定研究对象。这一方面是在教育学本身的研究范式变革的背景下形成的，另一方面也体现了比较教育学对自己学科研究对象的重新界定。比较教育的学科研究对象已经由宏观的教育体系、教育制度、教育与国家发展的研究转向中观的教育类型和各级学校的研究，并且包括教育微观层面的课程与教学研究。那么，对这部分比较教育学者，在本身学科的头衔下似乎还可以增加课程与教学论专家、高等教育研究专家等头衔，比较教育学者身份在改变，学科制度对身份的限定正在被打破。另外，从比较教育学核心期刊作者的学术背景和学术身份可以看出，其他领域的教育学者、非教育专业的学者以及一些公共知识分子，也在从事比较教育学研究，并且其研究水平也符合比较教育学的学术规定。

比较教育学的学科边界被打破，学者的身份被逾越，学科制度被重构，原来潜在的制度要求被不断地外化为制度结果，原有的客观制度也在不断地经历存在、改变或者消亡的命运。学科制度的这些变革既有外部一般规则的默许，同时也是学科专家和学科流派的群体利益的结果，这些结果的出现是在不断的争鸣中形成的，它并非是某一个人的理性设计，其情形类似于哈耶克对自由秩序生成的论断，"一系列具有明确目的秩序的生成是极其复杂的，然而这既不是什么设计的结果，也不是发明的结果，而是产生于诸多未明确意识到其所作所为会有如此结果的人的各自行动"②。比较教育学还将继续在这种既存的学科制度和内生的学科发展对学科制度重建的要求中发展。

第二节　比较教育学者的社会认同
——社会心理学的视角

比较教育学已经取得了学科制度的合法性，学科制度的合法性在制度

---

① 彼得·德鲁克. 社会的管理 [M]. 徐大建译. 上海：上海财经大学出版社，2003.62.

② 哈耶克. 自由社会秩序的若干原则 [A]. 哈耶克论文集 [G]. 邓正来编译. 北京：首都经贸大学出版社，2001.133—134.

层面赋予了学科知识中的行动者以比较教育学者的称号。但是，我们也看到，当一定的客观制度形成之后，制度的变化便主要是由学者主导的学术发展的逻辑引起的。正如法国比较社会学家杜甘（Mattei Dogan）在分析了专业和学科之间的并非紧密的关系现象和无视传统学科界限的交叉学科的出现后指出，"学术行政者不能干预科学发展的逻辑。他们只能在这种自然产生的变化出现不久之后发现它，并将其制度化，正如今天世界上无数创造性科学机构所做的一样"①。这体现了从学科内的知识行动者来界定学科制度的重要性，这种界定方式对我们理解学科制度的发展至关重要。学科制度应该以知识行动者为中心予以解释，② 那么，比较教育学的学科制度可以理解为是秉承学术伦理体系的比较教育学者在比较教育学的学科知识生产和知识创新过程中所建构的制度体系。学科内的学科培养制度、学科评价和奖惩制度、学科基金制度等都是由学科知识行动者建构和不断重构的。基于此，比较教育学者是该学科的主体，他们的社会认同对学科的发展和分化具有动力学的作用。

一、社会认同理论

社会认同理论是社会心理学用来解释群体行为的最有影响的理论之一，是目前该领域研究的主要范式。它是泰弗尔（Henri Tajfel）在 20 世纪 70 年代提出的，并在群体行为的研究者中发展起来。特纳（John Turner）进一步完善了这一理论。目前这一兴盛的理论正在社会学中被广泛运用于探索不同社会背景下社会认同的建构。

1978 年，泰弗尔在《社会群体间的区分：群体间关系的社会心理学研究》一书中将社会认同定义为："个体认识到他（或她）属于特定的社会群体，同时也认识到作为群体成员带给他的情感和价值意义。"③ 这一概念指向了群体主体在群体知识、群体和群体成员身份的社会共识、情感和价值方面的自我建构。后来，特纳和泰弗尔进一步区分了个体认同与社会认同的概念，指出社会认同是由一个社会类别全体成员得出的自我描述。这样，社会认同论的概念就涵盖了群体的内部成员身份认同和整个群体身份的认同，它为人际行为和群际连续体等宏观社会心理过程提供了一种独特的解释框架，其完整的理论结构由"社会认同"的定义、"社会认同过

---

① 马太·杜甘. 比较社会学 ［M］. 李洁等译. 北京：社会科学文献出版社，2006. 264.
② 方文. 学科制度和社会认同 ［M］. 北京：中国人民大学出版社，2008. 32.
③ 张莹瑞，佐斌. 社会认同理论及其发展 ［J］. 心理科学进展，2006，（1）：476.

程"、激发社会认同的"自尊假设"理论和群际关系的"社会结构"理论四部分构成。

泰弗尔认为,社会认同源自群体成员身份,而群体成员身份的确立来自他的涉及社会群体的成员资格和相连的价值与情感意义。① 人们总是争取积极的社会认同。而这种积极的社会认同是通过群体间的社会比较获得的。如果没有获得满意的社会认同,个体就会通过行动进行认同重构或认同解构。社会认同包括社会范畴化(social-categorization)、社会比较(social comparison)、社会认同化过程(social identification)和认同解构(disidentificaiton)。

二、比较教育学者的社会认同

从学科制度的分析可以看出,当前比较教育学者与学科危机同在,也存在着个体的和群体的身份认同危机。以社会认同论为解释框架,比较教育学者是按学科分类标准而确定的群体。这种学科分类标准的内在逻辑,当其与学科的自身发展逻辑一致时,便会出现社会认同一致;当其与学科自身发展逻辑存在偏差的时候,便会出现认同危机。从群体成员身份的知识认同角度看,比较教育学者,首先应该是基于比较教育学科特定的研究传统、研究主题、方法体系和学科问题域;其次,群体成员之间通过有形或无形的互动交往,实现情感和价值的建构。比较教育学者通过与相关学科知识行动者的比较,强化或弱化学科内部的同质性,建立或打破与相关群体之间的界限,体现出比较教育学者群体的认同强化过程或认同解构过程。

1. 比较教育学者的范畴化

每一个行动者在生命的历程中都负荷多元的群体资格,不同的群体资格是以其特定领域的知识体系支撑的。特纳的自我归类理论(self-categorization theory)认为人们会自动地将事物分门别类,因此在将他人分类时会自动地区分内群体和外群体。当人们进行分类时会将自我和他人纳入确定的类别中,将符合内群体的特征赋予自我,这就是一个自我定型的过程。但同时,自我也被在场的他人分类,自我和他人的分类具有最低限度的重叠共识——社会共识性。因此,对群体资格的评价是社会范畴体制中具有社会共识性的共享实在的部分。② 这个过程就是社会范畴化过程。

---

① 方文. 学科制度和社会认同 [M]. 北京:中国人民大学出版社, 2008. 79.
② 方文. 学科制度和社会认同 [M]. 北京:中国人民大学出版社, 2008. 80—81.

社会范畴化的过程是基于特定的知识体系的。不同的知识体系在不同的场域中激活。希金斯等（Edward Tory Higgins et al.）的社会知识的激活机制研究认为，社会知识的激活首先源于可接近性（accessibility），通过特定范畴对应的知识的频繁启动和使用，该领域的知识从潜伏状态转变为准备状态。其二是可用性（applicability），准备状态的社会知识在面对具体问题情境时，存在着"吻合优度"（goodness of fit）的问题。那些具有可用性的知识是与特定情境匹配的知识。①

　　由此可见，作为学科领域中的比较教育学者在社会范畴化过程中遇到的问题便是作为"特定领域的知识"的比较教育知识体系的认同和比较教育学者的自我分类。这是一件事情的两个方面，前者更多地关涉学科的客观知识现状，后者更多地立足行动者对学科知识体系的认同和建构。

　　按照学科分类标准中的学科定义，学科就是指使用独特的研究方法对专门的研究对象进行研究而形成的严密、完整的知识体系。如今，"专门的研究方法"已经逐渐被解构，以问题为核心，综合不同学科的方法进行研究已经成为人文社会科学领域的共识。但是，"专门的研究对象"仍然是学科概念中的"硬核"。学科如果没有专门的研究对象，那么学科就是飘忽不定、无法捉摸的，如何称之为一个学科呢？一个学者如果没有一个或一些相对稳定的研究对象，没有支撑其研究的清楚、自律和坚固的历史逻辑，如何自立于学术共同体呢？这正是比较性学科在全球化时代所遇到的特有问题。一些比较性学科已经试图通过研究对象的专门化的界定来解决这一问题，比如比较文学将研究对象界定为初期的"影响研究"、后期的"平行研究"、"跨学科研究"，当代的"跨文明研究"，还有"文学跨越学"、"文学关系学"、"文学变异学"和"总体文学学"等等。而比较教育学科始终没有将自身和研究对象"历史化"，这是困扰当代比较教育学科建设的主要问题之一。有学者主张通过具体化比较教育学的研究对象来解决这一长期困扰比较教育的难题，如朱旭东主张以"民族—国家教育体系的比较研究"作为比较教育研究的重要对象，民族—国家才是比较教育的基本单位，并从中外比较教育学发展的历史维度论述比较教育研究在该领域的成就，说明了"民族—国家教育体系"的研究领域的"历史性"。②另一种解决这一难题的方式是将比较研究的界定从客体界定的视角转向主体界定的视角，强调以比较的文化视野研究教育，而对比较教育研究的具

　　① 方文. 学科制度和社会认同［M］. 北京：中国人民大学出版社，2008. 80.
　　② 朱旭东. 新比较教育［M］. 北京：高等教育出版社，2008. 19—20.

体对象不予限定，只要能从文化的比较视野的角度进行的研究都是比较研究。① 第三种流派是主张比较教育解决教育的实际问题，而减少理论上的争论。当然这一派的观点并不是反对比较教育的理论研究和学科建设，而是主张通过对教育实际问题的解决过程逐步发展比较教育学理论基础。② 他们的研究领域可能是高等教育学、教师教育、课程与教学论等等。对于比较教育学者的身份问题，并没有太多的怀疑或关注，只要能在教育的某一个领域进行比较研究或外国教育研究就可以了。由此可见，在社会范畴化的"特定的知识体系"这方面，比较教育学者内部存在着分歧，这使比较教育学者在将自身进行范畴化的时候缺乏归属感和产生自我怀疑，在对在场的他者进行归类的时候存在着不确定性。正是这种不确定性使自我分类和他人分类之间的共识不高，从而形成了自我范畴化难题。

2. 比较教育学者的社会比较与社会认同化过程和认同解构

作为知识行动者，个体总要去评价和界定自身的能力和价值。而这种价值的体现和群体身份的显著意义，只有在基于群际行为的比较中，才能呈现出来。谢里夫（M. Sherif）将群际行为界定为："一个或多个行动者对另外的一个或多个行动者所表现出来的行为，这种行为基于行动者对其自身的认同化，并且把他人看成是隶属于不同的社会范畴。"③ 改革开放初期，我国教育的重建需要大量了解外国的教育，这个时候，一部分外语较好的教育学者承担起了这份重任，积极从事外国教育的翻译、比较和引进工作，为我国的教育决策和教育改革做出了重要贡献。这一时期，我国的比较教育学科在理论上还尚属起步，谈不上形成成熟的体系。但是，这一时期的比较教育学者并没有今天这样严重的群体身份范畴化的危机。这是因为在和其他教育群体的比较中，比较教育学者群体具有很强的群体特异性（group distinctiveness），比较能够使比较教育学者将自身与他者分开，彰显我属群体的价值。这是一种积极的比较，按照泰弗尔和特纳的解释，这是一种产生高声望的积极的分散比较（discrepant comparison）。

泰弗尔和特纳在其经典论文《群际行为的社会认同论》中提出了群际比较的普遍假设和一般原则，在此基础上，他们主张，在具体的社会情境中，有三类主要变量会影响到群际分化。第一，"个体必须将其成员身份已

---

① 项贤明. 比较教育学的文化逻辑 [M]. 哈尔滨：黑龙江教育出版社，2000.
② 顾明远，薛理银. 比较教育导论 [M]. 北京：人民教育出版社，1999.
③ 泰弗尔，特纳. 群际行为的社会认同论 [J/OL]. 方文，李康乐译. http://yuanpei.cn/forum/showthread.php? p=62943.2009—2—24.

经内化为其自我概念的一部分：即他们必须在主观上认同相关的内群体。而他人的界定是不够的"。其次，"社会情境必须允许群际比较的存在，这种比较使选择和评价相关的关系品质成为可能"。第三，"内群体，并不是将自身和所有认知上可资利用的外群体进行比较：可比较的外群体，必须被看成是一个相关的比较群体。类似性、接近性和情境显著性，都是决定外群体可比性（comparability）的变量"。① 随着比较教育学科和相关学科的发展，目前影响比较教育学者群体的自我范畴化的因素发生了变化。学科的逻辑即"特定领域知识"的严密、完整在对学者身份的范畴化过程中日益彰显其核心地位。比较教育学者也充分认识到了这一点。因此，虽然根据学科制度的安排，在比较教育学科组织机构中从事研究的学者被他人认为是比较教育学者。但是，群体中的知识行动者只有当其把自己范畴化为比较教育学者，与外部界定相符，才能真正具有群体成员的身份。学术的相互交往和借鉴、学科之间边界的渗透，使比较教育学科在进行范畴化的过程中不仅要和相关的教育学科进行比较，也要和其他相关的社会学科，尤其是比较性的学科进行比较。除此之外，还存在着中外比较学科之间的比较问题。这种比较不仅必要，而且在信息化时代也已成为可能。通过这样的社会比较过程，如果比较教育学者将其成员资格内化为自我概念的一部分，建立了对其群体的积极的认知评价、情感体验和价值承诺，形塑内群和外群之间的符号边界，就实现了自身范畴资格的社会认同化过程。群体资格的认同建构获得之后，它必然还要通过规则化的社会行为不断彰显出来，这是一个动态发展的过程。从比较教育学科发展的历史来看，比较教育学者的群体社会认同和群体符号边界在比较教育学科的实践中不断地生产和再生产。

如果在社会比较的过程中，比较教育学者不能实现社会认同，就会导致认同解构。它意味着比较教育学者对自己的群体资格不再有认同感，并力图离开这个群体，加入更好的群体中，或者力图使已属群体变得更好。因此，认同解构必然伴随的是认同重构。泰弗尔和特纳勾画了这一过程的三种策略。第一，"个体流动（Individual Mobility）：个体会试图离开或脱离以前的所属群体"。这种流动意味着对以前所属群体的认同解构，并且认为群体之间的边界具有可渗透性。莱曼因（Madeleine Lemaine）也指出"进入一个新领域的科学家往往来自那些近期的研究成果的重要性正在显

---

① 泰弗尔，特纳. 群际行为的社会认同论［J/OL］. 方文，李康乐译. http://yuanpei.cn/forum/showthread. php? p=62943.2009—2—24.

著下滑的研究领域"。① 目前，这种现象在比较教育学者中比较显著，有的比较教育学者已经使自己成功地脱离了以前所属群体，而具有了课程论学者、民办教育学者、高等教育学者等范畴的资格。但针对这种现象的出现便认定比较教育学研究的重要性正在下滑还不够客观。因为，他们在研究中并没有抛弃原来的比较教育的研究范式。因此，在知识体系上，还带有比较教育学这个"特定领域"的知识的群体范畴资格。第二，"社会创造性（Social Creativity）：通过重新界定或改变比较情境的因素，群体成员可为内群体寻求积极的特异性"。比较教育学者通过重新界定学科内涵、学科边界等行为，便属于这种策略的运用，但是，"它并不包含群体实际的社会位置或对客观资源的接近上有任何改变"。第三，"社会竞争（Social Competition）：群体成员可通过与外群体的直接竞争而寻求积极的特异性"。② 泰弗尔和特纳认为，这种策略的基本信念基础是社会体系中的群体之间的边界没有可渗透性。这一点不能得到比较教育学者的认同，事实上，比较教育学科与教育的相关学科有很强的渗透性。比较教育学者的社会竞争策略主要是加强自身的学科理论建设和学科知识在教育实践中的应用价值。

三、比较教育学者的交叉群体资格以及比较教育学者身份的重构

社会认同倾向于群体之间的差别和竞争，认知上的范畴化导致内群偏好（in-group favouritism）和外群敌意（out-group hostility）。但是群际关系不只是有冲突、偏见和歧视。社会理论学家研究群际关系的目的是促进群际和谐。他们提出的策略是在接触假设的基础上，操纵或重构社会认同。

奥尔波特（G. W. Allport）在《偏见的本质》中提出了消除偏见的建议——接触假设。奥尔波特认为，增加群际成员之间的接触就能减轻或降低群际敌意和冲突。但促进接触需要至少三个条件的支撑。第一，以合作性活动为中介建构长时间的积极的相互依存。第二，以正式的制度性框架支持融合性政策。第三，接触应当是同等社会地位的人。③ 以此为解释框架，比较教育学者与相关学科学者之间的制度性接触满足这三个条件的界定。如，我国的新课程改革，就通过行政命令的形式把包括比较教育学者

---

① 马太·杜甘. 比较社会学［M］. 李洁等译. 北京：社会科学文献出版社，2006. 254.

② 泰弗尔，特纳. 群际行为的社会认同论［J/OL］. 方文，李康乐译. http://yuanpei. cn/forum/showthread. php? p=62943. 2009—2—24.

③ 方文. 学科制度和社会认同［M］. 北京：中国人民大学出版社，2008. 85—86.

在内的其他教育学科的学者，教育实践者等汇聚在一起，这其实是多个范畴的交叉。虽然在学术上的分歧在所难免，但是，群际之间的区别在这里已经不是主要的方面，在新的融合中都各自拥有了新的群体身份——课程改革研究者。在这里突出了群体成员的另一个特点，那就是交叉群体资格的出现。又如，世界比较教育大会和中国比较教育学会的年会的召开，从参会的会员学术背景看，教育各个领域的学者都有，而在比较教育组织机构里工作的学者并不占多数。通过一些合作性活动的开展，比较教育学者在对具体教育问题的参与中拥有了其他领域的一些群体的身份，而其他教育学者在参与比较教育的学科建设和未来发展的研究中也拥有了比较教育学者的身份。教育学科之间的融合性和渗透性可见一斑。

方文考察了"identity"从"同一性"到"认同"的含义转变的历史过程①。"identity"已经裂变为"identities"，单数同一性裂变成了复杂的复数认同，"空洞、抽象而整体性的社会语境以及与之对应的整体性的自我同一性，裂变为独特、丰富而具体性的社会力量以及与之对应的动态而丰富的多元认同"②。认同是"行动者对自身独特品质或特征积极的认知评价、情感体验和行动承诺"③，而这些独特品质或特征，就是独特的"群体资格"。因此，认同和群体资格之间是有区别的，前者是主观价值负荷的建构，后者是价值中立的客观事实。用客观上的群体资格概念来解释比较教育学者主观上的认同困境可能是目前的最佳路径。

根据泰弗尔和特纳的界定，群体"为一些个体的集合体，这些个体把其自身觉知为同一社会范畴的成员，并在对自身的这种共同界定中共享一些情感卷入，以及在有关其群体和群体成员身份的评价上，获得一定程度的社会共识"④。因此，群体的界定和群体成员资格的获得，是主观和客观交互作用的结果。群体资格可以进一步理解为是行动者在社会分类体制中所获得的群体成员特征。群体资格是社会认同的来源。由于种种社会力量对行动者的形塑，行动者加入不同的群体而获得不同群体的成员资格，并在这一过程中建构或解构对应的社会认同。"不同学科的学者，从自身学科的理智脉络出发，就有可能来揭示独特而具体的社会力量如何雕刻在行动者身上，而形塑行动者相对应的独特品质，实质上也就是特定的群体成

---

① 方文. 学科制度和社会认同 [M]. 北京：中国人民大学出版社，2008. 145—148.

② 方文. 学科制度和社会认同 [M]. 北京：中国人民大学出版社，2008. 148.

③ 方文. 学科制度和社会认同 [M]. 北京：中国人民大学出版社，2008. 148.

④ 泰弗尔，特纳. 群际行为的社会认同论 [J/OL]. 方文，李康乐译. http://yuanpei.cn/forum/showthread.php? p=62943. 2009—2—24.

员资格"①。当前学术的发展是朝专业化和综合化两极发展，很多领域的专家只限于拥有单一学科的群体资格。但是，学术综合化发展的趋势，尤其是跨学科领域的研究，比如区域研究，全球化研究等等，使研究者拥有多重的群体成员资格。比较教育学者从事的是教育研究，大多数研究者必然选取教育的某一领域进行比较研究，因此，在研究过程中拥有该领域的群体资格，同时，比较教育学者在比较教育学的教学、研究机构中接受规训，拥有了比较教育学者的群体资格。只有单纯从事比较教育学科理论研究的学者不具有这种多重学术群体的资格。虽然大多数比较教育学者具有多重学术群体资格，但是，这些群体资格之间是存在权重差别的，其中的影响因素就是对群体资格的实体性感知上的差别。方文指出，"高实体性群体，会被感知为真实的社会实在，而不是社会建构"②，比较教育学者的多重群体资格身份之间也是存在着实体感知上的差别的。

因此，交叉学科资格并没有取消原有的比较教育学者的群体范畴化资格，就像交叉学科或跨学科还没有取代原有的学科一样。学科的发展，虽然已经造成了对比较教育学者的群体范畴化的外部质疑和内部认同的解构现象，但是致力于重建比较教育学者和其他教育学者之间的符号边界的努力仍在继续。学科在本质上来说是一种知识资本，权力资本和经济资本都是以知识资本为依附的。而在特定的场合，比较教育学者的哪种群体资格被激活，实质上就是多元群体资格的行动者在特定的情境下行动者的社会知识体系中"领域特异"的社会范畴的激活和启动问题。

第三节　比较教育学的实践认同
——以教育全球化为例

比较教育学自创立以来便以改进教育实践为目的。从第一章的内容统计和内容分析可以看出，比较教育学的实践旨趣更甚于理论旨趣。改革开放后，我国教育的每一次重大改革，都是以比较教育家的积极参与和比较教育研究为基础的。在改革开放初期，比较教育学在介绍国外的教育理论、教育实践等方面为我国的教育理论和实践在资料建设和实践参照上做出了重要贡献。但是，当原来属于比较教育学的领域已经被僭越，不能再成其为身份认同的标志，比较教育学与教育学的其他领域之间呈现出上一章第

---

① 方文. 学科制度和社会认同 [M]. 北京：中国人民大学出版社，2008.145—148.

② 方文. 学科制度和社会认同 [M]. 北京：中国人民大学出版社，2008.148.

三节中出现的交叉、重合关系时，我们已经很难再说出教育中的哪些领域是比较教育学的专属领域。这是以方法作为分类的学科在面临以教育问题研究提问时的尴尬。比较教育学对教育实践的研究面面俱到，却都没有深入，也就没有形成厚重的"历史性"。

庆幸的是，比较教育的起源给我们提供了另一条探究比较教育研究与教育实践的关系的线索。比较教育学与教育实践的密切关系是在教育现代化需要出现之后。比较教育学的产生是现代大工业生产和社会现代化推动下的教育现代化的必然要求，并且比较教育学自产生之日起，便以建立现代教育制度为使命，把促进民族、国家的教育现代化作为学科工作的核心。正是比较教育在积极参与现代教育政策的制定、现代教育体制的建立和教育危机的解决的过程中，比较教育才在实践与理论的相互提升中获得了发展，并且建立了比较教育研究在教育现代化研究中的先驱性地位。冯增俊教授在 1996 年出版的《比较教育学》一书中详细阐述了比较教育学与教育现代化之间的关系。他从历史比较意义和国际比较意义上区分了两种教育现代化的含义。在前一种意义上，教育现代化是对一切有关现代教育改革和发展的总称；在后一种意义上，是指"后进国家通过改革传统教育，推进教育发展，使之赶上先进国家教育水平的历史进程"①。现代教育的各个学科的研究都涉及前一种意义上的教育现代化研究，而比较教育则是从国际比较的角度重点关注后一种意义上的教育现代化研究。这种教育现代化研究从初期起，是以西方的教育为模板，战后新独立国家通过积极的学习和借鉴教育模式，希望通过发展教育，缩小与西方发达国家之间的差距，达到办教兴国和促进社会现代化的目的。

全球化分析框架虽然从 20 世纪 60 年代便开始逐渐发展，比较教育中的"依附论"和"世界体系分析"等研究方法也属于这类研究。但是，直到 20 世纪 90 年代，全球化才成为学术界的流行术语，教育现代化才真正发展到了教育全球化阶段。可以说，教育全球化研究继续了教育现代化研究，"全球化本身仍然是现代化进程的延伸，是现代性在全球扩展过程的一部分，或者直接就是现代化进程的一个重要历史阶段"②。

一、全球化研究的特点

对于全球化，学术界迄今为止还没有统一的定义。吉登斯在与赫顿

① 冯增俊. 比较教育学 [M]. 南京：江苏教育出版社，1996. 263.

② 项贤明. 比较视野中的教育现代化进程 [J]. 比较教育研究，2007，(12)：6.

（Will Hutton）讨论"全球化是否是美国化"时指出，"全球化是指一个由各种变化组成的复合体，而不是单个的某种变化"①。对于这种综合性的价值中立的描述，几乎没有人持异议。学者从不同的角度对全球化进行界定，比如经济学的、政治学的、意识形态的、文化的和生活方式的等等。持全球趋同论的学者认为全球化是一种"全球关联、全球规模的社会生活组织的扩展与全球意识的增长，以及由此而来的世界社会的凝聚"②。类似地，比特斯（Pieters）写道："全球化最通常的解释是这样的观念，即通过源于西方的技术、商业和文化同步化，世界变得更加统一和标准化，并且全球化是与现代性联系在一起的。"③ 与这种全球化观念相关的概念便有"世界公民主义"（Cosmopolitanism）、"全球统理"（Global Governance）、"全球地方化"（Glocalization）、"时空压缩"（Time-space Compression）、"普世主义"（Universalism）等。与此相对，认为全球化是向"同"与"异"两个方面变化的学者则认为全球化的核心概念还包括"多元文化主义"（Multiculturalism）、"个别主义"（Particularism）、"边缘"（Periphery）等。对此，罗兰·罗伯森（Roland Roberson）写道："全球化涉及那些习惯上被叫做'全球的'和'地方的'，或者——用一种更抽象的说法——普遍的和特殊的东西的同步进行和相互渗透"④。

如今，全球化的观念几乎渗透了人类社会事务研究和人自身发展研究的所有角落，各种论及全球化的文章和著作的面世显示了这一概念在学术领域炙手可热的程度。面对在不同领域全球化不同内涵的运用，美国学者辛克莱（Leslie Sklair）在《相互竞争之中的多种全球化观念》一文中指出"全球化理念的核心特征在于，当下的诸多理论问题已不可能在民族国家的层面，即以单一国家和与其相关的国际关系为平台展开有效的研究，因此，这些问题必须放在全球的视野里予以考量"⑤。辛克莱认为，理解众多论及全球化文献的中心问题在于明确区分"全球化"与"国际化"，而一些学者在论及全球化时，其实是在将二者混用，而实际上，"'国际'指的

---

① 威尔·赫顿，安东尼·吉登斯. 在边缘——全球资本主义生活 [M]. 达巍等译. 北京：生活·读书·新知三联书店，2003.67.

② 梁展. 全球化话语 [G]. 上海：上海三联书店，2002.286.

③ 安迪·格林. 教育、全球化与民族国家 [M]. 朱旭东，徐卫红等译. 北京：教育科学出版社，2004.170.

④ 安迪·格林. 教育、全球化与民族国家 [M]. 朱旭东，徐卫红等译. 北京：教育科学出版社，2004.170.

⑤ 莱斯利·辛克莱. 相互竞争之中的多种全球化观念 [A]. 梁展. 全球化话语 [G]. 上海：上海三联书店，2002.30.

是以现存甚至变化中的民族国家体系为基础的使人困惑的全球化概念；而'全球'指的是不以民族国家体系为基础的过程的凸显和社会关系体系"①。但是，问题在于，大多数社会学理论和研究分析单位都是建立在特定国家内的次级体系，如教育、经济、政治、宗教、文化等之上或者是国家与国家之间比较的基础之上的。虽然如此，大多数全球化论者并没有否定国家是社会学分析的重要单位，但是可以肯定的是已经不再是唯一的重要单位，更有甚者，认为民族国家的重要性已经在某些基本层面让位于其他全球性的理论，很多学者认为强调环境保护能对"国家中心论"概念进行修正，从而鼓励我们把工作"提升到全球的层面"。

以上在全球化概念中关于"趋同"与"趋异"的研究，以及由此衍生出来的"全球化"与"本土化"等相对的描述现代世界的概念体系，以及社会学中关于研究单位由民族国家向其他一些分析单位的转向，在人文社会科学的研究中都被广泛地运用，尤其是在比较性的学科中，这两个分析手段正在导致这些学科领域研究范式的变革。除此以外，社会学全球化研究中常用四种方法——世界体系研究法、全球文化研究法、全球社会研究法、全球资本主义研究法②等都正在成为比较性学科方法论的支柱。

二、我国的教育全球化进程

1. 教育全球化的内涵和特征

进入 21 世纪以来，教育全球化研究受到了极大的重视。2002 年，比较教育学专业的核心期刊《比较教育研究》刊发了"全球化与教育改革专刊"，2005 年，《教育发展研究》也举办了"教育全球化"专题。而邬志辉以"教育全球化"为研究主题的专著也于 2004 年正式出版。在论者对教育全球化的界定中，以全球"趋同"论为主，比如，杨明认为，教育全球化是获致和深化教育现代化过程的一种社会存在，"是人类社会的教育不断跨越空间障碍，制度和文化的社会障碍，在全球范围内实现充分沟通（物质和信息的）和达成更多共识和共同行动"③。与此相似，有论者认为"教育全球化是全球所有区域间，为了实现教育行为的一体化，克服了地界限制与差别的，相互联系、相互依存的教育活动的发展过程和现象

① 莱斯利·辛克莱. 相互竞争之中的多种全球化观念 [A]. 梁展. 全球化话语 [G]. 上海：上海三联书店，2002. 30.

② 莱斯利·辛克莱. 相互竞争之中的多种全球化观念 [A]. 梁展. 全球化话语 [G]. 上海：上海三联书店，2002. 35—46.

③ 杨明. 教育全球化对中国教育意味着什么？[J]. 教育发展研究，2003，（2）：44.

系统"①。教育全球化是"世界各国教育高度渗透、高度融合，逐步形成世界教育整体的进程和趋势"②。在教育全球化专著中，邬志辉博士从传播学、经济学、文化学、生态学、政治学等方面分析了对全球化的界定模式，指出了人们其实是在多种含义上使用"全球化"一词。而对"教育全球化"，他通过将其与"教育国际化"、"教育跨国化"、"教育超国化"的比较，说明"教育全球化"是以"全球—人类"为分析单位的，教育全球化是"教育资源的全球流动、教育活动受全球趋势影响以及各国应对全球化进程的一种教育现象"③。从起源上看，教育全球化是在经济全球化背景下衍生的概念，反映在国家教育行动上，则是体现为"各国教育政策的制定越来越受全球共同认可的教育价值观的影响，关注人类未来共同的发展和命运；各国教育活动的开展越来越倾向于使学生理解国际复杂系统的能力，形成全球概念，学会共同生活"④。

问题在于，认为教育全球化就是教育"趋同"，而"趋同"是谁"趋"谁的"同"，"同"的标准是由谁制定和以什么方式制定的。这里存在着两种思维方式，一种是"中心—边缘"和"先进—落后"的二元对立方式，这种思维方式实际是"依附论"和"世界体系分析"中所指的"核心"、"半边陲"和"边陲"的国家地位和发展状况在全球化时代的继续。它体现处于依附地位的国家在全球化时代对西方模式持续的仿效和移植，对它们来说，西方仍然是先进的模板，是实现现代化的唯一道路。当赫顿在问吉登斯"全球化是否就是美国化"时，在他的话语中就包含了这种现象和对这种现象的质疑，而吉登斯的回答则反映了全球化时代的另一种思维方式。他对赫顿的问题作了否定的回答，他说，"全球化是指一个由各种变化组成的复合体，而不是单个的某种变化"⑤。这种观点代表了全球化是一种多元共存的思维方式。它承认每个民族、每个国家在教育现代化和教育国际化过程中的自主选择和特有模式。它是以摧毁西方话语中心为基础的，西方的发展模式所具有的"普遍性"也只是历史性和地域性的"普遍性"，

① 李丽华. 二十一世纪教育发展的一个基本态势：教育全球化 [J]. 河北理工学院学报（社会科学版），2003，（3）：120.

② 刘康宁. 教育全球化——世界教育发展的新思考 [J]. 昆明理工大学学报（社科版），2001，（3）：80.

③ 邬志辉. 教育全球化——中国的视点与问题 [M]. 上海：华东师范大学出版社，2004.29.

④ 邬志辉. 教育全球化——中国的视点与问题 [M]. 上海：华东师范大学出版社，2004.29.

⑤ 安东尼·吉登斯，威尔·赫顿. 安东尼·吉登斯，威尔·赫顿对话录 [A]. 威尔·赫顿，安东尼·吉登斯. 在边缘——全球资本主义生活 [G]. 北京：生活·读书·新知三联书店，2003.67.

非西方话语的"特殊性"其实也是蕴含普遍性的"特殊性"。

由于教育全球化的研究还主要集中在高等教育领域，由此带来的相关概念就是高等教育全球化的"市场"、"竞争"、"选择"和"商业"等问题。为此，朱旭东从意识形态的角度分析指出教育全球化实际上是新自由主义借全球化之力在世界范围的传播。新自由主义教育政策实质上是新自由主义经济政策价值观的延伸，它主要表现在市场化、私有化、放权或解制、选择、竞争和问责、质量、标准、伙伴、有效性等。而这种看似公平的关系却是建立在不平衡的国际关系秩序之上的。因为，每一种教育标准和课程的制定和推行，背后都隐藏着强烈的民族国家利益。"国家认可的教育在所有国家实质上都是维护和利用现存社会秩序的工具，它反映了权力决策者的利益和关注"，① 教育全球化也概莫能外，是西方国家推行其意识形态和维护其国家利益的手段。因此，中国应该从维护自己国家教育主权的角度，在保障社会公正和社会和谐的基础上，根据自己的情况参与制定教育全球化的游戏规则。而事实上，教育全球化只有在民族国家教育体系已经完善，国家教育权牢牢地控制在民族国家手中的基础上才能推行教育市场化、教育私营化、教育选择和教育竞争。目前，只有西方国家才能真正做到这一点，而对于中国目前的教育发展状况，必须在坚持教育公益性原则的基础上制定公共教育政策，而不能因为全球化"趋同"的市场化而损害了教育的公益性。② 邬志辉也提出了全球化进程中中国教育面临的三大问题，即教育全球化的经济倾向对教育公平理念的冲击，教育全球化的殖民化倾向对公民身份认同的消解，以及教育全球化的弱控化倾向对国家教育主权的侵蚀等。这些问题都需要我们在面临全球化时予以理性的思考并提出解决策略。③

狄巴加（Dibajaz）曾这样说："全球化方案主要是以西方的声音所提出的假设和所作出的反映为基础的。在一个全球化的世界，各个社会是在一个新的旗帜下被邀请来庆祝第三个千年的来临，这个旗帜就是：如果你不能变成像我们这样，那么你可以和我们一起或者在我们的领导下去生

---

① La Belle, J. Thomas and Christopher R. Ward. Multiculturalism and Education: Diversity and Its Impact on Schools and Society [M]. New York: State University of New York Press, 1994. 70.

② 朱旭东. "教育全球化"的意识形态批判 [J]. 教育发展研究，2005，(9)：21—25.

③ 邬志辉. 教育全球化——中国的视点与问题 [M]. 上海：华东师范大学出版社，2004. 257—266.

活"①。由此可见，教育全球化是柄双刃剑，教育全球化的趋势无可避免。不管如何选择，我们已经生活在全球化的语境中，"生活在一个大部分社会生活都由全球化过程决定的时代，生活在一个民族文化、民族国家经济和国家边界正在消失的时代"②。如果因为我们在教育全球化过程中教育政策的失误或在当前体现出过多的非"公益性"，那么只能导致教育的停滞和退步。发展只能在交往和不断地解决出现的矛盾的过程中取得。吴华通过考察教育全球化的基本形态和历史进程提出了"全球定位战略"，其要点是"共享全球教育资源"和"开拓全球教育市场"，"全面、主动、积极和尽快开放一切教育服务领域，在全球范围内共享优质教育资源，特别是积极鼓励国外资金投资中国教育"。从内在发展动因看，教育全球化适应了组织和个人获得生存优势和其他一些基本价值的追求，教育全球化的步伐不会停止，教育全球化的"全球定位战略"对国家中长期的战略安全具有重要意义。③

2. 我国的教育全球化进程

诚然，教育全球化是在西方的新自由主义意识形态和经济全球化主导下的教育现象。但是，由于教育在很大程度上属于文化传播领域，因此教育的全球化程度呈现出了比经济和贸易更迅速和更深刻的态势，"在某种意义上，文化领域的全球化趋势是确定无疑的。毫无疑问，新的信息技术已经使简单、经济、快速的通讯飞速发展，并且给整个世界范围内的观念、信息和文化产品的全球流通开创了前所未有的通道"④。文化无国界和文化的普遍主义特质以及文化的渗透性使文化很容易地在世界范围内得到了传播，不管你的态度是拒绝还是接受，它已经在你心中。而现代通讯技术的迅捷和廉价更是在文化的全球化过程中起了主导作用。教育作为文化的传承和创新的主要领域，作为与政治、经济、社会等系统紧密联系和相互促进的领域，在全球化时代发生深刻的变革便是必然的趋势。

在教育现代化的历程中，我国属于"后发外生型"国家，其发展主要

① Zuhair. Dibaja. Globalization: The Last Sky [A]. In Cristobal Kay (ed.). Globalization: Competitiveness and Human Security [G]. London: Frank Cass & Co. Ltd., 1997. 111—112.

② 保罗·赫斯特，格雷厄姆·汤普森. 质疑全球化: 国际经济与治理的可能性 [M]. 张文成等译. 北京: 社会科学文献出版社, 2002.

③ 吴华. "教育全球化"与中国教育发展的全球战略 [J]. 教育发展研究, 2005, (9b): 13—18.

④ 安迪·格林. 教育、全球化与民族国家 [M]. 朱旭东, 徐卫红等译. 北京: 教育科学出版社, 2004. 177.

是在改革开放后，通过政府主导下的思想领域和制度领域的拨乱反正和积极重建，确定了教育在国家发展和社会现代化中的战略地位，以突破苏联模式向多元模式转换，并努力寻求中国特色的社会主义教育现代化道路和模式。改革开放 30 年来，我国已基本在教育制度与管理、教育结构体系、教师队伍、教育思想观念和教育技术等方面向现代化快速推进，并且在经济结构的现代化和整个社会的全面现代化之间不断地调整和完善。

由于我国历史的特殊性，从 19 世纪 40 年代开始的教育现代化进程是和教育全球化进程交织在一起的。在新中国成立之前，教育全球化进程主要是以西方国家为模板的学习和借鉴过程。在这期间，西方先进教育的代表——教会学校、洋务学堂、各级各类学校在我国兴起，传教士、欧美教习、日本教习等外籍教师在新式学堂中出现。这一时期，政府在留学运动中起了主导作用，其主要表现有洋务运动时期的留学生派遣，以及后来波澜壮阔的留学日本的运动和留学欧美的运动。在教育思想方面，除了对外国教育书籍的翻译外，还出版了研究西方教育的论著，比如：《德国学校论略》、《七国新学备要》、《文学兴国策》等。同时，外国政府和民间也有对华投资，政府方面有庚款兴学引发的相关留学活动和清华学堂的创立等，而民间资金中著名的是洛克菲勒基金会在中国的教育活动。这些教育交流活动虽然都体现了教育的国际交流性质，但是由于经济和政治制度的落后，这种交流是完全不平等的西方主导的"先进—落后"交流模式。新中国成立后，对外教育交流曾出现过"一边倒"的亲苏政策，改革开放后才确立了全方位对外教育交流的政策。新时期下，我国广泛开展了政府间的双边教育交流活动，我国与国际组织尤其是联合国下属的有关机构建立了密切的多边教育合作，中国与世界银行在教育项目方面展开多项合作，民间性质的中国教育国际交流协会经常举办国际学术会议和开展国际教育项目合作等。除此以外，随着 1987 年国家对外汉语教学领导小组的成立，对外汉语教学也进入了一个蓬勃发展的新阶段。新时期，以比较教育学主导的外国教育文献的翻译和研究掀起了介绍国外教育的高潮，对我国教育思想、观念、我国教育学的学科建设和学术领域的国际交流起到了主要作用。2001 年，中国加入世界贸易组织，这标志着教育服务正式成为一项贸易活动加入了国际竞争，中国的教育全球化进程在新世纪进入了新的发展阶段。

教育全球化的进程是在全球化观念主导下的全方位的教育改革和创新过程。全球化观念是一个内涵丰富的概念。有学者综合国内外学者关于全球化的研究，总结了全球化观念的内涵①：其一，现代科技带来的时空上的压缩反映了国际社会相互依存的加深。其二，全球化张扬了以整体性思维与视角观察和分析当代人类社会生活，处理人类的各种关系与事务的时代要求。其三，全球化提出了协调人类共同利益与国家利益的历史性课题。其四，全球化的国际合作强化着国际机制的作用。其五，全球化主要是经济的全球化，融入经济全球化是实现国家发展的必然选择。其六，全球化的新自由主义导向助长世界发展的不平衡提出了使全球化人性化和公正化的伦理要求。其七，全球化在扩大相互依赖的同时，也提出了全球风险的问题。其八，全球化冲击并挑战着国家主权，理性地定位国家与非国家行为体的关系使国家在全球化时代面临治理权的方式变革。全球化观念中既体现了全球化带来的全球福祉，同时也提出了伴随而来的发展不平衡、全球风险和国家主权弱化及国家治理方式转型的问题。全球化观念渗透在中国改革开放的全过程，它对我国教育领域对外战略的制定产生了深刻的影响。

教育全球化的标志主要是全球性的教育现象、留学生规模和跨国教育体系的建立。全球性的教育现象包括义务教育制度的设立和终身教育观念及全民教育观念的确立等。本文重点从制度体制方面介绍一下留学生教育和中外合作办学问题。

留学在我国有悠久的历史，国家对于我国公民到它国学习实行"支持留学、鼓励回国，来去自由"的留学政策。邓小平高度重视留学对我国提高科学技术和现代化水平的作用，他在1978年6月23日，对留学工作做出了指示，"赞成留学生数量增大，主要是搞自然科学"，"要成千成万地派，不是只派十个八个"，这些指示为我国留学生教育翻开了新的篇章。1979年1月，邓小平访问美国，与美国正式签订了中美互派留学生的协议。随后，赴英国、德国、法国、日本等发达国家的公派中国留学人员也陆续踏上了求学征程，掀起了中国近现代史上最大的出国留学热潮。1986年12月13日，国务院批转国家教育委员会《关于出国留学人员工作的若干暂行规定》的通知，成为改革开放以来第一份公开发表的关于出国留学工作的法规性文件。文件明确了派遣留学生的政策是对外开放基本国策的一部分，必须长期坚持。这一文件的颁布，标志着我国留学教育政策开始走向成熟。自1995年开始，国家对留学选派管理体制进行改革。国家教委在1995年2月举行的全国出国留学人员选派工作会议上，提出《改革国家

---

① 蔡拓. 全球化观念在中国的传播 [J]. 经济社会体制比较, 2008, (4): 57.

公费出国留学选派管理办法的方案》，1996 年 6 月，国家留学基金管理委员会正式成立，标志着政府职能的转变和使留学管理工作更趋于国际化的思路的形成。为鼓励留学生回国工作，1990 年以来，先后设立了"留学回国人员科研启动基金"、"高等学校优秀青年教师资助基金"、"春晖计划"、"长江学者奖励计划"等项目，并建立了 21 个"国家留学人员创业示范基地"。2003 年教育部设立了"国家优秀自费留学生奖学金"，并在 31 个国家实施，奖励优秀自费留学生 1 100 多人。留学人员回国工作或以多种方式为国服务，推动了我国经济社会的快速发展。我国从 1990 年开始实行"对具有大专以上学历的自费出国留学人员进行资格审核并收取高等教育培养费"的制度。国务院于 2002 年 11 月 1 日颁布了《关于取消第一批行政审批项目的决定》（下简称《决定》），此《决定》指出，从 2002 年 11 月 1 日起，不再向申请自费出国留学的高等学校在校生以及具有大专以上学历但尚未完成服务期年限的各类人员收取"高等教育培养费"。总的统计表明，从 1978 年到 2008 年年底，我国各类出国留学人员总数达 139. 15 万人，截至 2008 年年底，我国以留学身份出国仍然在外的人员近 100 余万[①]。与此同时，我国政府也颁布一系列政策和措施鼓励外国学生来华留学。1978 年在华留学生只有 1 236 人，而 2008 年已经达到 22. 35 万人，30 年增加了 180 倍。

中外合作办学是指国外组织、个人以及有关国际组织同我国具有法人资格的教育机构及其他社会组织，在我国境内合作举办以招收我国公民为主要对象的教育机构，实施教育、教学活动。1993 年 2 月，《中国教育改革和发展纲要》提出，"国家欢迎港、澳、台同胞和外国友好人士捐资助学。在国家有关法律和法规的范围内进行国际合作办学"，首次肯定了"国际合作办学"活动。1993 年 6 月 30 日，国家教委发出《关于境外机构和个人来华合作办学问题的通知》，明确指出：多种形式的对外教育交流和国际合作是我国改革开放政策的重要组成部分，有条件、有选择地引进和利用境外于我有益的管理经验、教育内容和资金，有利于我国教育事业的发展。1995 年 1 月 26 日，国家教委正式制定发布的《中外合作办学暂行规定》，这是关于中外合作办学的第一份正式章程。《中外合作办学暂行规定》指出，中外合作办学是指外国法人组织、个人以及有关国际组织同中国具有法人资格的教育机构及其他社会组织，在我国境内合作举办以招

---

① 教育部：30 年我国送出留学生 139 万百万仍在外［EB/OL］. http://www.moe.edu.cn/edoas/website18/leve13.jsp? tablename=1236646894826308&infoid=1238031194554206. 2009—3—23.

收我国公民为主要对象的教育机构，实施教育、教学活动。但是，境外组织和个人不得在中国境内单独举办以招收中国境内公民为主要对象的学校及其他教育机构。2003 年 3 月，国务院公布了《中华人民共和国中外合作办学条例》，中外合作办学的法制建设更加完善。与此相关，教育部也制定措施，鼓励高等教育境外办学。

三、我国教育全球化面临的问题与比较教育研究

在比较教育领域，顾明远和薛理银研究了"比较教育与教育国际化"问题，他们从"一体化世界与教育"、"教育国际化诸要素"（人员要素、财物要素、信息要素和结构要素）分析了教育国际化的表现，指出"在国际化时代，比较教育应该注重教育与国家发展之间关系的新特点，探讨教育与全球协调发展之间的关系"，并提出了比较教育在未来一段时期应当研究的十个方面的教育国际化课题。[①] 这些课题是：教育国际化与国家发展研究、教育国际化战略研究、国际教育关系研究、文化圈或经济共同体中教育相互作用的研究、国际教育的课程与制度研究、跨国学生流动问题研究、海外华侨与留学生子女教育的研究、全球课堂教育学研究、教育知识的国际化与本土化研究和比较教育的国际化研究。这里的教育国际化在内涵上和教育全球化没有区别，正如论者所说，在本文中，对"国际主义与全球主义的教育观点与问题不加严格区分"。[②] 教育国际化虽然强调国家之间，教育全球化强调全球视野，但是国家之间的关系最终也必须从全球视野进行考虑，全球的政治格局是由民族国家构成，教育国际化程度深浅也正是教育全球化发展进程的指标。

比较教育可以包含教育全球化研究的绝大部分领域。目前，在我国，比较教育中已经分化出了两个专门的领域，即国际教育与发展教育，形成了比较教育、国际教育与发展教育并列的局面。各种比较教育期刊上所刊登的文章包含了上述三个方面的内容，并且这三者之间在很大程度上是重叠的，很难区分。从发展趋势来看，很难有比较教育不包含国际教育、教育全球化、教育发展与国家发展、教育发展与全球发展的思想。教育全球化思想已经在很大程度上成了比较教育研究的主导思想。

---

① 顾明远，薛理银. 比较教育导论——教育与国家发展 [M]. 北京：人民教育出版社，1999. 338.

② 顾明远，薛理银. 比较教育导论——教育与国家发展 [M]. 北京：人民教育出版社，1999. 336.

在教育全球化的研究领域里，不管是理论研究还是实践研究，几乎每一个角落都要用到比较教育研究，比较教育研究无处不在，区别只是在于是学科制度中有确证身份的比较教育学者的研究，还是学科外的学者对比较教育研究的运用。因此，比较教育与教育全球化研究实际是二位一体的事，教育全球化实践也必须在比较教育研究的指导下进行。与此相随的是，教育全球化也不能排除其他知识领域的介入，比如哲学形态的研究、政治经济学的研究、伦理道德的研究等等，只是这些研究也必须是在一个普遍的跨文化、跨国界的"比较视野"中进行。正如格林在考察了发达国家的改革措施之后指出，"现在已经发展到这样的程度，改革建议都是参考了外国的先例而提出的，成千上万的国际出版物用于为其他国家（也可能为他们本国）的教育决策者解释每种民族性国家教育体系结构上的错综复杂性和比较成绩。"① 对于教育全球化而言，这既是由其内在的本质决定的，也是现代人文社会科学研究方法的新进展和学界对人文社会科学知识的认可方式所决定的。由此，我们已经无需讨论比较教育与全球化教育实践之间是否存在关系的问题了。我们所关注的只应该是在不同的社会历史时期，比较教育学应该研究教育全球化实践的哪些方面，应该在教育全球化的理论建设方面做出哪些贡献。这就是说，比较教育学必须集中于当前我国教育全球化以及世界教育全球化的理论和实践之中的问题。

1. 全世界教育体系的普遍趋同与民族国家的教育体制改革问题

全世界教育体系趋同的趋势是既存的事实。格林从教育与经济和社会问题的角度出发，认为"发达国家的决策者同其他国家的决策者一样，面临类似的经济和社会问题。他们为了这些问题寻求其教育上的解决办法，这无疑使各国的教育体系紧紧地拴在了一起"②。并且，他明确指出了全世界教育体系普遍趋同这一重大事实，这种趋同主要表现在教育"广泛的结构和目的"方面。英格尔斯（Alex Inkeles）和赛洛维（Larry Sirowy）也发现了教育在六个方面趋同的证据，即"观念的和法定的、结构的、人口统计的、管理和财政的、动力的、课程的"③。当前世界体系表明，不管是教

---

① 安迪·格林. 教育、全球化与民族国家 [M]. 朱旭东，徐卫红等译. 北京：教育科学出版社，2004. 190.

② 安迪·格林. 教育、全球化与民族国家 [M]. 朱旭东，徐卫红等译. 北京：教育科学出版社，2004. 191.

③ 安迪·格林. 教育、全球化与民族国家 [M]. 朱旭东，徐卫红等译. 北京：教育科学出版社，2004. 191.

育全球化还是地方化，都是在民族国家作为单位主体的基础上进行的，民族国家的一系列教育体制的改革是保障推动或抑制教育全球化的关键。当教育全球化作为民族国家的自主行动时，必将出台与之对应的一系列的体系规则。"规则是社会体系的基本因素……凡人类交往之处，无不存在着社会体系。没有规则来规定角色，来规定可接受之行为的共同界限，这种交往根本就不可能。"① 教育的全球化展望，首先建立在部分国家之间、然后扩展至更多国家之间教育的相互关系之上，这些国际关系需要由一系列的规则和机构来界定。民族国家在教育全球化过程中不得不改革教育体制以及建立新的适应国际组织的制度措施，而这些改革涉及国家内、国家间以及超国家组织之间的冲突和融合关系。比较教育在全球化时代必须继续教育体制的全球比较研究，为我国的教育体制改革问题发挥作用。

2. 教育服务贸易开放的相关问题

1994年乌拉圭回合结束，缔结了《服务贸易总协定》（GATS）。《服务贸易总协定》对包括教育在内的服务贸易作出了明确的定义：其一，跨境交付。即由某一缔约方的服务提供者在其境内向任何其他缔约方境内的服务消费者提供服务，以获得报酬，如一方向另一方提供的远程教育等。其二，境外消费。即一缔约方服务提供者在其境内向其他任何缔约方的服务消费者提供服务，以获取报酬，如接受外国留学生等。其三，商业存在。即一缔约方的商业实体为任何其他缔约方境内的存在提供服务，其存在形式可以采取独立法人形式，也可以是一个分支机构或代表处，如外国教育机构在另一国建立教育机构等。其四，自然人流动。即一缔约方的自然人在其他任何缔约方境内提供服务，如一国的教师到另一国从事个体服务等。教育作为服务贸易的一部分，在经济全球化形势下得到了快速发展。"教育全球化"在中国加入世界贸易组织之后为中国教育发展在政府公共教育投资之外增加了新的教育资源，从而为中国教育实现快速健康发展提供了新的机会。这些机会的实现有以下几种方式：第一种方式，外国资本在中国投资办学；第二种方式，在国外接受正规教育和职业培训；第三种方式，接受国外教育机构基于互联网的远程教育；第四种方式，在全球聘请优秀教师；第五种方式，利用国外知识产权。

毋庸置疑，这种世界性的贸易服务是建立在教育起点和资源都极为不平等的世界体系之上的。发达国家无论是在教育贸易输出还是在高级人才

---

① 维纳·桑多兹. 全球化与规则的演进［A］. 梁展. 全球化话语［G］. 上海：上海三联书店，2002. 159.

的吸引方面都占据无可比拟的优势。从上文的数据统计可以看出，无论是出国留学生还是来华留学生都是一个庞大的数字，而中外合作办学近几年也迅猛发展，其他方面的人员、知识产权等方面的教育服务也大量涌现。这是教育全球化的重要标志，也是比较教育不能回避，并大有作为的研究领域。

3. 创建世界一流大学问题

尽管目前我国出国留学生出现年龄偏小，就学机构涉及基础教育和中等教育的现象，但总的来看，教育全球化仍主要集中在高等教育领域。从教育全球化的主要标志来看，发达国家之所以在这个过程中占据优势，是和他们所拥有的世界一流大学在学术、科研、师资、学术传统等方面的优势和历史积淀分不开的。中国要改变自身在教育全球化中的功能位置，必须要建设一批世界一流大学，提高本国教育在世界教育体系中的地位，并且通过世界一流大学的建设来带动本国的教育发展。但什么是一流大学，一流大学的标准有哪些，一流大学是如何形成的？这是教育全球化时代摆在我国教育研究面前的重要问题。无疑，一流大学主要集中在西方国家，我们既然要以它们为模板进行模仿或创新，必须以比较的视野进行系统研究，才能使我们在实践中少走弯路。

4. 教育全球化与多元化的问题

沃勒斯坦在《作为一种文明的近现代世界体系》中指出，文明有单数的文明和复数的文明两种含义。前者是在普遍话语主导下的逻辑表述，指的是不像"动物"和减少"野蛮"的进程和结果。而对于后者，"一种文明是世界观、习俗、组织结构和文化（既包括物质文化也包括高级文化）的某种特殊组合，这些成分形成某种历史整体，并与这种现象的其他多种形式（尽管并不总是同时地）共存。"[①] 现代社会，由于普遍主义和族群主义的对立，这两种含义会一直与我们共存。教育全球化过程中也是这两种文明观念的体现，全球化的"趋同"趋势，是建立在普遍的人类福祉、人类伦理和经济利益之上的浸透科学精神和普遍认同的人文理念的文明进程。但是，目前的现状是民族国家作为国际关系的主体将在很长一段时期内存在，民族国家在制定任何全球化策略或与处理国家之间的关系和超国家的国际组织之间的关系时，都是从本国的利益出发和以不损害本国的利益为原则的。国家的统一和民族的认同是全球化时代摆在政府面前的严峻任务，

---

① 沃勒斯坦. 作为一种文明的近现代世界体系 [A]. 苏国勋，刘小枫. 社会理论的政治分化 [G]. 上海：上海三联书店，2005. 165.

而教育是实现这种认同的主要社会系统。因此，教育全球化在体系方面趋同的趋势是以民族国家教育的内容、结构、教育和培训方式为支撑的。各个国家的经济发展状况和社会结构不同，这种不同的格局本身就是多元化必须存在的根据。比较教育研究必须兼顾二者，直面民族国家的教育事实和社会发展现实，才能取得教育全球化研究的进展。

第四章

比较教育学知识的进步

随着知识经济和知识社会的来临，知识特别是新知识在社会生产和生活中的重要性日益增加，知识已经成为制约社会发展，关系国家综合竞争力的关键因素之一。"知识创新"、"技术创新"、"培养创造性人才"等理念已经作为国家的方针政策予以大力提倡和扶持，以"创新教育"为主题的教育改革也在全国范围内大刀阔斧地进行。比较教育学要在学术之林中占据一席之地，取决于比较教育学知识的进步。

那么何谓知识的进步？它有什么判断标准？我们是如何获得新知的？当代的知识进步有一个通用的标准吗？对于比较教育学知识来说，该用什么理论来衡量它的进步？要回答这些问题，我们就得考察当代关于知识进步的代表性理论，并结合理论从比较教育学知识的历史演进和在当前历史阶段的发展状态来描绘比较教育学知识在进步维度上的轨迹。

第一节　知识进步理论与比较教育学知识进步的分析框架

17 世纪以来，西方科学事业取得了巨大的进步，科学知识先是推动工业，继而在人类生活的整个物质领域得到了飞速的发展，极大地改善了人类的生存环境和生存状态。这种状况直接影响了人们对知识性质和知识概念的看法，以培根、笛卡尔、洛克、贝克莱等为代表的哲学家和科学家把知识看作特别可靠的信念，是具有"确定性"、"符合性"和"价值中立"的客观真理，知识的增长就是这样的知识不断"积累"的过程。"科学史则变成一门编年史学科，它记载这些成功的累积过程以及抑制它们累积的障碍。"[1] 认识主体必须摒弃自己的"感情"、"倾向"、"猜测"、"观念"、"好恶"等

---

① 托马斯·库恩. 科学革命的结构 [M]. 金吾伦，胡新和译. 北京：北京大学出版社，2003. 2.

非理性的因素，变成一个"纯粹的""观察主体"和"理性主体"，才能获得真正的"确定无疑"的知识。正如波普尔评价的那样，这种理性主义传统对于人类思想的解放起到了巨大的作用，"在这种理性主义传统中，科学所以被重视，大家公认是由于它取得的实际成就；但是，它之所以受到高度的重视，更是由于它的内容能增进我们的知识，它能把我们的思想从古老的信仰、偏见和确定性中解放出来，它给我们提供新的猜测和大胆的假说。科学的价值在于它的解放力——争取人类自由的最伟大的力量。"① 人类也在这种知识的巨大积累中获得对自然的征服和物质上的满足，当这种理性主义传统发展到极致，就产生了新的对"理性"的认识能力和科学知识的迷信与崇拜。

20世纪中叶以来，随着人们对科学活动性质和科学知识性质认识的深入，人们开始对这种知识的增长（进步）方式产生怀疑，并试图重新界定知识的性质和知识进步的方式。波普尔、库恩、劳丹等是这方面杰出的代表。下面从知识的性质、知识的进步方式和知识增长与进步的基础三个方面分别论述他们是怎样对过去的流行观念进行批判，从而又是如何提出自己的新观点的。

一、卡尔·波普尔的观点

波普尔认为，像所有的人类工作一样，科学探索的工作也是可错的。波普尔虽然承认绝对真理的观念，但是他并不认为人们能够达到绝对真理，科学工作者是真理的探索者，而不是真理的占有者，一切探索都是向真理逼近，一个逼真性的陈述只能被解释为是真理性内容不断增加而虚假性内容不断减少。那么，如何看待新的科学知识呢？他说："新的科学理论像旧的理论一样，也是真正的猜测，所以，它们是致力于描述这些深一层的世界的真正尝试。"②

既然所有知识都是一种"暂时性"的理论，都是有待进一步检验和反驳的"猜测"，那么，就不存在什么"确定的"、"绝对的"知识的积累。知识的增长方式是积累的这种论断便在波普尔的知识性质观面前轰然倒塌。但是，波普尔又强调，科学必须增长，即科学必须进步。他说："我相信连

---

① 卡尔·波普尔. 猜想与反驳——科学知识的增长 [M]. 傅季重，纪树立，周昌忠，蒋戈译. 杭州：中国美术学院出版社，2003.130.

② 卡尔·波普尔. 猜想与反驳——科学知识的增长 [M]. 傅季重，纪树立，周昌忠，蒋戈译. 杭州：中国美术学院出版社，2003.147.

续性增长是科学知识的理性特点和经验特点所必不可少的；科学一旦停止增长，也必将失去这些特点。正因为连续增长，科学才成为理性的和经验的；也就是说，科学家只能从这样的增长中区别各种现有理论，从中选择较好的一种，或者在没有合乎要求的理论时提出他们为什么抛弃现有理论的理由，应由此提示一种合乎要求的理论所应遵循的条件。"①

那么，知识是如何增长的呢？波普尔认为，知识获得进步的主要手段是批判。为了形象地说明自己的观点，波普尔用公式"P1 ——→TT ——→EE ——→P2"② 来描述知识通过批判与反驳而进步的过程。波普尔认为这是一个对"动物世界"甚至"原始人"都有效的图式，也就是说，这是一个适用于所有知识的图式。公式中的"P1"指作为科学研究起点的问题（problem），"TT"指为了解决这个问题所提出来的"假定的"或"试验性的"理论（tentative theory），"EE"指人们对这种假定的或暂时的试验性理论进行的"检验"和"反驳"，从而消除错误的过程（error-elimination），"P2"则是指科学研究所产生的新问题，也是新的科学研究的起点。

知识就是通过这种方式进化的："实际的情况是这样的，如果我们觉得应该对理论 T1 提出某些批判，假定 T1 是一个前后一致的理论，那么，我们或者证明 T1 会导致并非预期的、不合意的结论（它们是否逻辑上一致关系不大），或者证明存在一个竞争的理论 T2，它同 T1 相抵触，并且我们力图证明 T2 具有超过 T1 的某些优点。这就是我们所需要的，一旦有了竞争理论，也就有了批判地、或者理性地讨论的很大余地。我们探讨这些理论的结论，特别是力图发现它们的弱点，即那些我们认为可能错误的结论。这种批判的或理性的讨论，有时可以导致两个理论中的某一个完全失败，但更经常的是有助于解释出这两个理论的弱点，从而要求我们提出更先进的理论。"③

由于在实际科学研究中，人们对每一个问题的解答可能提出不止一种猜测理论，因此，波普尔又将上面的公式发展成下面的比较复杂的公式：④

---

① 卡尔·波普尔. 猜想与反驳——科学知识的增长 ［M］. 傅季重，纪树立，周昌忠，蒋戈译. 杭州：中国美术学院出版社，2003.276.

② 卡尔·波普尔. 客观知识——一个进化论的研究 ［M］. 舒炜光，卓如飞，周柏乔，曾聪明等译. 上海：上海译文出版社，2001.129.

③ 卡尔·波普尔. 客观知识——一个进化论的研究 ［M］. 舒炜光，卓如飞，周柏乔，曾聪明等译. 上海：上海译文出版社，2001.36—37.

④ 卡尔·波普尔. 客观知识——一个进化论的研究 ［M］. 舒炜光，卓如飞，周柏乔，曾聪明等译. 上海：上海译文出版社，2001.154.

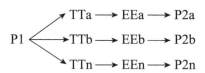

公式中从"a"到"n"的序列的无穷变化说明了对某一科学问题从各个方面提出科学假设的多样性，从而也说明了科学知识，乃至人类的所有知识的进步都只是提出无穷多样的假说，然后加以批判性检验和反驳并产生无穷多样性问题，得到无穷多的"更先进的理论"的过程。

那么，对这众多的"更先进理论应该如何选择呢"？波普尔认为这种选择是通过达尔文式的竞争实现的，因此这种知识增长方式是"达尔文主义"的。"知识的发展或学习过程，不是重复或累积的过程，而是消除错误的过程，是达尔文式的选择而不是拉马克式的指示。"① 更确切地说："我们的知识增长是一种类似于达尔文所说的'自然选择'的过程及其结果，即自然选择假说：我们的知识时时刻刻由那些假说组成，这些假说迄今在它们的生存斗争中幸存下来，由此显示它们的（比较的）适应性；竞争性的斗争淘汰那些不适应的假说。"②

那么知识的增长和进步的基础何在呢？有没有基础存在呢？知识的进步是肯定的，但是如果没有一个稳固的基础，它又如何进步呢？基础主义中的经验主义认为知识增长的基础是实体的"自然"或纯粹的"经验"，而理性主义则把"直觉"或"先验范畴"看作知识增长的基础。怀疑主义则怀疑一切，认为我们根本不可能获得真正的知识，知识因而也不可能增长和进步。波普尔认为基础主义和怀疑主义都是错误的，尽管我们不能获得绝对的知识基础，但是人类知识还是可以进步的。与基础主义不同，波普尔认为科学始于问题，科学和知识的增长也永远始于问题，终于问题，其发展过程是不断获得愈来愈深化的问题，愈来愈能启发新问题的问题。虽然每一个问题在本质上都是猜测性的，但是我们可以通过"批判性的检验"来不断地发现和消除错误，从自己的错误中不断学习。"正是错误、怀疑（在其正常的肯定的意义上）的观念中包含着客观真理的观念"，虽然"我们可能达不到这个真理"。③

① 卡尔·波普尔. 客观知识——一个进化论的研究［M］. 舒炜光，卓如飞，周柏乔，曾聪明等译. 上海：上海译文出版社，2001. 154.

② 卡尔·波普尔. 客观知识——一个进化论的研究［M］. 舒炜光，卓如飞，周柏乔，曾聪明等译. 上海：上海译文出版社，2001. 273.

③ 卡尔·波普尔. 猜想与反驳——科学知识的增长［M］. 傅季重，纪树立，周昌忠，蒋戈译. 杭州：中国美术学院出版社，2003. 176.

二、托马斯·库恩的观点

库恩也反对把知识看成是真理的观点，他认为没有独立于理论的"真实在那儿"的说法，那种认为理论的本体与自然界中的"真实"对应物相契合的观念是虚幻的。从知识的特性看，他认为知识是"隐含在把刺激转化为感觉的神经过程中的东西"①，知识是通过在当前环境中的"有效性"竞争选择被选取的，在不适应环境时，知识也会发生变化。以此为基础，库恩否决了知识是累积性增长和进步的观点，他认为知识是通过革命而进步的。在这一点上，库恩是坚定的知识进步论观念的拥护者。

那么，科学革命是怎样发生的呢？库恩是以"范式"概念为核心阐述这一过程的。研究者普遍反映库恩的"范式"理论具有多种含义，其中也不乏误解。对此，库恩在其1962年的《科学革命的结构》发表七年后，明确地提出他的范式的含义和用法：

"'范式'一词有两种意义不同的使用方式。一方面，它代表着一个特定共同体的成员所共有的信念、价值、技术等等构成的整体。另一方面，它指谓着那个整体的一种元素，即具体的谜题解答；把它们当做模型和范例，可以取代明确的规则以作为常规科学中其他谜题解答的基础。"②

一个范式就有一批坚定的拥护者，他们形成科学共同体。范式为科学共同体提供了一种或多种过去的科学成就，这些成就为该共同体提供了在一段时期内公认的进一步实践的基础，科学由此进入"常规科学"阶段。常规科学有益于"科学家把注意力集中在小范围的相对深奥的那些问题上，范式会迫使科学家把自然界的某个部分研究得更细致更深入"，它是科学发展的渐进时期。在绝大多数场合，科学家都是在范式的指导下从事"解谜"的工作，"范式为除了反常之类的所有现象提供一个在科学家视野内的确定的理论位置"③。然而，"反常"的出现为科学革命带来了契机，这种反常源于科学家无法利用现有范式有效地探索自然的某一方面。最初，反常只是被科学共同体的一小部分人感觉到，而大部分其他成员有可能忽视，甚至排斥这种"反常"的出现，因为如果科学家采用一种新的观点，

---

① 托马斯·库恩. 科学革命的结构［M］. 金吾伦，胡新和译. 北京：北京大学出版社，2003. 176.

① 托马斯·库恩. 科学革命的结构［M］. 金吾伦，胡新和译. 北京：北京大学出版社，2003. 176.

② 托马斯·库恩. 科学革命的结构［M］. 金吾伦，胡新和译. 北京：北京大学出版社，2003. 157.

③ 托马斯·库恩. 科学革命的结构［M］. 金吾伦，胡新和译. 北京：北京大学出版社，2003. 89.

这又会使许多解决了的问题重新成为问题。但是，一旦反常频繁出现，就会引起科学家们的关注，使原有的范式出现"危机"，科学家们就会考虑其他的可以替代原有范式的新范式。科学革命由此出现了。由于科学革命是科学家观察世界的概念网络点的变更，它涉及科学共同体承诺的某种重建，因此，库恩将其称之为"格式塔转换的改宗的经验"。由于范式支配的首先是一个科学共同体，因此，范式的转换是在科学共同体内通过说服的方式得以实现的。"在范式选择中就像在政治革命中一样，不存在超越相关共同体成员间的共识的标准，问题的解决依赖于大家意见的一致。这样为了知道科学革命是如何实现的，我们不但要考察自然现象及逻辑的推动和影响，也要研究那些在各特殊的科学共同体中有效的说服论辩技巧。"①当新的范式代替了旧的范式后，科学便取得了进步。库恩将科学革命与进步紧密联系起来，认为革命必然是进步的。"至少对于他们来说，革命的结果必须是进步的，而且他们处于优越的地位，可以使其共同体的未来成员以同样的方式去看待过去的历史。"②

综观库恩的科学革命理论可以看出，科学发展的基础并非是什么牢不可破的"现象背后的本质"，而是范式。科学进步的方式是通过范式的革命进行的。与波普尔相比，库恩的科学进步理论注重科学共同体对某一范式的集体认可和否定，是建立在科学共同体成员意见"一致性"基础上的，适用的领域主要是用于自然科学知识。波普尔的知识增长理论是微观的，适用于每一种知识的增长和进步。他们的角度不一样，但都反对传统的人类知识的"积累模式"和"建筑模式"，对我们考察当前的自然科学知识增长和社会科学知识的进步，具有更强的指导意义。

三、拉里·劳丹的观点

与波普尔和库恩一样，劳丹也反对"真理"说，但是他走得更远，对于波普尔宣称的新的理论比旧的理论"更接近真理"的观念，他认为是错误的。原因是我们无法确知"更接近"意味着什么，也无法提供一种我们评价这种近似的标准。那么，批判和"证伪"无法作为判断科学进步的标准。对于库恩的范式理论，劳丹和夏佩尔一样，认为范式本身是模糊和难

---

① 托马斯·库恩. 科学革命的结构 [M]. 金吾伦，胡新和译. 北京：北京大学出版社，2003. 87.

② 托马斯·库恩. 科学革命的结构 [M]. 金吾伦，胡新和译. 北京：北京大学出版社，2003. 150.

以理解的；"常规科学"也不是典型和常规的，在科学的发展过程中，竞争的范式和对每一个范式基本理论的假定的争论从来就没有停止过；范式是产生于理论之前还是理论之后也无法确立；用范式无法分析"概念上、理论上、仪器方面以及形而上学方面的强大的信奉网"，范式的革命带来进步是不成立的，革命的发生和革命的进步性不是必然联系在一起的。这样，库恩认为科学的进步是通过范式的革命这一观点在劳丹看来是不成立的。劳丹认为，我们能够明确的只是问题，科学的主要目的是解决最大数量的经验问题，产生最小数量的概念问题。他说："科学是一个寻求解决问题的体系，如果我们认为科学的进步在于解决越来越多的重要问题，如果我们接受合理性在于选择能最大限度地增大科学进步的观点，那么我们也许能够表明：一般科学，特别是某些具体科学，是否（从而在什么程度上）构建了一个合理的和进步的体系。"①

劳丹提出，问题解决的判断标准不是确证和否证，而是该理论解决问题的"有效性"。有效性可以由经验检验，因为理论一定能推导出这个领域中的客体如何行动的精确预测，理论的作用就是"消除歧义，把不规则性变为一致性，并且表明，所发生的事情总是可以用某种方式来理解和预测的"②。在科学进步问题上，劳丹以问题为中心，把反常问题和未解决问题变为已解决的问题看做是科学进步的标志。简而言之，科学通过解决问题而进步。

那么，在科学进步的过程中我们是如何分析问题的呢？对此，劳丹提出了理论与研究传统概念。理论和研究传统的关系是："研究传统'激发'或'包含'或'产生'理论，而理论'预设'或'构成'甚或'限定'研究传统。"科学思想的核心是问题，理论是科学思想的最后结论。研究传统是指导我们"做什么"和"不做什么"的方法论假设。劳丹说："一个研究传统就是这样一组普遍的假定，这些假定是关于一个研究领域中的实体和过程的假定，是关于在这个领域中研究问题和建构理论的适当方法的假定。"③

但是，研究传统并不是一成不变的，科学思想中的重要革命来自于放

① 拉里·劳丹. 进步及其问题——科学增长理论刍议 [M]. 方在庆译. 上海：上海译文出版社，1991.130.

② 拉里·劳丹. 进步及其问题——科学增长理论刍议 [M]. 方在庆译. 上海：上海译文出版社，1991.5.

③ 拉里·劳丹. 进步及其问题——科学增长理论刍议 [M]. 方在庆译. 上海：上海译文出版社，1991.81.

弃旧的研究传统和创立新的研究模式。同时，存在着相互竞争的研究传统，"选择一个研究传统而不选择它的竞争对手是进步的（因而也是合理的），恰恰是因为所选择的传统比它的竞争对手更能解决问题"①。问题的解决和理论的建立需要对研究传统进行选择。

由于劳丹把科学的进步看成是问题的解决，科学课题的基础是经验，他放弃对真理和"似真性"的探索，同时又认为指导理论分析的研究传统的成功与否与真假无涉。这样，劳丹的理论就可以应用于人类认识活动的所有领域，不仅包括自然科学和社会科学，甚至能"解决问题"的迷信、宗教等领域也包含在内。那么，我们的问题是劳丹的理论如何区分科学与非科学，理论与意见等概念呢？这是劳丹的科学进步模式所无法回答的。

四、比较教育学知识进步的分析框架

但是，上述所选择的三位学者的知识进步理论，几乎都是基于对科学知识发展轨迹的考察而得出的结论。那么这些结论能直接照搬到对比较教育学知识进步的考察中去吗？对此，综合思考上述三位学者的理论，结合比较教育学这门学科的自身特点和约翰·齐曼（John Ziman）以及欧内斯特·内格尔（Ernest Nagel）的观点予以考察或许能够得出更清楚的框架。

齐曼问："我们能得到关于人类行为的可靠、意见一致的知识吗？"②以自然科学作为比较标准，答案是令人沮丧的。因为社会科学虽然和自然科学的起源一样早，但是无论在理论的预测性还是精确性上，都无法与自然科学相比。迄今为止，我们没有社会科学中的"牛顿"和"爱因斯坦"。但是如果以此为依据，就认为社会科学本身只是模糊不清的意识流和意见的堆积与组合，并只能停留在道德哲学和社会哲学的基础上，这样的论点是站不住脚的。自然科学也是在不断地发现和改正错误中进步的，从其历史发展过程中看，过去在一定环境中起作用被信以为真的定律、原理等在今天看来却是严重的错误，更不用说精确性和预测性了。社会科学与之相比，不能说明社会科学就错得更多。从研究对象来看，自然科学的研究对象是单一的，一个水分子的构成亘古以来就没有变化过，而社会科学的研究对象是变动不居的，是具有历史性和境域性的。齐曼论述说："无论是个

<hr />

① 拉里·劳丹. 进步及其问题——科学增长理论刍议 [M]. 方在庆译. 上海：上海译文出版社，1991.112.

② 约翰·齐曼. 可靠的知识——对科学信仰中的原因的探索 [M]. 赵振江译. 北京：商务印书馆，2003.158.

人或小组的人类行为都是非常复杂的，一个人不能像植物标本从自然环境移栽到温室中那样容易地从他的历史和文化环境中分离。"① 社会科学研究对象的本质决定了要"寻求在无限远的未来都有效的社会规律，这不过是幻想，对社会行为的预言是内在地不可实现的。"② 用自然科学的逻辑或简单的公式来概括社会科学的发展，犯了不顾研究对象而随便移植的错误，这是不可能成功的："人类行为的观察，无论是在正常社会生活或设计的实验环境下，似乎不服从一个简单的逻辑模式或数学公式。"③

通过对社会现象和人类行为的研究而形成理论并非是不可能的。"人类在其思维和感觉能力上的大致相等一定是任何论及社会行为的概念的基础。"④ 内格尔也说："社会行为，像感觉运动的行为，有它自己固有的逻辑，它形成用来描述它的语言，以及它被划分的范畴。社会知识，如同我们关于物质世界的知识，来自理性区域但在每个人的精神区域内在化，自动地并且不可避免地抽象为'地图'。"⑤ 内格尔进一步指出："认为这些社会领域的内在化的'图景'或'地图'，比由自然科学概括的物质区域的'图景'或'地图'的'真实性'要小，是错误的。"⑥

由于研究对象的不同，对人类行为的研究要诉诸"移情"作用，当然理性的、逻辑的作用在其中是主要组成部分。借助这些方法，我们能够形成关于人类行为的理性上趋于一致的知识，尽管其知识是历史性和境域性的，尽管这种一致最初可能是在一个较小的科学共同体内达成的，但会逐渐地得到认可。从这一点看，库恩的在科学共同体内寻求理性意见的一致的观点，既适用于自然科学知识也适用于社会科学知识和人文科学知识。

因此，对于比较教育学知识进步的考察，在坚信其处于进步之中的基础上，以劳丹的研究传统作为分析的框架和方法论，重视不同阶段知识对问题的解决，同时借鉴波普尔的证伪理论，阐述某个具体理论的进展，对于库恩的科学进步理论，我们虽然无法验证"范式"的革命，但是毫无疑问应该赞同他将科学看成是科学共同体内寻求理性一致的观点。在知识观方面，比较

---

① 约翰·齐曼. 可靠的知识——对科学信仰中的原因的探索 [M]. 赵振江译. 北京：商务印书馆，2003.168.

② 欧内斯特，内格尔. 科学的结构 [M]. 徐向东译. 上海：上海译文出版社，2005.526.

③ 约翰·齐曼. 可靠的知识——对科学信仰中的原因的探索 [M]. 赵振江译. 北京：商务印书馆，2003.169.

④ 约翰·齐曼. 可靠的知识——对科学信仰中的原因的探索 [M]. 赵振江译. 北京：商务印书馆，2003.176.

⑤ 欧内斯特，内格尔. 科学的结构 [M]. 徐向东译上海：上海译文出版社，2005.180—181.

⑥ 欧内斯特，内格尔. 科学的结构 [M]. 徐向东译上海：上海译文出版社，2005.181.

教育学知识不是什么颠扑不破的"真理"，但是也不能把它们蔑视为意见。

表面看来，在对比较教育学知识进步的观点上和分析工具上杂糅了多家的理论。但是这种杂糅是基于人文社会科学知识的性质和契合比较教育学的学科性质的。因此，它是一种境域性和历史性的知识进步理论体系。在这一体系中，比较教育学知识是在一定的知识背景下，致力于对研究对象在本领域内获得理性上的一致的描述，寻求在当时情景下的对问题的解决和预测；在知识的发展过程中，比较教育学的学术共同体形成了一定的研究传统，这个研究传统在历史过程中是不断变化的，有时甚至是革命性的变革，但是并非如自然科学中那样的以新的研究传统取代旧的研究传统；它的进步和变革都是通过科学共同体在不断的证伪和解决问题的过程中体现出来的，理论的检验标准不是真理，而是与事实的符合和与科学共同体意见的一致性。但是，必须注意到，界定这个知识进步理论体系的境域性和历史性，表明了在比较教育学知识进步问题上的考察，没有任何形式化的科学模式能够在学科发展的整个历史中一成不变地起着合理性标准的作用。"没有形式的合理性，我们有的只是非形式的合理性。"[1]

第二节　比较教育学理论体系的进步

理论体系的建构是一门学科成熟的主要标志，只有完整的理论体系才能使学科具有真正的独立意识。关于理论体系，黑格尔曾经说过："知识只有作为科学或体系才是现实的，才可以被陈述出来；而且一个所谓哲学原理或原则，即使是真的，只要它仅仅是个原理或原则；它就已经是假的了；要反驳它也就很容易。"[2] 波普尔也极力肯定理论体系在知识进步中的重要性。[3] 对比较教育学来说，理论体系的缺乏或者说理论体系的不完善常常是造成比较教育学科危机的致命之伤，它是外部对比较教育学学术地位的轻视和内部分化的根源。从西方比较教育学发展的近两百年时间里和我国比较教育学取得大发展的三十年历程中，我们能够清晰地看出比较教育学学科理论体系进步的脉络。对于有很强学科意识的比较教育学者来说，建构比较教育的学科理论体系是标志着学科进步，确证比较教育学者身份和

---

① 拉里·劳丹. 进步及其问题——科学增长理论刍议 [M]. 方在庆译. 上海：上海译文出版社，1991. 中译本序，8.

② 黑格尔. 精神现象学（上卷）[M]. 贺麟，王玖兴等译. 北京：商务印书馆，1987. 14.

③ 卡尔·波普尔. 客观知识——一个进化论的研究 [M]. 舒炜光，卓如飞，周柏乔，曾聪明等译. 上海：上海译文出版社，2001. 115.

关乎学科制度存在的关键问题。中国比较教育学的大发展是在改革开放之后，其学科理论建设是在全过程地积极引进西方的比较教育学理论和在20世纪90年代后的批判性反思与自主建构的结合之中发展的。因此，其发展历程一方面与西方比较教育学的发展密切相关，另一方面又在逐步凸显中国比较教育学的理论创新。完整的理论体系应该包括学科本体论、学科认识论和学科方法论。本文将从比较教育学学科理论的这三个方面来梳理比较教育学知识进步的轨迹。

一、比较教育学的本体论

在西方哲学中，"本体"自古希腊起便一直处于哲学的核心地位，但是随着西方哲学中的方法论转向，"本体"的核心地位不仅被动摇，而且其存在的合法性都受到了质疑。对本体论否定最彻底的便是逻辑实证主义，卡尔纳普反对形而上学命题，他认为，从经验证实的角度来看，形而上学命题毫无意义，因为这些命题既不能被证实也不能被证伪。他说，"诚然，我们拒斥物理世界的实在性这个正论题；但我们不是把它当作假的论题来拒斥，而是当做没有意义的论题来拒斥，而它的唯心主义反论题也受到恰恰同样的拒斥。我们既不肯定也不否定这些论题，我们是拒斥这整个的问题。"① 但是，当卡尔纳普以有否"意义"作为命题的标准时，就已经隐性地将"意义"设为他的本体论了。由此可见，本体问题，在任何哲学，甚至任何其他理论体系中都是逃避不开的问题。本体论哲学与方法论哲学的区别只是以何者为中心以及本体的不同表述而已，在本体论哲学中的本体是无法由经验所证实而诉诸理性的思辨，而在方法论哲学中本体则是另外的表现方式，比如，在实证主义中体现为经验的"证实"性。奎因（Willard Van Orman Quine）曾在一段时间里是逻辑实证主义者，但是作为一个语言分析哲学家，他在晚期的一个重要思想转折便是确认本体论问题的存在。奎因主张通过语言分析来判断某个陈述的"本体论承诺"，"知道我们的或别人的某个陈述或学说说什么东西存在"。② 成中英比较中西哲学在"综合的创造"和"创造的综合"思维方式上的区别及其本体论意义时指出，"无论是为了理论或是为了实践，创造所追求的是知识，知识是对外在

① 怀特. 分析的时代 [M]. 杜任之译. 北京：商务印书馆，1987. 218.
② 奎因. 从逻辑的观点看 [M]. 江天骥等译. 上海：上海译文出版社，1987. 18.

事物的认知，因此必须要假设或相信外在性事物的独立的存在。"① 对于一门学科来说，本体的存在是其成其为自身的基础。朱旭东认为，比较教育研究的本体论"探讨比较教育研究的范围，也就是研究比较教育是什么，比较教育研究的界限和范围，比较教育研究的具体内容是什么的问题。"②

比较教育学的学科危机很大程度上来自于自身"本体论"的模糊，即对自己言说对象的不确定性及其自身对其言说的合法性的怀疑。本体论最集中的表现便是在学科定义上。通过第一章的分析，我们知道，我国比较教育学者在参考西方比较教育学者的界定的基础上，对比较教育学的定义从历史的角度看经历了以下三个具有转折意义的发展，它的发展过程可以用劳丹的科学进步理论予以描述（见图4-1）。

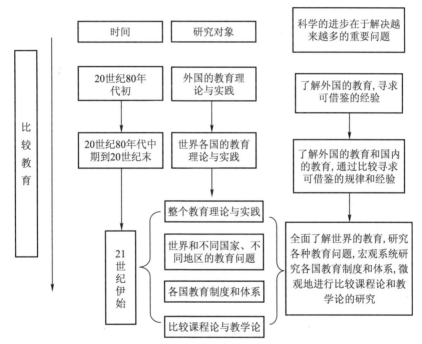

图4-1 比较教育学本体论的发展

既然本体论是指出言说的具体内容，当然本体论进步的标准应该是越来越清楚地描述其范围和含义的概念。长期以来，比较教育学受到非议的一个主要原因便是研究范围过宽、研究对象不明确。当比较教育学把自身

① 成中英. 何为本体诠释学 [A]. 成中英. 本体与诠释 [G]. 北京：生活·读书·新知三联书店，2000.34.

② 朱旭东. 新比较教育 [M]. 北京：高等教育出版社，2008.8.

的研究对象从泛泛而指的教育理论与实践逐步具体化为教育问题、教育制度和教育体系的时候，实则是从本体论的角度为学科正名。教育学科的价值在于解决教育中存在的问题，一门学科的潜在价值可以从理论上进行宏大的界定，但是其现实的价值却在于能够深入而系统地解决存在的问题。从上面的列表中可以看出，比较教育学不仅在数量上致力于解决越来越多的问题，而且在程度上通过对对象的连续而深入的研究，赋予研究对象以"历史"性，在时间的延续中和空间的联系中更深入地对问题的产生、变化、发展、差异等进行研究，其问题解决能力大大得到提高。

另外，从上表可以看出，我国比较教育学发展到21世纪，原来单一的范式已经受到质疑，相互竞争的范式已经形成。根据波普尔知识增长进化论的观点，不同的理论之间存在着优胜劣汰的生存竞争，通过这种竞争，一方面促进了理论的发展，另一方面能够使我们对问题获得越来越深入的认识，从而启发更多的问题。这样，学科的知识便取得了进步。这些理论竞争的结果可能会在一段时间内形成相应的研究传统，而研究传统也会通过竞争而发生变革，当旧的研究传统被质疑，新的研究传统得以创立时，科学思想中就发生了重要的革命和取得了重大的进步。可见，比较教育学的本体论认识，从历史上看，处于渐进的进步之中，从当前的情况看，理论的多元化正在酝酿着学科理论的重大革命，预示着学科理论的重大进步即将来临。

面对多种理论类型共存的局面，为了寻求解决的出路，有学者提出以文化作为统一比较教育学研究对象的基础，从而将比较教育学界定为属于"进行文化比较研究的学科"[1]。文化比较研究就是比较教育学的总体框架，通过这一框架的确立，以统一比较教育学的各个研究领域，建立比较教育学的"学科同一性"。另有学者认为，比较教育学的学科本体应该从根据研究对象的客体定位转为研究主体定位，比较意识才是学科同一性的基础，是比较教育学的本体论。正是比较意识使比较思维和比较方法相结合，使比较在学科中不仅是方法的运用，更是学科观念的更新。因为19世纪产生的比较性学科，是建立在西方中心之上的人文社会科学知识，而比较视野要求在承认比较各方文化平等性的基础上，在与其他民族文化的交流碰撞过程中，从全新的角度思考自身知识体系的普遍性局限，从新的视角建立普遍性与特殊性之间的辩证关系，这样学科知识体系的建立就通过跨文化、跨学科、跨国家、跨文明的比较找到了建构之路。

---

[1] 项贤明. 比较教育学的文化逻辑 [M]. 哈尔滨：黑龙江教育出版社, 2000. 30.

二、比较教育学的认识论

本体论与认识论都属于哲学研究，二者是紧密相关的，本体论主张必须要有认识论的理论基础作为支撑。认识论也就是在架构主体与事实之间的关系描述，一个完整的理论通常必须在本体论主张与认识论方面都有良好的说服力。比较教育学是伴随着西方的现代化进程发展起来的，因此其认识论发展过程也深受西方国家认识论的影响。在英语中，认识论的单词是"epistemology"，其含义是"有关我们如何知道或认识真理的问题"，指对知识的哲学研究。因此，对比较教育研究的认识论上的含义就是指"对比较教育知识的哲学研究"。① 比较教育学自创立伊始，便是建立在实证主义认识论基础上的，但是反对的声音从来没有停止过，随着时代的发展和科学主义方法在人文社会科学领域上解释的无力，以及由于科学主义对人和社会发展的单向度化，20世纪70年代起，基于对实证主义的批判和社会科学自身性质的重新界定的社会建构主义便逐渐在人文社会科学研究中得以彰显。在比较教育研究中，其研究的认识论基础也主要是这两大流派。

1. 实证主义认识论

比较教育学诞生于自然科学知识取得巨大进步并在知识界的地位如日中天的时期，自然科学的研究方法和认识论成了比较教育学诞生伊始时的主要参照模式。实证主义哲学流派的产生，正是对当时科学知识的产生过程的哲学概括，同时实证主义哲学将科学知识等同于知识本身。前者仍然属于认识论范畴，而后者则属于知识学范畴，是对现成的科学知识作方法论的说明和辩护。哈贝马斯认为，"实证主义标志着认识论的结束，代替认识论的是知识学"②。但是，如同本体论一样，认识论也是任何哲学流派和学科理论体系中无法缺失的"在场"，它的存在无法被否定，能够被否定和讨论的只是在不同的理论体系中不同的"出场"方式而已。回顾最近30年来比较教育学的实践，实证主义的认识论仍然是学科实践研究的主流认识论基础。

实证主义产生于19世纪三四十年代的法国和英国，是强调感觉经验、排斥形而上学传统的西方哲学派别，其代表人物主要有孔德、马赫、卡尔纳普等。其中心论点是：事实必须是透过观察或感觉经验去认识每个人身

---

① 朱旭东. 新比较教育［M］. 北京：高等教育出版社，2008.10.
② 哈贝马斯. 认识与兴趣［M］. 郭官义，李黎译. 上海：学林出版社，1999.66.

处的客观环境和外在事物。实证论者认为，虽然每个人接受的教育不同，但他们用来验证感觉经验的原则，并无太大差异。实证主义的目的在于希望建立知识的客观性。实证主义的四大要旨包括：（1）只有，而且只能有一种实在，即感官可以把握的个体对象；（2）实证论者只承认感官经验为人类认识的源泉；（3）假设知识统一性和科学的统一性，并不存在本质上互有区别的认识方法；（4）将非描述性陈述从知识和科学领域清除，即强调价值的中立。① 比较教育学的借鉴的逻辑理论基础也概来源于此。其基本研究模式是：首先，发现某一教育模式适用于某个国家，接着确定它可以适用于其他的国家，最后通过这种适应的普遍程度建立理论和确定建立该理论的正当性。他国的教育实践便是如同自然科学中的试验过程，整个过程都可以前述的实证逻辑去证实或证伪，除此之外，别无他途。实证主义具有决定论倾向，主张因果线性思维且强调任何事件都有特定的原因，因此研究基本上旨在测定变量之间的关系并进而从样本群体演绎至一般群体。实证主义认识论注重统计数字的运用，探索在什么情况下某事物在特定的范围内具有多大的可能性，这一特点就在逻辑上保证样本具有代表性的调查结果受到重视且可以进行推论。比较教育理论中的统计与量化的方法便是对这一方法的运用，并且基于这样的认识论基础，认为这种方法能够保证研究的客观中立性，避免将偏见导入研究结果之中，使结果具有可复制性。

2. 社会建构主义认识论

从上面实证主义的知识论可以看出，由于强调经验和客观事实的相符、主体在认识过程中的价值中立性和语言对客观事实的符合论的描述，实证主义首先是忽略了对认识主体的研究。忽略的原因并非是对主体能动性的不重视，而是在追求知识普遍性的同时神话了主体在认识过程中的理性的穿透力，主体站在一个无所不能的视角，从而忽略了主体在认识上的历史性、境域性和社会建构性。正是对主体的这种能力的潜在的神话，才有了对具有普遍主义的客观知识的神化。同样的，实证主义内在地假设了语言这个介质在描述过程中的客观性，语言犹如一面镜子能够如实地反映事物的本质，语言之间存在着可通约性，因而描述具有普遍性。

社会建构主义并没有否认经验对客观事实的反映，而是质疑这种反映普遍性的程度，进而质疑知识的普遍性和可靠性。如果沿着这样的思路去求证实证主义知识立场的话，那么就得假设有权威或者圣人能够站在上帝

---

① 鲁道夫·哈勒. 新实证主义 [M]. 韩林合译. 北京：商务印书馆，1998. 24.

的视角洞察事物的本质。但是，由于人的历史性和境域性，随着上帝的死亡，这样的权威或圣人也随之消亡。因此，对知识的认同就转向社会建构。用法国科学人类学家夏平（S. Sharpin）的话说："是我们自己而不是实在对我们之所知负责。知识，就像国家一样，是人类活动的产物。"① 德兰蒂（Gerard Delanty）也指出："科学作为一种产品，是一种特定环境下的建构，这种建构带有使其发生和被建构过程的印记。如果不分析知识的建构，也就不能理解知识本身。"② 社会建构主义强调所谓的现实或真理是在"这里"（in there），即人们头脑之中，而不是在"那里"（out there），即独立于人的存在。由此，应该存在很多的"真理"或"现实"，而这些只有置于其情景和关系之中才能理解，因此人们应该考虑价值、意义和意图对于理解人类行为与社会脉络的重要意义。③

除此以外，社会建构主义指出，社会的某些领域事实上就是被建构的，"在某种程度上存在着某些社会实体就是被无可争议地建构起来的明证。货币的价值就是一个被社会地建构起来的事实：我们称之为货币的这张纸片能够使我们购买东西，仅仅因为它被广泛地认可为确实能够使我们购买东西。然而，如果有一个孤立的个人不相信货币具有购买力，那么这个人一定是错的。同样，应该得到正视的是，科学事实一旦被社会地建构，而且一旦已经被建构起来，那么，如果有人怀疑这种建构，这就是一个错误"④。毫无疑问，这一论断打碎了科学主义试图一统天下的雄心，指出在实证的科学知识之外，还存在着其他的知识形式，即社会建构的知识。在1999 年出版的《剑桥哲学辞典》中，这一点进一步得到了共识："社会建构主义虽有不同形式，但一个共性的观点是，某些领域的知识是我们的社会实践和社会制度的产物，或者是相关的社会群体互动和协商的结果。"⑤

社会建构主义在教育中的运用有其客观基础。因为事实上，如同政治制度、法律体系、宗教习俗一样，教育制度也是被人为地建构的。因此，教育中既有实证主义所宣称的客观性，又有社会的约定俗成，即建构的属

---

① 罗杰·牛顿. 何为科学真理［M］. 武际可译. 上海：上海科技教育出版社，2001. 31—34.

② Gerard Delanty. Social Science：Beyond Constructivism and Realism［M］. Minnesota：University of Minnesota Press. 1997. 125.

③ Andrew Sayer. Essentialism, Social Constructionism and Beyond［J］. The Sociological Review，1997. 453—487.

④ Andre Kukla. Social Constructivism and the Philosophy of Science［M］. London：Routledge. 2000. 9.

⑤ Robert Audi. The Cambridge Dictionary of Philosophy［M］. Cambridge：Cambridge University Press，1999. 855.

性。以实证主义认识论作为比较教育研究的全部便失其合理性。事实上，在教育研究中，研究者和数据收集都是难以做到中立的，应该重视研究参与者的观点和判断。因此，比较教育研究应该倾向于使用质性研究方法，强调叙事、话语、故事和言说，同时不断探索其后的脉络和情境，并且要怀疑日常生活世界所呈现的面貌并不断反思自己的立场或隐含的价值取向。比较教育中的意识形态研究，价值有涉性研究，尤其是以文化来统一比较教育领域著述恢宏的研究等，是基于此种认识论的思想。

"从某种程度上说，比较教育学发展历史就是实证主义传统与反实证主义传统彼此争鸣、此消彼长的过程。"① 如今，比较教育中片面地强调用实证主义还是用社会建构主义方法的争论早已不存在。以研究对象的性质来决定研究方法的选择是学界的普遍共识。用库恩的范式理论来看，比较教育学中的两种研究范式已经基本形成，但是并不像自然科学中的情景那样是通过革命用新的范式代替旧的范式，而是通过革命既批判地发展了既有的范式，同时也通过批判建立新的范式，新范式和旧范式之间并非是对立的，而是可以相互补充和融合的。从没有范式到范式的形成，从单一的范式选择到多种范式对研究对象更全面的解释，这大概是社会科学的性质决定了知识进步的不同方式。

三、比较教育学的方法论

方法论是关于认识世界和改造世界的方法的理论，是"关于方法的方法"，是"一系列有关方法的理论与学说，是抽象的、概括的'方法哲学'"②。在比较教育的发展历程中，对比较方法论的运用，经历了一个从自然科学工具的比较方法，到针对比较教育学科特点对比较方法的批判发展，到最后再上升到哲学层面的比较视野的过程。当然这个发展过程，并不是线性的直线运动过程，也不是用后一种理论取代前一种理论的过程，而是一个层叠式的、累进性的过程。比较教育方法论发展到哲学认识论后，是以作为科学认识工具的比较方法的发展和基于比较教育自身特点对比较方法的批判发展为基础的。

1. 作为科学认识工具的比较方法

从认识工具的角度看，比较是"确定事物间相同点和相异点的方法。根据一定的标准把彼此有某种联系的事物加以对照，从而确定其相同与相

---

① 陈时见. 比较教育导论 [M]. 北京：商务印书馆，2007.181.
② 林聚任，刘玉安. 社会科学研究方法 [M]. 济南：山东人民出版社，2004.22.

异之点，便可以对事物做初步的分类。但只有在对各个事物内部矛盾的各个方面进行比较后，才能把握事物间的内在联系，认识事物的本质。"① 这个定义揭示了比较的最基本的功能是确定事物间的相同点和相异点，进而对事物分类。同时规定了比较过程中"比较的标准"的统摄性，被比较事物之间的"某种联系"是选择比较对象的依据。但是通过比较认识事物的本质并不是简单的表面比较就能一蹴而就，还必须比较事物内部矛盾的各个方面。毛泽东认为事物内部矛盾是事物发展的动因，是第一性的。"事物的内部矛盾"是多方面的，有功能性的、结构性的、关系性的。这样比较要达到对事物本质的认识，必须是全面的、综合的比较，而不是表面的、肤浅的比较。

那么，在科学研究中如何进行比较呢？比较教育发展初期，比较中以能够量化的变量为主。朱利安在《比较教育的研究计划和初步意见》中设置的 266 个问题，其回答方式都是以确定的数量或明确地肯定、否定的回答作为统计的变量。随着比较教育学的发展和对比较对象认识程度的加深，比较法也得到了发展。我国学者分析了比较教育学比较法的不同类型，这些类型有同类比较法与异类比较法，异期纵向比较与同期横向比较法，影响比较与平行比较，宏观比较法与微观比较法，结构功能比较法，解决问题过程比较与主客体三分比较等。② 一般说来，比较研究都涉及资料的收集和分析等，随着科学的发展，内容分析、模型建立、计算机统计软件等现代技术手段已经普遍运用到了定量和定性研究的过程中，从而在技术手段方面进一步推动了比较法的进步。尤其是电子计算机的发展使处理数量极其庞大的资料成为可能，各个国家中出现的收集各种资料的调查组织，使资料所涵盖的变量的范围非常宽广。这两种技术性的发展极大地推动了比较教育研究的发展，增强了学者对比较研究的信心。除此以外，比较方法并不是比较教育研究的全部方法。没有其他方法对比较方法的配合，单一的方法无法完成科学研究。对此，我国学者早就强调：比较并非是比较教育的"唯一的研究方法。因为没有其他方法的配合，仅仅用比较的方法是不会得出可靠的结果来的"。③ 另外，比较教育研究课题的复杂性、综合性在日益加强，可资利用的自然科学研究手段日益复杂、精密，比较教育

① 辞海编辑委员会. 辞海［M］. 上海：上海辞书出版社，1999.3840.

② 顾明远，薛理银. 比较教育导论——教育与国家发展［M］. 北京：人民教育出版社，1999.45—52.

③ 成有信. 比较教育学的对象及其发展的历史分期［A］. 顾明远. 国际教育纵横——中国比较教育文选［G］. 北京：人民教育出版社，1994.49—52.

研究日益成为集体的、综合的事业，自然科学和社会科学的共同创造使比较方法不断地得到发展。对于比较教育学的这些变化，基维斯和亚当斯总结了当代比较教育研究方法的发展要求：（1）需要运用多种方法，各种方法互为补充，特别是教育背景的意义与教育提供的丰富性可以经过艰苦的、长期的现场观察和分析而达致；（2）需要开发更严格的抽象程序；（3）需要认识到各国之间具有可比性的全面、高质量教育资料数据的价值；（4）需要开发适于多层次分析的计算机程序，这种程序不但要综合考虑各种稳定的或随机的变量，还要考虑学生、学校、国家等方面的不同层次；（5）需要国际组织努力发展可用于比较研究的教育指标。他们还认为，运用比较方法开展教育研究，越来越需要集体工作乃至国际协作，而不是仅仅依靠研究者的个人努力。①

2. 比较教育学对比较方法论的批判发展

工具性的比较方法可以普遍地在多学科中予以运用。然而，作为一门主要处于人文与社会科学交叉点，甚至某些方面还带有自然科学特征的教育学科，其比较研究具有自身的复杂性。比较教育学者不断地对研究方法本身进行批判和对研究方法的运用进行批判，在批判的过程中，形成了比较方法论的学科特点，发展了比较教育方法论。概而言之，这些批判主要体现在对"可比性"的研究、分析单位的自明性的质疑和分析单位的转换、比较研究中的"时间"维度的重新界定等方面。

"没有可比性的比较，是荒唐的比较。"在比较教育学的研究中，没有人会否认这句话的价值。正是比较研究的可比性，使比较教育中的各种研究具有能够证实不同教育之间的"事实联系"、彼此影响和相互作用的功能，以及推而广之的内在规律的认识的学理逻辑假设。比较教育中的可比性是一种基于事实判断和逻辑推演的假设，既是人类社会建构的，又在建构之后具有自己的客观性。各种教育现象并非自己完全地展现自己的可比性，研究者总是在一定的理论指导下去研究教育，不同的理论指导建构出不同的可比性假设，从不同的方向反映教育的性质和规律。顾明远和薛理银在关于"比较法的应用条件与局限性"的论述中，关于比较的对象在需要比较的属性方面的可衡量性和比较的标准的阐述可以看作是对"可比性"的界定。这两方面的阐述都关涉到"普遍统一性"问题。"比较的属性方面应当能用同一种单位或标准去衡量"，"比较时应当有精确、稳定的

---

① Keith Waston. Comparative Education [A]. P. Gordon (ed.). A Guide to Educational Research [G]. London: Woburn Press, 1996. 360—392.

标准"① 那么，标准从何而来？对于这个问题的回答可以分两个层次来论述，首先是哲学层面的对比较的认识问题。当我们进入比较视野的时候，便意味着我们承认其他民族、国家、文明在教育方面的成就，这种成就由于人类理解的共同性，彼此之间存在可交流性。正是这种可交流性使人们想象去整合一种理想的、具有普遍性的人类生活方式、政治体制和社会组织的建构方式等。比较意味着承认他者主体性的存在，并通过他者的存在来重新界定自我。这样的比较是建立在比较主体之间的平等基础之上的。可比性既有客观性的来源也有主观性的来源。因此比较教育中，实证主义方法论者理所当然地认为可比性来源于教育本身，但是忽视了主体对教育的认识；社会建构主义者从教育本身是人类建构的一种社会体系出发认为可比性来自研究者从自身理论体系出发的并非价值中立的建构，价值中立并不存在，存在的只是价值冲突。我国的比较教育学者虽然主要研究西方的教育理论和实践，但是渗透在思维方式中的辩证唯物主义思想使这二者之间并不存在分歧，大部分学者秉持可比性并非一种纯粹的客观存在的观点，认为可比性是主客观统一的思维结果，反映研究者对被研究对象的本质与关系的概括。随着理论的发展和对研究对象认识的加深，在比较教育发展的不同阶段，表现出不同的可比性。其次是东方与西方之间的可比性标准的来源问题。"西方中心论"认为由于现代化的来源在西方，资本主义的现代经济基础建立起了相应的社会制度体系、社会关系和社会组织，并且产生了相应的意识形态。作为后发展国家的东方，只是处于西方发展过程中曾经经历过的某个历史环节，因此应该完全效法西方。这样，比较的标准并非是由双方共同界定，比较的一方就是标准，实际上就取消了有建设性的比较。西方的教育比较主要存在于西方国家之间，对非西方国家的研究，主要是将其作为特殊性予以处理。中国的比较教育从 20 世纪 80 年代起，经过短短 30 年的大发展，在东西方如何进行比较和可比性的界定问题上走过了不同的历程。在初期的主要以借鉴为目的的研究中，西方的教育制度和教育模式便是比较的标准。韩毓海在谈到 20 世纪 80 年代中国的思潮时认为："中国 80 年代以来的启蒙主义思潮有一个致命的弱点，就是在中西文明的比较框架中，将近代西方的自由、人权和私有财产视为普遍乃至终极的价值，中国始终处于一个在价值上是落后的、二类的、亚文

---

① 顾明远，薛理银. 比较教育导论——教育与国家发展 [M]. 北京：人民教育出版社，1999.53.

化或者'劣等文化'的位置。"① 教育界的思潮也未逃出此种思维模式。但是，随着资本主义发展进入晚期②，西方社会在发展过程中也遇到了难以解决的社会难题（包括教育），社会发展全球化时期的到来使民族国家在全球化结构中思考自身的发展和定位，以及理论界对现代化的不同发展路径的讨论等，这三个方面也使我国在教育的比较中重新思考比较标准的问题。将哲学层面的可比性问题和东西方的可比性问题结合起来看，前者隐含了比较对普遍性的追求，而后者却通过比较否定了普遍性的存在。但是两者之间并非矛盾，被否定了的普遍性实际是以把西方社会在某一历史阶段的发展模式作为整个人类社会普遍的发展模式，由于历史性与特殊性，任何特定社会、特定时间中的发展模式，其普遍性都是有限的。真正能达到的普遍性是通过理性的比较而得到的具有一定适应范围的普遍性。

比较单位的选择是比较教育研究方法论的第二个反思点。比较教育自创立始，便将民族国家作为自明性的比较单位。按施瑞尔教授的说法，便是因为比较教育发展初期，"趋向于将多样化的社会文化情境简化为'检验的材料'或者'天然实验室'，而这些多样化的社会文化情境却是由世界各地历史性地发展而成的，这些社会文化情境本应成为形象的感知对象。这些比较方法急于建立法则性知识的抱负发展至极，以至于将比较研究中的个体分析单位（如民族国家）尽可能地直接为一般的变量。"③ 但是，对这种比较单位的自明性和差异性的怀疑也一直存在。滕大春就深刻地指出："古今中外的事实表明：各民族的文化都不是绝缘体，各国家的教育都是混血儿。"④ 然而，对以民族国家作为比较单位的强有力的冲击莫过于全球化思想，当代德国社会学家贝克（Ulrich Beck）说："全球化不能只被理解为民族国家间交互关系与作用的增强与频繁，事实上，越来越多的经济和社会贸易、工作和生活形式，不再依国家原则组织起来的'社会容器'中进行。经济、政治和生活形式不仅可跨越边界威胁古老的民族国家，他们也改变了民

---

① 张旭东，韩毓海. 可比性、普遍性与文化政治——从卡尔·马克思重新出发 [J]. 文艺理论与批评，2003，（6）：30.

② Fredric Jameson. Postmodernism, or, the cultural logic of Late Capitalism [M]. Durham: Duke University Press, 1990.

③ 于尔根·施瑞尔. 融和历史与比较：对比较社会科学新进展的回应 [J]. 王黎云译. 比较教育研究，2005，（12）：5.

④ 滕大春. 试论比较教育和"洋为中用" [A]. 顾明远. 国际教育纵横——中国比较教育文选 [M]. 北京：人民教育出版社，1994. 32.

族国家内部的凝聚状态，越来越多的事情不但是同时发生，而且发生于同一地，而我们的思想和行为未曾对距离的缩小做出准备。世界突然变得紧密，不是因为人口的增长，而是因为某一些文化效应似乎必然会使所有的陌生者及远方彼此接近。"① 由于社会的这种发展变化，比较教育学中的古典的比较方法论面临着根本的挑战，由于社会现象的因果网络关系的复杂性和比较教育学"研究对象的复杂性。曾是比较研究领域内无可置疑的分析单位——国家、社会、文化——丧失了它们在经验和逻辑上的确定性，社会-文化一体性与全球相互依赖的复杂性交织彰显，换句话说，是历史建构与世界水平的文明渗透进程逐渐占据了比较研究领域。"② 比较教育学中的依附论、世界体系分析、区域研究、国际教育关系研究、留学生教育研究、全球课堂教育学研究等是这种分析单位变换和研究视角转移的反映。

除此以外，由于比较使历史学关注的时间和地理学关注的空间都在教育研究领域中凝聚，对比较研究方法论的批判使曾经被忽略了的时间和空间在比较中作为一个问题得到了重视。比较的"空间"问题在上文关于研究对象的选择问题中得到了体现，接下来便是比较研究中的"时间"作为问题被提出。很多比较教育文献集中于对现状的描述和比较，而这种现状似乎是时间之流中的静止的一点，"在现代文化中，我们倾向于认为时间是事件从过去到现在的某种流动。我们倾向于认为时间和空间都可测量，都是与物体的存在和人类的活动相分离的。"③ 这成了比较研究中的一种典型的言说方式。"对时间维度的忽视长期以来限制了对变化的解释。将时间维度包含在研究设计之中将增强比较定量分析研究的潜力。"④ 提出质疑和解决方法的便是年鉴学派的"长时段"概念，这一概念是年鉴运动在解决特殊性历史学家与通则性社会科学家之间的认识论紧张时所提供的方法，就是分析大空间和长时段。虽然比较教育一直强调研究中的历史渊源，但是比较研究应该在多长的时间范围是合法而有效的？另外，由于教育效果显现的延后性，在这类的比较中如何确定时间段呢？在一般的比较当中，直接将东西方在当代某一相同时间发生的教育事实、教育现象进行比较，如果从历史发展的时间性来看，这一时间的选择具有可比性吗？这些问题触

① 贝克. 全球化危机：全球化的形成风险与机会 [M]. 孙治本译. 台北：台湾商务印书馆，1999，中文版序.

② 于尔根·施瑞尔. 融和历史与比较：对比较社会科学新进展的回应 [J]. 王黎云译. 比较教育研究，2005，(12)：6.

③ 马太·杜甘. 比较社会学 [M]. 李洁等译. 北京：社会科学文献出版社，2006.156.

④ 马太·杜甘. 比较社会学 [M]. 李洁等译. 北京：社会科学文献出版社，2006.43.

及了对比较教育研究的知识上有效性的追问，它使我们必须重思比较中的"时间"问题。

3. 哲学层面的比较视野——学科统一的一种视角

方法论的最高层次是哲学方法论。比较教育学方法论发展的哲学层次上的体现便是比较视野的提出。"比较视野在本质上是一种辩证性的思维方式，即通过异中求同、同中求异的方式来揭示研究对象之间的本质关系，从差别与同一的辩证关系中认识人类的整体性和统一性"，"其根本的存在方式并不是能够立即被感知的物质形式，而是以特殊的物质形式，一种稳定的、定型化的思维样式内化于研究主体的头脑之中。它内化为每一个人的思维方式，成为一种无意识的自觉，研究主体在学术活动中将其作为本体论加以内在地、自觉地使用"。① 同时，比较视野也成了统一比较教育学的一种视角，这种视角从过去以具体的方法来统一学科转为哲学意义上的"比较视野"或"比较意识"，强调研究主体在研究过程中对比较的总体上的研究路径、范式、视域、理论框架或概念框架的运用。比较视野的出现使比较教育研究否定了普遍的教育模式、教育理论的存在。这个否定是肯定中的否定，它体现为不承认任何特定文化中的文化形式是具有全面的普遍性，而是普遍性与特殊性的结合，是有限的普遍性。因此，比较视野使我们从文化上无法认可西方的所谓应该推广到全球的价值观念、意识形态、政治体制、法规制度、教育制度、教育思想等未加省思的普遍性，而认为它也是一种特殊性，同时也是有限的普遍性。因为比较视野本身预设了一个不同于自我的其他主体的存在。同时比较视野的辩证统一视角又假定了一个总体的存在，这个总体大于部分之和，"可比较性观念表达了一种意愿甚至渴望，要实现不同人类群体的和平共处和相互理解。在对和平和共同利益的这种隐含的或明确的企盼中，比较思维必须与一个想象的总体同呼吸、共命运。而这个总体在概念上大于部分之和，比部分之和更为复杂。因此，可比性问题作为对比较研究实践的反思检讨，就与有关普遍性的哲学问题联系起来了。总是要假设一种总体，但是这种总体是否成立，要在比较性思维中来探讨。"②

从上面比较教育学方法论的发展可以看出，比较教育的方法论既包括特殊的工具层面的方法论，也通过对方法论的批判发展成了适用于一般社

---

① 付轶男，饶丛满. 比较教育学科本体论的前提性建构 [J]. 比较教育研究，2005，(10)：1—6.

② 张旭东，韩毓海. 可比性、普遍性与文化政治——从卡尔·马克思重新出发 [J]. 文艺理论与批评，2003，(3)：42—43.

会科学比较的方法论，最后上升到了哲学层次的比较视野，比较教育方法论已经形成了一个具有开放性的有结构的整体，它体现了社会科学与自然科学的不同。正如查尔默斯（Alan Chalmers）所言："科学要获得比较有效的进步，理论就应该在结构上含有关于其本身如何发展和扩充的相当明确的线索和规则。这些理论应该是可以提供一个研究纲领的开放的结构。"①正是在这种意义上，比较教育方法论获得了进步，这种进步的过程既含有波普尔的"证伪"的过程，也有库恩所说的"范式"的成分，但是并没有发生后来的范式取代了先前的范式的革命，这种进步是渐进地形成了"研究传统"。

第三节　全球结构中中国比较教育学派的建立

全球结构与全球化的差别是明显的。从学术方面来看，全球结构指的是某一种学术在全球范围不同的地域之间的发展差异，是对民族国家之间学术水平竞争关系的客观描述，而全球化则指的是全球性趋同或趋异的潮流趋势或学术的广泛的国际交流等。全球结构在历史发展的任何时期都存在，而全球化则是现代化发展的新阶段，是当前社会发展的时代特征。因此，当代的全球结构是在全球化发展特征影响下的结构机制。全球化的发展已经使世界重新洗牌，新的游戏规则、新的特权机构和制度体系、新的话语体系正在生成之中。在全球化语境下的今天，国与国之间的竞争主要是整体综合国力的竞争。对学术研究领域而言，谁占领了学术创新的制高点，走到学术最前沿，谁就能够掌握竞争的主动权和先机。由于我国历史的特殊性，西方比较教育学发展的两百年的历史沉淀在我国比较教育学快速发展的三十年中被以"浓缩"的方式得以展现。同时，全球化时代赋予比较教育学新的发展机遇，比较教育学在全球化时代面临新的理论突破，是摆在西方比较教育学者和我国比较教育学者面前的共同论题。从理论上讲，新的发展时期已经把我国比较教育学者和西方比较教育学者带到了同一起跑线上，中国的比较教育学者已经摆脱了亦步亦趋地充当西方学者理论的"传播者"和"消费者"的角色，能够并且应该在全球化结构中发出中国比较教育学派的声音，得到世界比较教育学界的认可。只有站在这样的视角考虑，我们才能真正看到比较教育学理论体系的进步。

---

① 查尔默斯. 科学究竟是什么？——对科学的性质和地位及其方法的评价［M］. 查汝强等译. 北京：商务印书馆，1992. 91.

一、"和而不同"的传统思想契合了比较思维的内在规定性

在如何对待外来文化的态度上，中国传统哲学文化的民族特质体现了它独特的开放气质和宏大的兼容性。"外来的和尚会念经"这句俗语虽源于佛教从异域传入中国的历史事实，但却鲜明地体现了中国人对异域文明的态度。诚然，中国传统哲学文化的这种开放性与兼容性是其自身变革与创新的内在动力，但是，如果不以自身文化为根本去兼容而是体现为以外来文化为标准的趋同的话，则会在发展过程中陷入失去学术自主性的泥淖，难以实现中国社会科学的发展。

我国的比较教育从20世纪80年代初期起，是建立在大量介绍和翻译西方的教育制度、教育实践和教育理论的基础上的。而西方国家的教育理论，是建立在西方国家的经济基础、政治制度和意识形态基础之上的。概而言之，是建立在西方的"现代化"框架基础之上的。基于这种以西方现代化模式为人类普遍发展模式的理论假设，我国比较教育学的建立以求同思维进行发展的话，"就离开了我们民族赖以生存、发展和跃进的传统文化，就失去了与国际比较教育对话的应有立场，也就无法建立中国自己的比较教育理论世界"[①]。而比较思维的内在逻辑是承认比较各方的主体性，承认比较各方都有自己的文明成就，并且不同的成就之间是可"通约的"，只有这样，才是真正的比较。中国传统哲学"和而不同"的思维方式在新时代的重新诠释，正是全球化时代以比较思维去看待不同民族国家社会科学之间关系的学理内的在要求。"和而不同是批判西方中心论的有力武器"[②]，"和而不同"比较思想的提出终结了我国比较教育学界的西方中心论，它体现了一种能够以广阔的心胸去容纳世界各国不同的教育形式的态度，同时也是我国比较教育学界学术自主性意识确立的开端。

二、中国比较教育学者的焦虑意识是中国比较教育学派创生的心理动力

比较教育学的危机在中国比较教育学界得到了长久的讨论，这种对学科危机的讨论一方面反映了比较教育学者对学科反思的进程，另一方面体

---

① 王长纯."和"的哲学与比较教育：兼论西方中心在比较教育理论研究中的终结［J］.外国教育研究，1998，(6)：6.

② 王长纯."和"的哲学与比较教育：兼论西方中心在比较教育理论研究中的终结［J］.外国教育研究，1998，(6)：6.

现了比较教育学者对学科现状的焦虑意识。

首先，是如何建立中国比较教育学的学科发展自主性的焦虑。由于中国的现代化属于"后发外生型"，是在西方国家的"坚船利炮"的威逼下被迫步入现代化进程的。这种历史的特殊性使中国失去了沿着自己的道路步入现代化的机会，只能沿着西方的模式进行照搬或者说"借鉴"，快速地迈入"现代化"。物质的现代化也许能够以"引进"的方式快速迈入，而思想的现代化却是一个难以一蹴而就的过程。中国的现代化过程模式，一方面造成了中国学人对西方现代化发展的艳羡，另一方面是对自我发展状况的自卑。长期以来，"现代化范式"对中国比较教育学者的影响主要体现在三个方面：第一，由于现代与传统的两极区分，西方的教育是现代的、先进的，中国的教育是传统的、落后的。这种不加反思的二分模式，使中国的教育在发展过程中，越来越远离自己的文化和传统，而以西方的标准为标准。从教育制度的建立、教育观念、教育思想的引进无不打上西方教育的烙印。第二，这种被误认为具有普遍性的西方现代性发展模式使我们在以西方现代化为模式建构中国的教育时缺少反思性，而被理所当然地接受。第三，因为前述两点，中国比较教育学者是以西方比较教育的理论和概念为标准建构比较教育学。我们分析比较教育问题的思想框架，即使在直接面对中国的传统文化时，似乎也只能通过西方的某一家的理论才能得到阐明。我们的重点在第三点，因为它代表了在世界学术体系中，中国比较教育学学术自主性的缺失。冯桂芬在《校邠庐抗议》"采西学议"条中讲的学习西方的三个过程"始则师而法之；继则比而齐之；终则驾而上之。"很显然，"比而齐之"甚至"驾而上之"是中国学者在面对西方优势文化的时候从来没有磨灭过的奋斗目标。西学从初期进入中国受到的多数派的排斥，经由"中体西用"的折中，再到西方的现代性文化在中国"五四"新文化运动后占统治地位，后又在20世纪80年代对各种现代化理论的舶来过程中得到强化，最后再到20世纪90年代开始对西方现代化发展模式的反思，西方学术在中国的兴旺发达与中国的现代化过程紧紧相连。随着我们对西方现代化思想框架的认可，很长一段时间，我们主要在"师而法之"，而忘记了"比而齐之"和"驾而上之"。全球化时代的到来是人类共同面临的发展问题，西方国家发展过程中面临的根深蒂固的危机和舶来的思想与中国现代化发展过程中的问题之间的时空异位和水土不服，使国际学术领域的"支配与被支配"、"中心与边缘"问题凸显在中国学者的意识里。比较教育学者在对自身学术中的"移植品质"的全面反思和重建中国的比较教育学，正是寻求这种中西学术关系进行重构，是中国比较教育学派理论自觉的开始。

其次是中西文化如何整合的焦虑。中国比较教育学在比较的过程中的特有问题是具有几千年历史的中国文化与现代西方文化如何整合的问题。因为对这个问题的回答决定了如何比较和在比较过程中的方法论和价值观的选择。这里不仅有中西的问题，还有传统与现代的问题。从哲学上来看，其体现主要是本体论和方法论的问题，在我国具有代表性的观点是"和而不同"与"本体诠释学"。比较教育学中的"和而不同"的观点是认为不同的文化都是平等的，都具有自明性和自在性，因此都是普遍性和特殊性的综合，这里没有优等与劣等的价值判断。体现在比较教育中，"比较教育需要多种理论的营养。每一种理论都具有自己的优势之处和时代的局限，没有一种理论能解决比较教育的所有问题。辩证地看待各种比较教育理论，执两用中，是比较教育方法论建设的基本途径。"① "本体诠释学"源自"和而不同"，但是却是在不同的层面上承认中西两种文化的差异，认为二者应该互补。这一学术理论是成中英在多年的对中、西哲学的比较研究中提出的。对于中西文化，他认为："如果我们比较中西方文化，我们可以发现西方社会为了解决它内部的种族、社会和宗教矛盾带动了宗教的理性化与权力政治的法律化，因而消除了人的社会情性与生活以及不受教规约束的哲学悟性。这个世界就成了理性分析与科学综合为主流的知识世界。而科学方法就是这一世界发展的最后成果。"② "中国哲学传统中潜在的融通与感通精神，不能想象人们对符号的解释或不解释都无法阻止自然的'道通为一'，以及人类的沟通需要与探索兴趣。这是中国哲学的本体精神，反映了天地人内涵的三（多）元合一之道以及本体的真理与价值。"③ 在中西方文化的交汇中，其宇宙观应该是"以理解为主体、以融合为主流的中国文化具有的丰富的真理性，根植和包含在天人合一、知行合一、内外合一与情境合一的和谐宇宙观"④。"因此我们可以体会到西方文化与西方哲学与中国文化及中国哲学面临着不同的问题。西方的问题在于如何面对强大的科学方法以及科技发展来重拾社会的共同性和人与自然的互通生息与相

---

① 王长纯. 文化自觉、理论自觉和实践自觉（论纲）——比较教育和而不同发展的途径 [J]. 比较教育研究，2005，（3）：22.

② 成中英. 从真理与方法到本体与诠释（代前言）[A]. 成中英. 本体与诠释 [G]. 北京：生活·读书·新知三联书店，2000.3.

③ 成中英. 从真理与方法到本体与诠释（代前言）[A]. 成中英. 本体与诠释 [G]. 北京：生活·读书·新知三联书店，2000.2.

④ 成中英. 从真理与方法到本体与诠释（代前言）[A]. 成中英. 本体与诠释 [G]. 北京：生活·读书·新知三联书店，2000.3.

互补偿；而中国的问题在如何吸收和建立科学方法而不丧失原有的理解伦理与价值。"① 在比较教育研究中，以文化整合比较教育学科领域，在学术领域内与其说得到普遍认可，不如说得到热烈的讨论。而对于如何整合比较研究中的中西方文化的问题还是处于理论建构的初期，相应的概念体系和理论框架都还没有建立起来，如何从中西文化的"同"中看到自己的"异"，如何从"异"中看到"同"，还是一个自在的问题。另外，在以文化作为整合比较教育学学科基础的比较研究中。文化来源于何处？是研究者建构的文化还是大众的文化，这二者之间的关系如何予以证明？比较教育研究应该以哪种文化作为研究背景，是理想建构式的还是事实归纳式的，抑或二者兼有融合？这些都是问题。

最后是理论与实践断裂的焦虑。首先是比较教育学科内部的理论研究与应用研究之间的断裂。比较教育中大量充斥的是区域研究，"真正的区域研究应该将'比较'作为方法纳入其中，否则就不可能成为有魅力的区域研究"，② 而"我国现阶段比较教育区域研究只能称之为'信息提供型外国教育研究'，未能超越表层的形式化比较水平。"③ 比较教育学科领域中有大量的关于如何进行比较的理论体系，而比较教育的应用研究中似乎并没有严格地运用这些理论体系。这一方面是因为任何一种单一的比较教育理论体系都难以为比较教育研究提供全面解决方案，另一方面是因为我国比较教育学者研究风格的限制，正如冯增俊教授指出的，"多学科方法的运用是世界比较教育的发展趋势，但是在中国比较教育中未得到充分体现和落实。这主要表现在两方面：在资料的收集方面，观察、调查、访问等方法很少使用，基本上还是书斋式的文献研究，方法单一；在资料分析方面，大多只从本学科需要的范围出发，部分地将所研究区域的教育现象及其影响因素拿出来进行对号入座式的分析，致使不能将研究对象放在一定的时间和空间中进行整体的把握"④。

除了内部存在的这二者之间的断裂外，比较教育学的理论总体在解决教育实践问题的过程中还面临着应该起到的作用与已经起到的作用之间的

① 成中英. 从真理与方法到本体与诠释（代前言）[A]. 成中英. 本体与诠释 [G]. 北京：生活·读书·新知三联书店，2000.3—4.

② 马越彻."区域研究"与比较教育学——以明确"区域"的教育特质为目的的比较 [J]. 饶丛满译. 外国教育研究，2002，(4)：12—13.

③ 陈时见. 全球化背景下中国比较教育的研究与发展 [J]. 比较教育研究，2004，(12)：87.

④ 冯增俊. 当代比较教育学的学科概念体系 [A]. 陈时见，徐辉. 比较教育的学科发展与研究方法 [G]. 北京：商务印书馆，2006.73—74.

不对称，现实的成就远远低于学科预设。正如项贤明教授所指出的，"我国教育改革实践对比较教育研究的要求和需要发生了变化，而比较教育学的发展暂时还没有很好地适应这种变化。"① 如果说在改革开放初期，比较教育学者因为语言优势起着中西方教育交流的桥梁和引进介绍西方教育思想和潮流的作用的话，从 20 世纪 90 年代之后，这种作用的重要性和唯一性已经不在，比较教育学者的焦虑意识随之而生，到了我国卷入全球性竞争体制过后，这种焦虑意识变得更深刻和更全面，对中国比较教育学的变革和发展起到深层的动力学作用。

三、跨文明的中国比较教育学的实践是中国比较教育学派创生的源泉

改革开放伊始，中国再次成为西方教育理论的最大消费者，中国教育体制的重建过程就是西方教育模式在迥异于自身的东方文明中的试验过程。对此，30 年来，中国教育的发展过程对这种不同文明中的教育体制的移植有最深刻的感受，对如何在东、西方文明之间进行比较有深厚的实践积累。而中国比较教育学的发展主要是通过对西方比较教育学的引进来发展的，缺乏对教育实践中的跨文明借鉴的反思。全球化时代，这些问题已经从自在的状况转变为比较教育学者特意关注的对象。西方比较教育在其发展过程中，没有遇到东方文明与西方文明的激烈碰撞问题，他们对非西方的态度是一种先进对落后的理论输出模式，其教育比较主要是在发达国家之间进行，而缺乏这样的跨文明比较。跨文明比较是中国比较教育学在发展伊始便面临的特殊问题，也是目前西方比较教育学在全球化的过程中刚刚面临而且还将不断深化的问题。可以说，这种东方和西方文明的激烈碰撞，东西方不同文明中教育的比较问题，中国在实践上先行一步了。理论体系是现实的，它是为现实而创造的，它具有解决现实问题的品格。中国比较教育学如何把这种独特的实践过程转化为理论，从中国教育的角度构建跨文明比较的比较理论，不仅是当前中国教育改革和发展的迫切要求，同时也对世界的比较教育理论体系做出贡献。然而，中国比较教育学如果没有自己在全球化时代对世界体系的把握，对现代化的全球化阶段的特点的认识，没有对跨文明情况下如何比较进行理论探讨，还是套用西方的比较理论，应用研究的质量将仍然处于低水平徘徊的境地，很难通过比较得出切合中国教育实际的结论，甚至难以得出结论。这种尴尬状况，正如贝雷迪

---

① 项贤明. 站在十字路口的中国比较教育学 [J]. 比较教育研究，2005，(3)：27.

在对比较研究的论文进行总结时所言，"为数太多的旨在进行比较的论文都是限于对某一国家作专题研究，文章达到'高潮'时，无非是用了一节、一段甚或一句使人产生不祥预感的文字结尾，其意诸如'另一个国家情况如此不同'云云。"①

由此可见，全球化背景下中国比较教育学派的创立并非是为了比较教育学术圈中的"面子"问题，而是因为理论的实践方面的积累，以及新的时期客观的研究对象的特征要求研究理念和研究方法进行创新，还因为既有的理论研究在对应用研究指导上的软弱，这些因素共同推动着比较教育学的学科发展和进步，进而为教育研究的进步和其他人文社会科学研究作出贡献。比较教育学中国学派的创立，体现在学术主体的精神状态的变革、学科理论体系建立的合理性上。

四、中国比较教育学派创立的浅思

承接以上分析，中国比较教育学派的创立便已处在此逻辑链条之中。一个学派的创立是整个中国比较教育学界集体创造的结果。而本文只能提出一点关于中国比较教育学派创立的浅思。首先，沿着以文化作为统一比较教育学的视野前进，以我国教育领域的比较实践和比较教育学科发展的研究积累为基础，通过将无所不包的文化视野具体化为不同的文明展开研究。首先研究在东方和西方不同文明中如何进行教育比较的问题，在可能的情况下逐渐扩展到东方文明和非洲文明、南美文明之间的比较等。假以时日，也许这种跨文明的研究能够遍及世界八大文明②的相互之间的跨越性比较研究，建立具体的关于在不同文明中进行比较的跨文明比较理论，逐渐解决比较中出现的普遍性问题。这样，我们就将比较教育学科理论的建设从整体的宏大的普遍性的建设转为较为具体的和类型化的比较教育理论建设。罗坎通过对20世纪50年代以来的比较社会科学研究的理论分析指出："任何一种进行跨文化比较或者跨国家比较的尝试的理论支撑基础都是薄弱的、残缺不全的。如果说有什么的话，人们在发展各种分析手段和

---

① 贝雷迪. 教育的比较方法论反思（1964—1966）［A］. 赵中建，顾建民. 比较教育的理论与方法——国外比较教育文选［G］. 北京：人民教育出版社，1994. 180.

② 亨廷顿的分类，他认为文明的同一性将越来越重要，其主要表现形式便是下述七种或八种主要文明之间的互动。这些文明形式包括：西方文明、中华文明、日本文明、伊斯兰文明、印度文明、斯拉夫文明、拉美文明以及也许还包括非洲文明。但是比较教育研究可以根据教育的特点界定进入教育研究视野的不同的文明形式。参见萨缪尔·亨廷顿. 文明的冲突与世界秩序的重建［M/OL］. 周琪等译. 北京：新华出版社，2002. http://www.oklink.net/a/0106/0613/wmdc/009.htm. 2009—4—10.

检验处理资料——这些资料处在如此不同的可比较性的层次上，并且来源于如此不同的各种文化脉络——的过程中得到的诸程序的每一种戒律方面所做的事情是微乎其微的。"① 以跨文明比较理论为出发点的中国比较教育学派正是以解决这一问题为旨归来发展比较教育理论的。这种理论与之前宏大的普遍性理论相比，是一种中层理论，处在联结运用研究和普遍性比较理论研究之间，它在总体思想的指导下，通过运用研究的检验和推动来发展理论。另外，普遍的比较理论也有可能通过哲学和纯粹思辨而来。但是，由于教育科学的性质，教育是人类社会的一种建构的社会形式，不同的文明形式肯定建构的内容不同。因此，这种普遍性比较理论也必须经过不同文明中比较模式的比较，才能确认它的普遍性程度及其普遍性的时空依存性和历史性。如果否认这一点，便是取消了比较，从而也取消了比较教育学。因此，跨文明的比较教育研究具有理论建构的基石作用。

其次，比较教育学的具体研究对象一直是比较教育学的学科性质遭到质疑的关键。从第一章的文献统计分析可以看出，比较教育研究其实并没有涵盖教育的所有领域，也不是教育中的所有问题都需要通过跨文明、跨文化、跨国家的比较进行研究。目前比较教育研究的重点，从各级各类教育来看，主要集中在高等教育和基础教育；从教育问题研究来看，主要集中在课程与教学和教育管理；除此以外，是专属于比较教育领域的发展教育和国际教育。而在这些重点之中，比较其实是集中在教育制度与教育实践方面。因此，比较教育学解决学科研究对象问题的发展道路，完全可以以比较教育学统摄之下的各个专题性或专门性研究中心的成立来解决这一难题。比如，已有的比较高等教育研究、比较课程与教学论、教师教育研究中心、比较基础教育研究中心等。这些机构的名称可以商榷，但是一定是要在比较的理论指导下进行的系统的专门性的研究。只有通过这条道路，才能在整个教育领域中清楚地看到比较教育学的知识贡献和实践贡献，形成知识体系。当比较教育知识不再以零散的状态而是以体系的状态出现的时候，它就具有整体性而难以推翻。除此以外，比较教育研究中还应有主要从事理论研究的人员和机构，实现理论研究和应用研究的结合和互补。

再次，中国比较教育学派应该超越以前民族主义取向的比较教育研究目的。通过目的论的改变拓展研究视野，实质上是在更高的层面上实现目的的一种方式。长期以来，比较教育的目的被界定为为本国的教育改革和

---

① 施泰因·罗坎. 跨文化、跨社会以及跨国家研究 [A]. 苏国勋, 刘小枫. 社会理论的政治分化 [G]. 上海：上海三联书店, 2005. 401.

发展服务。其实，比较教育在为本国教育服务的时候同时也对世界教育做出了贡献，因为它增添了在不同国家检验教育理论和教育实践的案例，有助于理论普遍性的建构。在全球化时代，由于世界范围内存在的共同利益和相同的发展趋势，体现在教育上，是教育体制的趋同、全球性课程内容的增加、国际教育和发展教育的发展等等，比较教育应具有超出一国教育的私利的目的，具有更大的公益性。西方比较教育学家库森曾说过："我研究的是普鲁士，而我思考的始终是法兰西。"① 在全球化时代，这句话还应该加上更广的内涵，不仅仅思考本国的教育，思考的范围还应拓展到国际组织、区域性甚而全球性的教育。其实，这种全球性的观点早就有学者提出过，"比较教育的目的不是介绍需要模仿或否定的模式，而是要了解不同人民，学习他们的教育和文化经验，归根结底，比较教育不是孤立地来改善'一种'教育制度，而是通过改善各种具体的教育制度（注意：不是学习制度）来改善整个世界的教育。"②

最后，研究者的主体性是比较教育研究水平的保证。比较是人类的一种基本思维方式，在教育学界的教育研究者常常以一般的比较的思维工具来代替跨文化、跨文明、跨国的比较思维，而缺少对"比较"工具的反思。这种状况在比较教育学者中也不能说不存在。因为这种状况，将作为一门学科的比较教育研究直接降低到教育的简单比较。整个教育学领域对跨国、跨文明、跨文化教育比较的钟爱，一方面说明了整个教育研究需要比较教育学的指导，另一方面也显示了教育研究实践对比较教育理论需求的紧迫性。因此，比较教育理论的消费者是整个教育领域的研究者。比较教育学者应该在学科理论研究方面做出相应的贡献并且要在比较的应用研究方面具有示范性。显然，我们以前并没有做好这方面的准备，而是亦步亦趋地跟在西方比较教育学的后面，把他们的问题不假思索地概念成我们自己的问题，把他们的社会发展理论误以为就是我们的发展理论。在繁忙的引进和追逐理论的新潮中，忘却了东方文明和西方文明之间的巨大差异，以及中国社会的发展阶段与西方社会的差异性，一味以共性来统一。中国比较教育学者消费了西方的比较教育理论，却忽视了自身应承担的基于东方文明传统的自主创新的理论对中国教育比较实践的指导。因此，全球化时代，比较教育学者应该充分显示自己在国际比较教育学界和国内教育学界的主体地位，根据时代特点和中国的教育现代化发展模式，建构中国比

---

① 王承绪. 比较教育学史 [M]. 北京：人民教育出版社，1999.44.
② 何塞·加里多. 比较教育概论 [M]. 万秀兰译. 北京：人民教育出版社，2001.91.

较教育学派的概念体系和研究框架，体现学术自主性。这种自主性的体现，首先在于我们要对西方教育现代化体系的普遍性和合理性本身进行问题化，既承认它在历史发展中的进步性，又要界定其历史性和境域性。这样我们才不至于不加批判地全盘吸收或者采取极端民族主义的方式彻底拒绝。其次，中国比较教育学派要对全球化本身进行建构。全球化处于发展过程中，其本身不是业已出现的固定模式，而是人们在基于现实和未来发展，基于合理性与合法性，基于国家利益、国际组织以及全球利益基础上的建构之中发展的。最后，基于前两种建构，建构 21 世纪的中国比较教育学术研究。毋庸置疑，全球化的论题将贯穿整个 21 世纪，它给中国比较教育学带来发展机遇，在于我们对全球结构中的中国比较教育学派的认识和建构，在于结合时代发展的特点规定中国比较教育学的发展模式和发展理想。

主要参考论著

A 专著、论文集、学位论文

1. 北京大学哲学系外国哲学史教研室. 西方哲学原著选读（下卷）[G]. 北京：商务印书馆，1982.

2. 陈时见. 比较教育导论 [M]. 北京：商务印书馆，2007.

3. 陈时见等. 比较教育管理 [M]. 南宁：广西教育出版社，2001.

4. 陈时见，徐辉. 比较教育的学科发展与研究方法 [G]. 北京：商务印书馆，2006.

5. 成有信. 比较教育教程 [M]. 北京：北京师范大学出版社，1987.

6. 辞海编辑委员会. 辞海 [M]. 上海：上海辞书出版社，1999.

7. 丁雅娴. 学科分类研究与应用 [M]. 北京：中国标准出版社，1994.

8. 杜作润，高烽煜. 大学论 [M]. 成都：四川教育出版社，2000.

9. 方文. 学科制度和社会认同 [M]. 北京：中国人民大学出版社，2008.

10. 冯增俊. 比较教育学 [M]. 南京：江苏教育出版社，1996.

11. 冯增俊，陈时见，项贤明. 当代比较教育学 [M]. 北京：人民教育出版社，2008.

12. 高如峰，张保庆. 比较教育学 [M]. 上海：上海外语教育出版社，1992.

13. 高宣扬. 当代社会理论（上）[M]. 北京：中国人民大学出版社，2005.

14. 顾明远，薛理银. 比较教育导论——教育与国家发展 [M]. 北京：人民教育出版社，1998.

15. 顾明远. 国际教育纵横——中国比较教育文选 [G]. 北京：人民教育出版社，1994.

16. 顾明远. 中国教育大系——现代教育理论丛编（下）[G]. 武汉：湖北教育出版社，1994.

17. 杭州大学教育系. 教育辞典 [M]. 南昌：江西教育出版社，1987.

18. 胡伟希. 观念的选择：20 世纪中国哲学与思想透析 [M]. 昆明：云

南人民出版社，2002．

19．胡军．知识论［M］．北京：北京大学出版社，2006．

20．金哲等．世界新学科总览［M］．重庆：重庆出版社，1987．

21．乐黛云等．比较文学原理新编［M］．北京：北京师范大学出版社，1998．

22．雷毅．深层生态学研究［M］．北京：清华大学出版社，2001．

23．李现平．比较教育身份危机之研究［D］．北京师范大学博士学位论文，2003．

24．李友梅，肖瑛，黄晓春．社会认同：一种结构视野的分析［M］．上海：上海人民出版社，2007．

25．李政涛．教育学科与相关学科的"对话"——从知识、科学、信仰和人的角度［M］．上海：上海教育出版社，2001．

26．梁启超．学与术．饮冰室文集之二十五［G］．北京：中华书局，1989．

27．梁展．全球化话语［G］．上海：上海三联书店，2002．

28．林聚任，刘玉安．社会科学研究方法［M］．济南：山东人民出版社，2004．

29．刘明．学术评价制度批判［M］．武汉：长江文艺出版社，2006．

30．刘仲林．现代交叉学科［M］．杭州：浙江教育出版社，1998．

31．卢晓中．比较教育学［M］．北京：人民教育出版社，2005．

32．鲁品越．西方科学历程及其理论透视［M］．北京：中国人民大学出版社，1992．

33．罗杰·牛顿．何为科学真理［M］．武际可译．上海：上海科技教育出版社，2001．

34．毛祖桓．教育学科体系的结构研究［M］．北京：中央民族大学出版社，1999．

35．乔锦忠．学术生态治理——研究型大学教师激励机制探索［M］．北京：教育科学出版社，2008．

36．全国教育科学规划领导小组办公室．全国教育科学"十五"规划学科发展报告［R］．北京：教育科学出版社，2008．

37．生兆欣．作为话语实践的20世纪中国比较教育研究［D］．北京师范大学博士学位论文，2007．

38．苏国勋，刘小枫．社会理论的政治分化［G］．上海：上海三联书店，2005．

39．唐安奎．论大学学术环境与基层学术人员的成长——学术生态的视角

[J]．现代教育科学，2006（4）．

　　40．陶东风．知识分子与社会转型［M］．开封：河南大学出版社，2004．

　　41．王承绪．比较教育学史［M］．北京：人民教育出版社，1999．

　　42．王承绪，朱勃，顾明远．比较教育［M］．北京：人民教育出版社，1982．

　　43．王坤庆．20世纪西方教育学科的发展与反思［M］．上海：上海教育出版社，2000．

　　44．王喜娟．从文化因素研究到"文化研究"：比较教育研究范式的转变［D］．东北师范大学博士学位论文，2007．

　　45．王耘．复杂性生态哲学［M］．北京：社会科学文献出版社，2008．

　　46．邬志辉．教育全球化——中国的视点与问题［M］．上海：华东师范大学出版社，2004．

　　47．吴刚．知识演化与社会控制——中国教育知识的比较社会学分析［M］．北京：教育科学出版社，2002．

　　48．项贤明．比较教育学的文化逻辑［M］．哈尔滨：黑龙江教育出版社，2000．

　　49．谢安邦．比较高等教育［M］．桂林：广西师范大学出版社，2002．

　　50．薛理银．当代比较教育方法论研究［M］．北京：首都师范大学出版社，1993．

　　51．杨汉青，韩骅．比较高等教育概论［M］．北京：人民教育出版社，1997．

　　52．杨汉青，吴文侃．比较教育学［M］．北京：人民教育出版社，1989．

　　53．余谋昌．生态哲学［M］．西安：陕西人民教育出版社，2000．

　　54．余正荣．生态智慧论［M］．北京：中国社会科学出版社，1996．

　　55．张念宏．教育百科辞典［M］．北京：中国农业科技出版社，1988．

　　56．张念宏．中国教育百科全书［M］．北京：海洋出版社，1991．

　　57．张旭东．全球化时代的文化认同［M］．北京：北京大学出版社，2006．

　　58．赵中建，顾建民．比较教育的理论与方法——国外比较教育文选［G］．北京：人民教育出版社，1994．

　　59．中国社会科学院语言研究所词典编辑室．现代汉语词典（2002年增补本）［M］．北京：商务印书馆，2002．

　　60．中华人民共和国国家标准学科分类与代码表［S］．国家技术监督局1992—11—01批准，1993—07—01实施．

　　61．朱旭东．新比较教育［M］．北京：高等教育出版社，2008．

62. 鲁道夫·哈勒. 新实证主义 [M]. 韩林合译. 北京：商务印书馆，1998.

63. F. 兹纳涅茨基. 知识人的社会角色 [M]. 南京：译林出版社，2000.

64. 黑格尔. 美学（第一卷）[M]. 北京：商务印书馆，1982.

65. 弗里德里希·尼采. 人性的，太人性的：一本献给自由精灵的书 [M]. 杨恒达译. 北京：中国人民大学出版社，2005.

66. 费希特. 论学者的使命，人的使命 [M]. 梁志学，沈真译. 北京：商务印书馆，1984.

67. 黑格尔. 小逻辑 [M]. 贺麟译. 北京：商务印书馆，1980.

68. 黑格尔. 逻辑学（下）[M]. 杨一之译. 北京：人民出版社，2002.

69. 施瑞尔，霍尔姆斯. 比较教育理论与方法 [G]. 杨国赐，杨深坑译. 台北：师大书苑，1992.

70. 埃德蒙多·胡塞尔. 经验与判断 [M]. 邓晓芒，张廷国译. 北京：生活·读书·新知三联书店，1999.

71. 贝克，哈贝马斯等. 全球化与政治：全球化的形成风险与机会 [M]. 北京：中央编译出版社，2000.

72. 马克斯·舍勒. 知识社会学问题 [M]. 北京：华夏出版社，2000.

73. 黑格尔. 精神现象学（上卷）[M]. 贺麟，王玖兴等译. 北京：商务印书馆，1987.

74. 哈贝马斯. 认识与兴趣 [M]. 郭官义，李黎译. 上海：学林出版社，1999.

75. 埃米尔·迪尔凯姆. 社会学的规则 [M]. 胡伟译. 北京：华夏出版社，1999.

76. 马太·杜甘. 比较社会学 [M]. 李洁等译. 北京：社会科学文献出版社，2006.

77. 米亚拉雷等. 教育科学导论 [M]. 思穗，马兰译. 北京：教育科学出版社，1991.

78. 夸美纽斯. 大教学论 [M]. 傅任敢译. 北京：人民教育出版社，1984.

79. 伯纳德·巴伯. 科学与社会秩序 [M]. 顾昕译. 北京：生活·读书·新知三联书店，1991.

80. 巴里·康芒纳. 封闭的循环——自然、人和技术 [M]. 侯文蕙译. 长春：吉林人民出版社，1997.

81. 成中英. 本体与诠释 [G]. 北京：生活·读书·新知三联书店，

2000.

82. 亨利·埃兹科维茨. 大学与全球知识经济 ［M］. 夏道源译. 南昌：江西人民出版社，1999.

83. 埃立克·弗鲁博顿，鲁道夫·瑞切特. 新制度经济学 ［M］. 姜建强，罗长远译. 上海：上海三联书店，上海人民出版社，2006.

84. 伯顿·克拉克. 高等教育新论——多学科的研究 ［M］. 杭州：浙江教育出版社，2001.

85. 罗兰·斯特龙伯格. 西方现代思想史 ［M］. 刘北成，赵国新译. 北京：中央编译出版社，2005.

86. 刘易斯·科赛等. 理念人——一项社会学的考察 ［M］. 郭方等译. 北京：中央编译出版社，2001.

87. R. K. 默顿. 科学社会学 ［M］. 鲁旭东译. 北京：商务印书馆，2003.

88. H. T. 奥德姆. 系统生态学 ［M］. 蒋有绪，徐德应译. 北京：科学出版社，1993.

89. 黛安娜·克兰. 无形学院 ［M］. 刘珺珺等译. 北京：华夏出版社，1988.

90. 弗·卡普拉，查·斯普雷纳克. 绿色政治：全球的希望 ［M］. 石音译. 北京：东方出版社，1988.

91. 杜威. 民主主义与教育 ［M］. 王承绪译. 北京：人民教育出版社，1990.

92. 乔纳森·特纳. 社会学理论的结构 ［M］. 邱泽奇，张茂元译. 北京：华夏出版社，2006.

93. 伯顿·克拉克. 高等教育系统——学术组织的跨国研究 ［M］. 王承绪等译. 杭州：杭州大学出版社，1994.

94. 朱丽·汤普森·克莱恩. 跨越边界——知识、学科、学科互涉 ［M］. 姜智芹译. 南京：南京大学出版社，2005.

95. 伊曼纽尔·沃勒斯坦. 知识的不确定性 ［M］. 王昺等译. 济南：山东大学出版社，2006.

96. Ｉ·华勒斯坦等. 学科·知识·权力 ［M］. 刘健之译. 北京：生活·读书·新知三联书店，1999.

97. 艾萨克·康德尔. 教育的新时代——比较研究 ［M］. 王承绪译. 北京：人民教育出版社，2001.

98. 布鲁斯·罗宾斯. 美学、政治与学术 ［M］. 王文斌等译. 南京：江苏人民出版社，2002.

99. 亚历克斯·英克尔斯. 社会学是什么 ［M］. 陈观胜，李培茱译. 北京：中国社会科学出版社，1981.

100. 华勒斯坦等. 开放社会科学——重建社会科学报告书 ［M］. 刘铎译. 北京：生活·读书·新知三联书店，1997.

101. 彼得·德鲁克. 社会的管理 ［M］. 徐大建译. 上海：上海财经大学出版社，2003.

102. 马克·贝磊. 比较教育学——传统、挑战和新范式 ［G］. 彭正梅等译. 上海：华东师范大学出版社，2007.

103. 托马斯·库恩. 科学革命的结构 ［M］. 金吾伦，胡新和译. 北京：北京大学出版社，2003.

104. 拉里·劳丹. 进步及其问题——科学增长理论刍议 ［M］. 方在庆译. 上海：上海译文出版社，1991.

105. 欧内斯特·内格尔. 科学的结构 ［M］. 徐向东译. 上海：上海译文出版社，2005.

106. 怀特. 分析的时代 ［M］. 杜任之译. 北京：商务印书馆，1987.

107. 奎因. 从逻辑的观点看 ［M］. 江天骥等译. 上海：上海译文出版社，1987.

108. 萨缪尔·亨廷顿. 文明的冲突与世界秩序的重建 ［M］. 周琪等译. 北京：新华出版社，2002.

109. 朱克曼. 科学界的精英 ［M］. 周叶谦，冯世则译. 北京：商务印书馆，1979.

110. 何塞·加里多. 比较教育概论 ［M］. 万秀兰译. 北京：人民教育出版社，2001.

111. 迈克尔·夏托克. 高等教育的结构和管理 ［M］. 王义端译. 上海：华东师范大学出版社，1987.

112. 卡尔·波普尔. 客观知识——一个进化论的研究 ［M］. 舒炜光，卓如飞，周柏乔，曾聪明等译. 上海：上海译文出版社，2001.

113. A·R·拉德克利夫-布朗. 社会人类学方法 ［M］. 夏建中译. 济南：山东人民出版社，1988.

114. 麦肯齐等. 生态学 ［M］. 孙儒泳等译. 北京：科学出版社，2000.

115. 斯诺. 两种文化 ［M］. 纪树立译. 北京：生活·读书·新知三联书店，1994.

116. 阿雷恩·鲍尔德温等. 文化研究导论 ［M］. 陶东风等译. 北京：高等教育出版社，2004.

117. 阿什比. 科技发达时代的教育 ［M］. 滕大春，滕大生译. 北京：人民教育出版社, 1983.

118. 威尔·赫顿, 安东尼·吉登斯. 在边缘——全球资本主义生活 [M]. 达巍等译. 北京: 生活·读书·新知三联书店, 2003.

119. 安迪·格林. 教育、全球化与民族国家 [M]. 朱旭东, 徐卫红等译. 北京: 教育科学出版社, 2004.

120. 保罗·赫斯特, 格雷厄姆·汤普森. 质疑全球化: 国际经济与治理的可能性 [M]. 张文成等译, 北京: 社会科学文献出版社, 2002.

121. 卡尔·波普尔. 猜想与反驳——科学知识的增长 [M]. 傅季重, 纪树立, 周昌忠, 蒋戈译. 杭州: 中国美术学院出版社, 2003.

122. 约翰·齐曼. 可靠的知识——对科学信仰中的原因的探索 [M]. 赵振江译. 北京: 商务印书馆, 2003.

123. 查尔默斯. 科学究竟是什么? ——对科学的性质和地位及其方法的评价 [M]. 查汝强等译. 北京: 商务印书馆, 1992.

124. 哈耶克. 哈耶克论文集 [G]. 邓正来编译. 北京: 首都经贸大学出版社, 2001.

125. 约翰·齐曼. 元科学导论 [M]. 刘珺珺等译. 长沙: 湖南人民出版社, 1998.

126. 齐格蒙·鲍曼. 立法者与阐释者: 论现代性、后现代性与知识分子 [M]. 洪涛译. 上海: 上海人民出版社, 2000.

127. Andre Kukla. Social Constructivism and the Philosophy of Science [M]. London: Routledge, 2000.

128. Brian Holmes. Problems in Education: A Comparative Approach [M]. London: Routledge & Kegan Paul, 1965.

129. Carl G. Hempel. Aspect of Scientific Explanation [M]. New York: The Free Press, 1965.

130. Cristobal Kay (ed.). Globalization: Competitiveness and Human Security [G]. London: Frank Cass & Co. Ltd., 1997.

131. Gerard Delanty. Social Science: Beyond Constructivism and Realism [M]. Minnesota: University of Minnesota Press, 1997.

132. George Z. F. Bereday. Comparative Education [M]. New Delhi: Oxford & IBH Publishing Co., 1964.

133. H. J. Noah & M. A. Eckstein. Toward a Science of Comparative Education [M]. New York: Macmillan, 1969.

134. Peter Gordon. A Guide to Educational Research [M]. London: Woburn Press, 1996.

135. La Belle, J. Thomas and Christopher R. Ward. Multiculturalism and Education: Diversity and Its Impact on Schools and Society [M]. New York: State University of New York Press. 1994.

136. Nicholas Hans. Comparative Education: A study of Educatinal Factors and Traditions [M]. London: Routledge & Kegan Paul, 1958.

137. R. Murray Thomas. International Comparative Education——Practices, Issues and Prospects [M]. New York: Pergamon Press, 1990.

138. Robert Audi. The Cambridge Dictionary of Philosophy [M]. Cambridge: Cambridge University Press, 1999.

139. Robert Arnove. Carlos Alberto Torees (eds.). Comparative Educatin: the Dialectic of the Global and the Local [G]. New York: Rowman & Littlefield Publishers INC., 1999.

140. Reginald Edwards, Brain Holms and John van de Graaff (eds.). Relevant Methods in Comparative Education [G]. Hamburg: UNESCO Institute for Education. 1973.

141. Tim May. Situation Social Theory [M]. Buckingham: Open University Press, 1996.

142. W. D. Halls (ed.). Comparative Education: Contemporary Issues and Trends [M]. Paris: UNESCO and New York: Jessica Kingsley, 1990.

B. 期刊文献

1. 蔡拓. 全球化观念在中国的传播 [J]. 经济社会体制比较, 2008 (4).

2. 陈时见. 论比较教育的学科体系及其建设 [J]. 比较教育研究, 2005 (3).

3. 陈时见. 全球化背景下中国比较教育的研究与发展 [J]. 比较教育研究, 2004 (12).

4. 陈素珊. 论高校和谐的学术生态环境建设 [J]. 辽宁教育研究, 2006 (8).

5. 陈颖. 论学术生态环境建设与学术期刊的责任 [J]. 福建师范大学学报 (哲学社会科学版), 2006 (3).

6. 成有信. 比较教育学的对象及其发展的历史分期 [J]. 北京师范大学学报 (社会科学版), 1985 (4).

7. 邓正来. 中国社会科学的再思考——国家与学科的迷思 [J]. 南方论坛, 2001 (1).

8. 第四次全国比较教育学术年会纪要: 比较教育组讨论纪要 [J]. 外国

教育，1983（6）．

9. 方文．后学的养成、评价和资助［J］．中国社会科学，2002（3）．

10. 方文．社会心理学的演化——一种学科制度视角［J］．中国社会科学，2001（6）．

11. 方展画．国外比较教育学科建设及其研究方法论的演变［J］．比较教育研究，1998（4）．

12. 傅松涛．比较教育学学科形象的科学定位——教育形态类型学［J］．比较教育研究，2005（3）．

13. 谷贤林．关于比较教育若干问题的探讨［J］．比较教育研究，2003（7）．

14. 顾明远．比较教育的身份危机及出路［J］．比较教育研究，2003（7）．

15. 顾明远．关于比较教育学科建设的几个问题［J］，比较教育研究，2005（3）．

16. 常永才，孟雅君．中国比较教育研究方法的革新［J］．比较教育研究，2004（12）．

17. 黄启祥．比较即生成——中西哲学比较方法论初探［J］．江苏社会科学，2002（4）．

18. 姜奇平．回到意义本身——波普尔、黑格尔与信息化元理论（上）［J］．互联网周刊，2005（16）．

19. 金世柏．中国的比较教育［J］．外国中小学教育，1984（3）．

20. 金武刚．定量研究中国社会科学：一篇来自3199篇文献的内容分析［J］．情报资料工作，2002（4）．

21. 李本乾．描述传播内容特征检验传播研究假设：内容分析法简介（上）［J］．当代传播，1999（6）．

22. 李丽华．二十一世纪教育发展的一个基本态势：教育全球化［J］．河北理工学院学报（社会科学版），2003（3）．

23. 李守福．比较教育的价值及其实现［J］．比较教育研究，1996（2）．

24. 李现平．比较教育学与教育学［J］．比较教育研究，2001（9）．

25. 刘康宁．教育全球化——世界教育发展的新思考［J］．昆明理工大学学报（社科版），2001（3）．

26. 刘卫东．中国比较教育危机之我见［J］．比较教育研究，1995（3）．

27. 卢晓中．比较教育的"身份"论［J］．现代教育论丛，2003（3）．

28. 彭虹斌．比较教育功能的时代转换：从借鉴到理解［J］．比较教育研究，2007（3）．

29. 彭正梅. 教育借鉴的困惑——关于比较教育使命的反思 [J]. 外国教育资料, 1999 (4).

30. 戚业国, 宋永刚. 论大学的学术生态环境建设 [J]. 江苏高教, 2004 (2).

31. 容中逵. 当前我国比较教育研究中的借鉴问题 [J]. 安徽教育学院学报, 2003 (1).

32. 宋书星. 学术规范与"学术生态环境" [J]. 图书与情报, 2005 (2).

33. 王建华. 学科、学科制度、学科建制与学科建设 [J]. 江苏高教, 2003 (3).

34. 王英杰. 比较教育定义问题浅议 [J]. 外国教育研究, 1993 (3).

35. 王长纯. 文化自觉、理论自觉和实践自觉（论纲）——比较教育和而不同发展的途径 [J]. 比较教育究, 2005 (3).

36. 王长纯. "和"的哲学与比较教育：兼论西方中心在比较教育理论研究中的终结 [J]. 外国教育研究, 1998 (6).

37. 王长纯. 和而不同：全球化条件下中国比教育发展的方向（论纲）[J]. 比较教育研究, 2002 年"全球化与教育改革"专刊.

38. 王长纯. 中国传统哲学与中国比较教育的理论建设 [J]. 教育研究, 2000 (2).

39. 吴华. "教育全球化"与中国教育发展的全球战略 [J]. 教育发展研究, 2005 (9b).

40. 吴文侃. 比较教育学的对象和方法论基础 [J]. 外国教育动态, 1987 (4).

41. 向蓓莉. 比较教育学的价值判断与研究范式：普遍主义与相对主义的研究视角 [J]. 比较教育研究, 2000 (4).

42. 项贤明. 站在十字路口的中国比较教育学 [J]. 比较教育研究, 2005 (3).

43. 项贤明. 比较教育学的立足点和方法论 [J]. 比较教育研究, 2001 (9).

44. 项贤明. 比较教育学的学科同一性危机及其超越 [J]. 比较教育研究, 2001 (3).

45. 项贤明. 比较视野中的教育现代化进程 [J]. 比较教育研究, 2007 (12).

46. 项贤明. 后殖民状况与比较教育学 [J]. 北京师范大学学报（社会科学版）, 1999 (3).

47. 熊庆年. 校园生态与新世纪的大学理念 [J]. 高教探索，2001（1）.

48. 徐辉. 作为比较教育学一般逻辑起点的国际教育 [J]. 比较教育研究，1998（5）.

49. 杨明. 教育全球化对中国教育意味着什么？ [J]. 教育发展研究，2003（2）.

50. 杨移贻. 知识经济时代的学术生态 [J]. 教育发展研究（1999素质教育专辑）.

51. 张祥龙. 哲学悖论与比较情景——哲学比较的方法论反思 [J]. 社会科学战线，2008（9）.

52. 张莹瑞，佐斌. 社会认同理论及其发展 [J]. 心理科学进展，2006（1）.

53. 张旭东，韩毓海. 可比性、普遍性与文化政治——从卡尔·马克思重新出发 [J]. 文艺理论与批评，2003（6）.

54. 赵军，许克毅，许捷. 制度变迁视野下学科制度的建构与反思 [J]. 中国高教研究，2008（2）.

55. 钟启泉，黄志成，赵中建. 开拓比较教育学研究的新视野——兼论比较课程与教学论研究的方法论特征 [J]. 比较教育研究，2005（3）.

56. 朱勃. 比较教育学的发展 [J]. 比较教育研究，1981（4）.

57. 朱旭东. "教育全球化"的意识形态批判 [J]. 教育发展研究，2005（9）.

58. 朱旭东. 比较教育的"发展与教育"研究领域 [J]. 比较教育研究，2004（12）.

59. 朱旭东. 试论中国比较教育研究的无边界特征 [J]. 比较教育研究，2005（10）.

60. 朱旭东. 比较教育研究的学术制度化和规范化 [J]. 比较教育研究，1999（6）.

61. 朱旭东. 试论"教育的比较研究"和"比较教育研究" [J]. 比较教育研究，2008（2）.

62. 朱旭东. 试论西方比较教育研究的社会科学化历史 [J]. 全球教育展望，2001（1）.

63. 于尔根·施瑞尔. 融和历史与比较：对比较社会科学新进展的回应 [J]. 王黎云译. 比较教育研究，2005（12）.

64. 马越彻. "区域研究"与比较教育学——以明确"区域"的教育特质为目的的比较研究 [J]. 饶丛满译. 外国教育研究，2002（4）.

65. Andreas M. Kazamias and Karl Schwartz. Woozles and Wizzles in the

Methodology of Comparative Education [J]. Comparative Education Review, 1970 (10).

66. Andrew Sayer. Essentialism, Social Constructionism and Beyond [J]. The Sociological Review, 1997, 45 (3).

67. Alfred Breitschmid, Gisela Shaw. The Ecological Challenge to Universities: General Ecology at the University of Berne (Switzerland) [J]. European Journal of Education, 1992, 27 (3).

68. C. Arnod Anderson. Comparative Education over a Quarter Century: Maturity and New Challenges [J]. Comparative Education Research, 1977, 21 (1).

69. Dieter Berstecher and Bernhard Dieckmann. On the Role of Comparisons in Educational Research [J]. Comparative Education Review, 1969, 13 (1).

70. Edmund King. Analysis Frameworks in Comparative Studies of Education [J]. Comparative Education, 1975, 11 (1).

71. Laadan Fletcher. Comparative Education: A Question of Identity [J]. Comparative Education Review, 1974, 18 (3).

72. Le Thann Khol. Toward a General Theory of Education [J]. Comparative Education Review, 1986, 30 (1).

73. Nicholas Hans. English Pioneers of Comparative Educaton [J]. British Journal of Educational Studies, 1952, 1 (1).

74. John A. Laska. The Future of Comparative Education: Three Basic Questions [J]. Comparative Education Review, 1973, 17 (3).

75. Joseph P. Farrell. The Necessity of Comparisons and the Study of Education: The Salience of Science and the Problem of Comparability [J]. Comparative Education Review, 1979, 23 (1).

76. Philip G. Altbach. Trends in Comparative Education [J]. Comparative Education Review, 1991, 35 (3).

77. Richard L. Merritt, Fred S. Coombs. Politics and Education Reform [J]. Comparative Education Review, 1977, 21 (2/3).

后　记

　　匆匆地，来不及遗憾，似乎也来不及感慨，多年的学术耕耘，纵然经历"西风凋碧树"的孤寒，但始终不渝的是"衣带渐宽终不悔"之志，而付梓之际，仍惶惶然不敢自忖"红了樱桃，绿了芭蕉"，岁月的砥砺，沉淀在心中更多的是满溢的感恩和祝福！

　　自从选择"比较教育学的学术生态"作为研究课题以来，很长一段时间里曾因敬畏其宏大和神圣而欲放弃，只因怕自己的才疏学浅和愚钝而亵渎了这一选题。是导师项贤明教授高瞻远瞩的学术眼光、睿智的学术洞察力和勇于攀登的学术精神以及他对学生的信任，激励我在这一片美丽的风景中游历、探索，乃至迷恋，最终献上自己微薄的礼物，写下自己的注脚。恩师的教诲永驻我心，他高尚的学术精神和人格是我心中的丰碑和恒久的榜样。学术生态的研究和个人生存状态的体验，使我既认识了学术，也认识了人生，理性和感性的交织，编织学术的同时更编织了学者的生活。幸甚，在这一过程中，导师是我指路的明灯。在我最困难的时候，导师的鼓励和无私的帮助使我度过了最黑暗的时光，使我能够勇敢地战胜一切困难，坚定地沿着学术之路前进，并从学术生活中收获了快乐！

　　北京师范大学国际与比较教育研究院这块沃土滋养了我的成长，顾明远教授、曲恒昌教授、王英杰教授等等，一个个闪耀着光辉的名字和他们的学术著作是我的精神食粮，我为自己能够在这样的学术园地学习感到自豪！感谢高益民教授、刘宝存教授、阎光才教授、王晓辉教授等对我论文的指点和鼓励，感谢联校论文奖计划对我论文的资助和肯定！感谢福建师范大学刘家访教授、四川师范大学曹正善教授、西南科技大学曾绪教授对我论文的帮助和关心！感谢西南大学合作导师陈时见教授和北京大学眭依凡教授提出的宝贵意见和对本书出版给予的帮助与支持！

　　温暖的友谊是人生不可或缺的养料和快乐的源泉，也是学术创造的温床。感谢冯广兰师姐、生兆欣师姐、许竞师姐、容中逵师兄、王黎云同学，你们严谨求实、一丝不苟的学术精神以及谦虚朴实、真诚善良的优秀品质是我一生的精神财富，和你们一起共同度过的美好时光温暖了我的学问之路。感谢同门的孟兆海、于颖、史明洁、孙龙存、三友阳子、徐颖丰、陆瑜、吉辰、罗姗姗、陈瑶、申超、贾莎莎、邱悦、张凤、黄星、张莉等同学，能够与你们同行，并在导师的带领下营建了如此和谐的学术氛围和温暖的同门之情，是我人生之幸！

论文的写作过程是艰苦的，但也是快乐的。姑且不论茅塞顿开的喜悦和攀登高峰过程中体验到的旖旎风光，我的孩子 Kevin 带给我的快乐就足以让我铭记终身。那时，Kevin 刚刚一岁半，为了不受他的干扰，我把自己反锁在书房里，让外婆告诉他妈妈去学校了。但是小家伙可不是那么好骗的，他趴在地上，从门缝里奶声奶气地一遍又一遍地叫："妈妈、妈妈……"相信这是每个母亲都无法抵御的诱惑，于是母爱泛滥……最后真的就每天一大早背着电脑去英东楼资料室撰写论文，晚上顶着星星回家……

论文写作过程可谓五味杂陈！2008 年，适逢家乡发生震惊世界的"汶川大地震"。泪眼婆娑中，每天忙着打电话，问候家里，了解各方情况，建立 QQ 群，寻找失踪的同学和为重灾区北川幸存的同学捐款，且也不顾别人的嘲笑，向毕业的师大同学募捐了小山般的旧衣服寄给灾区以尽绵薄之力。其中，特别感谢周志发同学帮忙组织男生楼的募捐，并且在我经济窘迫的时候为我分担了一半的运费。在巨大的自然灾难面前，我越来越深刻地感受到，学科的生成、生存和生长是绵延漫长的，可是在灾害面前，人的生命却是脆弱的，有时候，瞬间就成了永恒……可是，说到底，学科的生态也就是学科中的人的生态，是学科中的人的"精神、社会地位、身体规训"等存在状态的真实反映。学科的发展既有其自身的内在逻辑，但是学科发展的轨迹却又是由学科中的人的耕耘和取舍形构的。灾难也告诉我们，在逆境中永远保持乐观向上的精神和一颗奉献而不是索取的心才是改变人、社会、自然生态的不变的伦理基础！

最后，我要感谢我生命中最重要的人，我的父母、兄长和弟弟、妹妹！我的论文是在你们无私的爱和帮助下完成的。你们的给予和付出让我不仅感受到家庭的温暖，更体会到亲情的伟大，你们的熏陶更使我坚守从付出中得到快乐的品质！

太多的感谢和感动凝聚在心中，汇成了对我所有尊敬的师长、亲爱的同学和亲人的祝福！愿你们收割更多人生丰硕的果实和在事业上取得更辉煌的成就，年年岁岁、岁岁年年，幸福、快乐、平安！

如今，离开北师已近两年，回顾本书，仍感颇多缺憾，心中惴惴不安，深恐愧对读者！望诸君不吝批评指正，相互切磋，以促我更进一步，则人生之幸也！

田小红

2001 年 4 月　金华

郑重声明

高等教育出版社依法对本书享有专有出版权。任何未经许可的复制、销售行为均违反《中华人民共和国著作权法》，其行为人将承担相应的民事责任和行政责任；构成犯罪的，将被依法追究刑事责任。为了维护市场秩序，保护读者的合法权益，避免读者误用盗版书造成不良后果，我社将配合行政执法部门和司法机关对违法犯罪的单位和个人进行严厉打击。社会各界人士如发现上述侵权行为，希望及时举报，本社将奖励举报有功人员。

反盗版举报电话　（010）58581897　58582371　58581879
反盗版举报传真　（010）82086060
反盗版举报邮箱　dd@ hep. com. cn
通信地址　北京市西城区德外大街4号　高等教育出版社法务部
邮政编码　100120